Michael Neuner

Da ist Godot ja pünktlicher

Notizen aus dem Nahverkehr

Bibliografische Information
der Deutschen Nationalbibliothek:
Die Deutsche Nationalbibliothek verzeichnet diese
Publikation in der Deutschen Nationalbibliografie;
detaillierte bibliografische Daten sind im Internet über
http://dnb.dnb.de abrufbar.

©2022 Michael Neuner

Herstellung und Verlag: BoD – Books on Demand,
Norderstedt

ISBN: 978-3-755-781-257

Die Geschichte mit der Mütze.
Ernst Konarek sammelt für den guten Zweck.

Ich habe den Schauspieler Ernst Konarek getroffen. Das ist an und für sich nichts Besonderes; ich treffe hin und wieder Menschen. Vor allem treffe ich sie dann, wenn sie das tun, was ihr Beruf von ihnen verlangt; Konarek etwa hatte zu schauspielern, und ich sollte die Einführung in das Theaterstück, in dem er die Hauptrolle übernommen hatte, gestalten. Das Stück hieß und heißt „Die Legende vom heiligen Trinker" und stammt von Joseph Roth; es erzählt vom Leben eines Alkoholikers, dem Merkwürdiges widerfährt; das Publikum hat am Ende selbst darüber zu befinden, ob der Clochard Andreas nun ein Heiliger ist oder nur ganz ordinär auf ein so vekorkstes wie versoffenes Leben zurückzublicken hat. Konarek nun spielte diesen Trinker, und er trug dazu eine Mütze.

Ich treffe hin und wieder Menschen, sagte ich eben, und das entspricht der Wahrheit. So habe ich zum Beispiel einmal den ehemaligen Fußballer und späteren Fußballfunktionär Matthias Sammer getroffen; gerade hatte ich hinter seinem Sportwagen eingeparkt, als er schon die Wagentür öffnete, ausstieg und die Straße überquerte. Mehr gibt es – im Gegensatz zu Ernst Konarek – von ihm beim besten Willen nicht zu berichten. Ich würde gerne weit ausholen und Ihnen davon erzählen, wie ich einmal Matthias Sammer getroffen habe. Aber ich kann nur sagen: Er stieg aus und überquerte die Straße. Schade eigentlich, aber manchmal gibt die Begegnung einfach nicht mehr her. Oder der Mensch.

Ernst Jandl, der große österreichische Lyriker, hätte aus diesem Erlebnis sicher gleich wieder ein Gedicht gemacht. So in der Art, wie er über Rilke gedichtet hat, ich weiß nicht, ob Sie das kennen:

rilkes name // rilke / sagte er / nach seinem namen gefragt // rilke/
sagte man / nach seinem namen gefragt / oder / kenn ich nicht.

Das ist hübsch, finde ich, zu Sammer wäre ihm bestimmt auch etwas eingefallen. Der Gedichtband, aus dem diese Zeilen stammen, heißt übrigens *die bearbeitung der mütze*. Das Motto der Sammlung lautet „kann der kopf nicht weiter bearbeitet werden, dann immer noch die mütze."

Ich bitte für diese Abschweifung um Verzeihung, aber schon bin ich wieder bei Ernst Konarek – der schließlich eine Mütze trug, da wir uns trafen. Eine Mütze, die, wenn ich mir den Kalauer erlauben darf, schon relativ bearbeitet aussah. Jetzt muss ich sagen, dass ich Ernst Konarek schon lange aus dem Fernsehen kannte; er spielte etwa, das ist mir nachdrücklich in Erinnerung, den Horak, eine schräg-schmierige Wiener Unterweltfigur, die dem ermittelnden Major Kottan in Peter Patzaks und Helmut Zenkers Kriminalpersiflage „Kottan ermittelt" beim Ermitteln ständig in die Quere kam. Horak hatte das ölige Haar straff zurückgekämmt, trug einen großen Schnäuzer und wienerte, was das Zeug hielt. Gut, dass er da war, so hatten die Ermittler immer schnell einen Verdächtigen zur Hand, auch, wenn's der Horak am Ende dann gar nicht gewesen war. Und jetzt stand der Horak leibhaftig vor mir, die mittlerweile grauen Haare hinter eine Mütze zurückgekämmt, auch den Schnäuzer gab's noch, dazu ein freundlich-spöttisches Gesicht. Anders als Horak hielt Konarek allerdings eine blecherne Sammeldose in der Hand, mit der er vor Beginn und in der Pause der Aufführung beim vermeintlich zahlungskräftigen Publikum Geld zu sammeln trachtete – das nach seinem Bekunden für eine Suppenküche zur mildtätigen Unterstützung regional Bedürftiger vorgesehen war. Er rappelte mit der Büchse, in der sich schon einige Geldstücke befinden mussten; Scheine weniger, sonst hätte es ja geraschelt. „Gibst wos für die Tofl?", fragte er mich, mir die Dose unter die Nase haltend, mich damit gewissermaßen nötigend und mir nur wenig alternativen Spielraum lassend. Ganz der Horak, dachte ich. „Sicher", sagte ich, und kramte in der Tasche nach dem Portemonnaie, „da gibt man doch gern." Ich hielt diese Notlüge in dieser Situation für angemessen. Schließlich hatte er mich geduzt, und das gefiel mir irgendwie. Ich wollte ihn nicht enttäuschen. Die regional Bedürftigen freilich auch nicht. „Weißt wos?", sagte er, als ich mein Scherflein (einen kleinen Schein, genauer werde ich nicht) zum guten Sammlungswerk beigetragen hatte, „du host a schöne Mützn."

Richtig, meine Mütze hatte ich schon auf, weil ich eigentlich unauffällig die Veranstaltung verlassen wollte, was jetzt freilich nicht mehr ging. Also lobte ich meinerseits seine Mütze, die meiner Ansicht nach aus dem zu spielenden Alkoholiker erst eine glaubwürdige, ehrliche Figur machte.

„Ach, die Mützn", war die Replik, „die trog i eigentlich immer", und mit diesen Worten schieden wir freundlich voneinander. Schon wieder so eine Gemeinsamkeit mit dem Konarek, dachte ich, ihm nachblickend, wie er mit der Sammlung fortfuhr. Ich trage meine Mütze nämlich auch oft, zwar nicht immer, aber doch oft; gibt sie doch hin und wieder frohen Anlass für angenehmste Kommunikationssituationen. Trage ich sie am Flughafen, so kommt es vor, dass mich die Bundespolizei fragt, ob ich der berühmte Frontmann der Band „Scorpions" wäre; früher, da sich die Locken noch länger und zahlreicher ringelten, wurde ich gerne mit dem berühmten Frontmann der Band „Dire Straits" verwechselt, für den ich das eine oder andere Autogramm gab. Der hat heute allerdings kaum noch Haare auf dem Kopf, und so denke ich, sind auch diese schönen Zeiten perdu. Aber ich schweife ja schon wieder ab.

Ernst Jandl habe ich übrigens auch einmal getroffen; genauer gesagt: nicht persönlich. Dafür eher in Gestalt seiner Frau, der zwischenzeitlich leider verstorbenen Lyrikerin Friederike

Mayröcker. Sie trug merkwürdig verhangene Gedichte auf merkwürdig depressiv-tonlose Weise vor und war ganz schwarz gekleidet. Hinter ihr in der Buchhandlung, wo sie las, gab es einen Kleiderständer, an dem ein dunkler Mantel und eine dunkle Mütze hingen, aber das ist eine andere Geschichte.

Beim Schreiben dieser Erinnerungen ging mir kurzzeitig die Frage durch den Kopf, was wohl jemand wie Matthias Sammer in dieser Geschichte verloren hat. Ich habe ihn trotzdem drin gelassen und nicht rausgeworfen, wie er es verdient hätte. Er war der einzige in den letzten sechseinhalb Minuten, und vielleicht ist auch Ihnen das nicht entgangen, der sich beim besten Willen nicht mit einer Mütze in Verbindung bringen lässt. Und das muss uns allen ja irgendwo zu denken geben.

Wie ich einmal wahrer Größe begegnete.
Das Alban-Berg-Quartett im Unterhemd.

Was macht wohl die Besonderheit, besser: die wahre Größe einer Künstlerpersönlichkeit aus – das ist nur eine der vielen unnützen Fragen, die mich beschäftigen, die mir seit den Jahren, da ich damit begann, die verschiedensten Künstlerpersönlichkeiten von Berufs wegen erleben zu dürfen, durch den Kopf gehen und auf die ich hoffe, dereinst eine halbwegs befriedigende Antwort zu erhalten. Vorerst aber muss ich mich damit zufrieden geben, mich einer halbwegs befriedigenden Antwort darauf nur bis auf eine gewisse Distanz nähern zu können. Denn wie selten ist es, und da werden Sie mir gewiss zustimmen, jemandem zu begegnen, und sei es nur ein einziges Mal im Leben, von dem wir hernach, ist diese Begegnung erst zur Erinnerung geworden, wissen, dass hier wahrlich das Besondere, das wahrhaft Große zu Hause ist oder war. Denn Erinnerung – und meiner Überzeugung nach haben glückliche Menschen ein schlechtes Gedächtnis, dafür aber reiche

Erinnerungen – scheint weniger eine Frage der Vergangenheit denn der Gegenwart zu sein; denn hier erst entscheidet sich, was wir aus ihr machen, wie wir sie gestalten und umformen, um sie mit hinüberzunehmen in den Alltag unserer Gegenwart, wo wir sie lebendig erhalten und wichtige Lehren und Erkenntnisse aus ihr gewinnen. Doch jetzt genug mit all der blassen Theorie und trockenen Vorrede – ich möchte die Erinnerung an eine Begegnung mit wahrer Größe bemühen und in die Jetztzeit hinüber holen, um sie hier und heute für uns alle fruchtbar zu machen.

So wohnte ich der Aufführung eines Streichquartettes bei; eigentlich nichts Spektakuläres, denn ich wohnte schon so vielen Aufführungen so vieler Streichquartette bei, dass ich mit Fug und Recht von mir behaupten darf, es zwischenzeitlich zu einer gewissen Kennerschaft in Sachen Streichquartette gebracht zu haben. Nun war es aber kein x-beliebiges Streichquartett, dessen Aufführung ich da beigewohnt hatte, sondern ich hörte das Quartett aller Quartette, das Beste, das die Musikwelt in jenen Jahren erleben durfte, und das in seinem Spiel eine Ahnung davon vermittelte, warum sich das Genre des Streichquartetts in den letzten 300 Jahren zur Königsdisziplin unter all den vielfältigen Kammermusiken, die unsere Konzertsäle beschallen, hat entwickeln können – das Wiener Alban Berg Quartett nämlich.

Haydn, Mendelssohn, nach der Pause ein später Beethoven – natürlich wurde nicht nur das Beste des klassisch-romantischen Repertoires gewählt, es wurde, müßig zu erwähnen, auch auf das beste gestaltet, musiziert und interpretiert. Nach Beethovens cis-Moll-Quartett, nach meiner bis heute währenden Ansicht ohnehin höchster Gipfel aller kammermusikalischen Bergsteigerei, war ich berauscht, ach was: beseelt. Ich vermochte kaum Beifall zu spenden, so gefangen war ich noch in den musikalischen Abläufen des atemberaubenden Finales, dass ich mich an die zweifellos vom Publikum eingeforderte

Zugabe gar nicht mehr erinnere. Aber Zugaben interessieren mich ohnehin nicht, stellen sie doch die Aufforderung an hart gearbeitet habende Menschen dar – quasi als Belobigung und Anerkennung ihrer Leistung –, doch bitte noch ein wenig länger zu arbeiten. Jeder vernünftige Mensch griffe sich, würde in seinem Arbeitsfeld an diese Form von Mehrarbeit appelliert, wohl an den Kopf; für Streichquartette und Sinfonieorchester scheinen andere Maßstäbe zu gelten, und das gefällt mir tatsächlich überhaupt kein bisschen. So überkam mich das Verlangen, den vier Musikern einmal persönlich Dank zu sagen für das innere Erleben, für das sie verantwortlich zeichneten und beschloss, sie in ihrer Künstlergarderobe aufzusuchen.

Auf dem Weg dorthin verließ mich alsbald der Mut und es drängten sich Gedanken der unangenehmeren Art auf. Was sollte ich sagen? Dass sie „gut" gespielt hätten? Dass ich angerührt war? Am Ende gar ein schnödes Autogramm auf dem Umschlag des Programmheftes erbetteln, nachdem ich mich in die Schlange der Autogrammjäger eingereiht hatte? Wie banal kam mir das doch alles vor. Ich verwarf dies alles und konzentrierte mich auf den Gedanken, gleich den vier weltbekannten Musikern vis-à-vis gegenüberzustehen und von ihnen Erhellendes zu Beethoven, zu Aufführungskultur und Tourneedaten in Erfahrung zu bringen. Ich würde großen Musikern begegnen, dachte ich beim Anklopfen, die nicht nur meinen Respekt, sondern meine Liebe hatte. Es gab gar keine Schlange von Autogrammjägern. Die Tür wurde geöffnet.

Ich kann Ihnen sagen: Wenn man jemanden schon zehnmal im Leben gesehen hat, und ein jedes Mal trug dieser Jemand einen Frack und hielt ein Violoncello zwischen den Knien, das unendlichen Wohlklang unter seinen kundigen Händen verströmte, dann erkennt man diesen Jemand bei der elften Begegnung, wenn er ein Feinripp-Unterhemd trägt und eben kein Violoncello zwischen den Knien hat, nur bedingt und nicht gleich. Der Cellist des ABQ bat mich, der ich ihn ein wenig ungläubig anschaute, freundlich und ohne nach meinem Begehr zu fragen, in den großen Raum, der den Musikern gleichermaßen als Einspielzimmer und Garderobe diente. Alle vier trugen Unterhemden, nur beim zweiten Geiger ersetzte ein weißes T-Shirt, das sich über dem Achtung gebietenden Bauch spannte, den Feinripp. Alle blickten mich erwartungsfroh an und unterbrachen dazu ihre augenblicklichen Beschäftigungen. Ich stammelte meinen Dank und meine Entschuldigung für die Störung, anschließend meine Begeisterung fürs Konzert und manches mehr heraus, was mir dem Anlass entsprechend geboten schien. „Es hat Ihnen also gefallen?" Der Bratscher, im Begriff, seinen Bogen mit einem Tuch von überschüssigem Kolophonium zu reinigen, lächelte mich an. Die beiden Geiger traten zu mir, der Primarius reichte mir die Hand, schüttelte sie und sagte: „Das freut uns sehr."

Jetzt sollte ich vielleicht bemerken, weil ich es den vier Herren gegenüber auch bemerkte, dass der Dank ihrerseits mich verwunderte; bislang sei ich davon ausgegangen, man brauche Menschen, die Außergewöhnliches zu leisten im Stande seien, nicht eigens dafür zu loben. Erstens wüssten sie das doch ohnehin, und zweitens seien sie das doch gewöhnt, hätten das doch genügend andere vor mir getan, so dass sie das doch bestimmt schon längst nicht mehr hören könnten. Weit gefehlt. Ihnen, so der zweite Geiger, sage schon lange niemand mehr irgendetwas, und es sei schon eine halbe Ewigkeit her, dass sich jemand getraut hätte, sie nach dem Konzert aufzusuchen und sich bei ihnen für ihre Arbeit zu bedanken. Nein, es freue sie aufrichtig und überhaupt, ob ich etwas trinken wollte, sie hätten vom Veranstalter allerdings nur Wasser zur Verfügung gestellt bekommen, dafür unglaublich viel, und leider nichts Gescheites, wie der erste Geiger achselzuckend anmerkte.

Das war es eigentlich. Sie zeigten mir noch ihre Instrumente, der Cellist holte eigens noch einmal sein 1723 in Italien gebautes Cello aus dem Kasten, das vor ihm Pierre Fournier und Yo

Ma gespielt hätten und dessen Wert nicht annähernd zu schätzen war; nicht ohne Stolz, wie mir schien. Ich dankte für alle erwiesene Freundlichkeit und das Wasserangebot, das ich ausgeschlagen hatte, wir wünschten einander nur das Allerbeste und ich verließ die Herren auf dem Weg, auf dem ich gekommen war. Der Cellist hielt mir die Tür auf, legte mir die Hand auf den Arm und meinte: „Kommen Sie mal wieder."

Das allerdings tat ich nicht mehr. 2005 starb der freundliche Bratscher, ein Verlust, der nicht zu kompensieren war und den der freundliche Cellist seinerzeit mit den Worten kommentierte: „Da gab es einen großen Riss in unseren Herzen." Ende der Saison 2007/2008 löste sich das ABQ auf.

Ich bemühe diese Erinnerungen freilich mit einer gewissen Wehmut. Das Ende eines Mitglieds bedeutete das Ende eines der bedeutendsten Kammermusikensembles dieser Welt. Auch in diesem Gerade-nicht-Weitermachen liegt für mich ein Stück dieser Größe, nach der ich suchte und nach der ich suche; darüber hinaus war ja Größe in allem, was die vier auszeichnete und an dem ich Anteil nehmen durfte: Dem zu danken, den ihr Spiel glücklich machte, sich über Lob noch freuen zu können, mit den Gaben, die ihnen verliehen waren, nicht zu prahlen, von dem anzubieten, was sie hatten, und nicht zuletzt sich nicht zu schämen, den Künstlerkörper, der zu so Außergewöhnlichem fähig war, im Unterhemd zu präsentieren.

Und darin, denke ich, liegt vielleicht die wahre Größe.

Wie ich einmal Recht hatte.
John Cage zeichnet Kreise.

Will ich an die Begegnung mit einem der Großen aus dem Zauberreich der Musik, mit einem der ganz großen Magier, um genauer zu sein, erinnern, so muss ich schon recht tief im

Schatzkästlein meiner Erinnerungen kramen, um jenes Kleinod hervorzuzaubern, von dem ich jetzt gleich berichten möchte.

Vor Jahren war es, da hatte ich mich auf eine musikwissenschaftliche Prüfung vorzubereiten. Diese Prüfung war mündlicher Natur, und ich sollte mich, so war es mit dem Prüfer abgesprochen, für zwei frei von mir zu wählende Themen präparieren. Da ich schon damals auf dem Violoncello hausmusikalisch vor mich hin dilettierte, schien es mir naheliegend, Johann S. Bachs *Sechs Suiten für Violoncello solo* zum Gegenstand der peinlichen Befragung zu machen, zumal ich das eine oder andere daraus selbst spielen konnte und mir der Gegenstand also nicht vollkommen fremd war; dazu wählte ich Franz Schuberts Liederzyklus *Schwanengesang*, über den ich Jahre später noch würde Erhellendes in einer Fachzeitschrift veröffentlichen dürfen, was allerdings ohne große Resonanz seitens der Fachwelt geblieben war und, wie ich die Fachwelt so kenne, wohl auch bleiben wird. Möglichst wenig Aufwand für diese anstehende Prüfung zu betreiben, das war meine Devise, zumal sie nicht die einzige war; nein, ein ganzer Strauß unterschiedlichster Prüfungen war für mich gebunden worden, in der diese, die musikwissenschaftliche, letztlich nur ein kleines Blümchen im Bukett darstellte. Ökonomisches Vorgehen – das schien mir die so vernünftige wie angemessene Vorgehensweise in dieser Angelegenheit zu sein.

Schubert bereitete keine Probleme; für Bach musste ich lernen und mich gedanklich in die Tiefen der Probleme barocker Formgestaltung und polyphoner Linienführung versenken; ich lernte, Allemanden von Couranten, Sarabanden von Airs und dergleichen mehr zu scheiden, beschäftigte mich mit den Fragen historisierender Aufführungspraxis und informierte mich darüber, was der Meister in seiner Köthener Zeit, da die Cellosuiten entstanden, auch sonst noch für nichtmusikalisches Allotria getrieben hatte. Glänzend vorbereitet begab ich mich in die Prüfung.

Zwei Beisitzer, ein Theologe und ein Anglist, dazu ein Protokollant, der mir als Erdkundeprofessor vorgestellt wurde, sowie der Prüfer, mein verehrter Professor. Er stellte mich der kleinen Kommission vor und fragte: „Welche Themen hatten wir eigentlich abgesprochen?", was, wie ich merkte, einen so unauffälligen wie irritierten Seitenblick des Anglisten in Richtung des Theologen veranlasste. Ich antwortete so eifrig wie wahrheitsgemäß, Schwanengesang und Cellosuiten. Ich freute mich darauf, den drei Herren und meinem Professor, der ein großer Musikwissenschaftler war und als Kapazität nicht nur für frühgriechische Musik und Musikästhetik galt, sondern dem gleichermaßen auch niemand etwas in der Grauzone zwischen Straußschen Walzern und Countrymusik des mittleren Westens vormachte, diesen vier Herren also gleich etwas über letzte Lieder und relativ langweilige Cellostücke erzählen zu dürfen. So wartete ich gespannt, wie mein Professor diese Prüfung wohl eröffnen würde.

„Also dann". Mein Professor wandte sich mir zu. „Dass Sie das alles wissen – da habe ich keine Bedenken." Die Herren der Kommission blickten ihn an, und er fuhr fort. „Zu diesen Themen wissen Sie wahrscheinlich mehr als ich. Und…" – er bedachte die drei Herren mit einem aufmunternden Kopfnicken – „…mehr als meine Kollegen sowieso. Ich möchte Sie darüber nicht prüfen." Die Herren blickten ihn an. „Erzählen Sie uns doch lieber einmal etwas Spannendes. Etwas Interessantes. Aus Ihrem Studium. Es hat ja…", er raschelte mit seinen Papieren, „…lange genug gedauert. Da wird sich doch etwas Interessantes außer Bach und Schubert finden lassen." Ich war einen Moment sprachlos. „Keine Prüfung? Etwas Interessantes?" „Ja. Bitteschön." Er lehnte sich zurück, stütze das bärtige Kinn auf die Handflächen und blickte mich erwartungsfroh an. Ich war dankbar, das weiter oben schon einmal erwähnte

Schatzkästlein meiner Erinnerungen immer dabei zu haben, überlegte also nur kurz und begann zu erzählen.

„Dann will ich an die Begegnung mit einem der Großen aus dem Zauberreich der Musik erinnern, von einem der großen Magier, dem einmal zu begegnen ich die unverdiente Gnade hatte." „Aha", sagte mein Professor und setzte sich etwas grader hin. „Das klingt gut. Erzählen Sie." „Ein Studienfreund und ich hatten uns Premierenkarten an der Opernkasse für die Aufführung einer seiner Opern besorgt, die am nächsten Abend gespielt werden sollte. Es hieß, er sei in der Stadt und würde die Inszenierung überwachen – sie musste ins benachbarte Schauspielhaus verlegt werden, weil die Oper kurz zuvor gebrannt hatte. So spazierten wir, die zwei Karten in der Tasche, durchs abendliche Frankfurt, als uns ein großes Durstgefühl überkam und wir beschlossen, eine nahe gelegene Kaschemme aufzusuchen, um ein wenig Bier zu uns zu nehmen. Wir setzten und an den einzig freien Tisch, ich rückte auf der Bank durch und schaute durch die damals noch rauchgeschwängerte Luft, ob jemand in der Nähe sei, uns zu bedienen.

Mein Freund war es, der mich mit heimlichem Kopfnicken auf den älteren Herrn aufmerksam machte, neben dem ich Platz genommen hatte. Ein glattrasiertes, freundliches Gesicht, längere Hare, ein undefinierbares Getränk. Ihm gegenüber saßen zwei junge Männer, von denen einer leise auf ihn einredete. Der ältere Herr malte Kringel auf Bierdeckel und nickte beständig mit dem Kopf. Als der Redner geendet hatte, blickte er ihn an und brummte: „You're right." Dann begann der andere zu reden. Der Ältere nickte wieder mit dem Kopf, malte weiter Kringel auf Bierdeckel, hörte sich auch diesen Monolog ruhig an, ohne zu unterbrechen, und brummte, als auch dieser geendet hatte, erneut „You're right." Mein Freund und ich, die wir inzwischen ein Bier vor uns stehen hatten, warfen uns einen wissenden Blick zu. Das war er. Unverkennbar. Das war John Cage, einer der größten Komponisten der Gegenwart, der gerade in Frankfurt die Inszenierung seiner Oper „Europeras II" überwachte. Er saß in dieser Frankfurter Kneipe, offensichtlich mit Studenten, langweilte sich und brummte zu allem, was ihm gesagt wurde, „You're right."

Mein Freund und ich mischten uns in das Gespräch nicht ein. Wir hörten nur zu. Ein wenig später traf die Gruppe Anstalten, das Lokal zu verlassen. Ich stand auf, um Cage durchzulassen. „Mr. Cage", sagte ich höflich. Er blickte mich mit freundlichen Augen an, hielt mir zwei Bierdeckel hin und sagte: „You're right."

An dieser Stelle unterbrach mich mein Professor, der mir die Zeit über schweigend zugehört hatte, und meinte: „Großartig. Sie haben mit Cage gesprochen." Ich wandte ein, dass man diese Begegnung schwerlich als Gespräch definieren dürfte, aber er habe neben mir gesessen und gestanden, ja, und mir einen Bierdeckel geschenkt. „Sie haben ein Autogramm von diesem… Wie heißt er doch gleich, Mr. Cage?", mischte sich der Erdkundeprofessor ein. Wieder musste ich korrigieren; ich besäße zwar einen Henninger-Bierdeckel, auf den er Kringel gemalt hätte, aber leider kein Autogramm. Mein Professor winkte ab; er machte keine Anstalten, die offensichtlich uninformierte Prüfungskommission über John Cage aufzuklären, seine mehr als 250 Kompositionen anzusprechen, darunter das richtungsweisende Klavierstück 4'33'', die allesamt als Schlüsselwerke der Musik des 20. Jahrhunderts gelten, und unter denen die in Frankfurt aufgeführte Oper das radikalste Werk seines musiktheatralischen Schaffens war; er verzichtete darauf, den drei Herren Cage als einen der weltweit einflussreichsten Komponisten unserer Zeit zu schildern, und so weiter und so fort. Keine Sorge, auch ich will das jetzt nicht tun. Nur noch so viel.

Statt die Kommission, die mich eigentlich in vollkommener Ahnungslosigkeit der Musik des 20. Jahrhunderts über die

Musik des 17. und 19. Jahrhunderts hätte prüfen sollen, darüber aufzuklären, wer dieser Mann war, stand mein Professor auf, nachdem er auf die vor ihm liegenden Blätter ein paar Notizen gemacht hatte – mir gingen Kringel durch den Kopf –, und bedankte sich bei mir für diese Prüfung. „So ist er. Cage. Genau so. Bierdeckel. Ha! Ein Bierdeckel. Wirklich gut." Und weiter, den drei Kollegen zugewandt: „Überlässt ihm einen Bierdeckel, der allein für ihn einen symbolischen Wert darstellt und sich ansonsten jeder ökonomischen Wertschöpfungskette entzieht, die den Kunstbetrieb oft genug konstituiert." Seine drei Kollegen blickten ihn ausdruckslos – um nicht zu sagen: blöde – an, nickten aber. Mein Professor zuckte mit den Schultern. „Verstehen Sie denn nicht? Cage verweigert sich. Der Bierdeckel ist wertlos. Unser junger Freund hier", er blinzelte mir zu, „kann überhaupt nicht beweisen, dass die Kringel von Cage sind. Und damit kann er ihn noch nicht einmal verkaufen. Gut. Wirklich gut."

Nach dieser kleinen Ansprache und nachdem er sich wieder gefasst hatte, hielt mein Professor mir meine Prüfungsbescheinigung hin, die schon vorher von den Kommissionsmitgliedern unterschrieben worden sein musste, schüttelte mir die Hand und meinte: „Herzlichen Glückwunsch. Sehr gut bestanden. Ich muss jetzt eine Zigarette rauchen. Kommen Sie mit?" „Das war alles?", fragte ich. „Das war die Prüfung?" „Ja", sagte mein Professor. „Das war alles. You're right."

Wie mich Ilse Aichinger einmal nicht knuddelte.

Und ich sah einen alten Mann; er trug kurze Hosen.

Ich persönlich trage nur sehr selten kurze Hosen, und wenn, dann im Urlaub. Niemals würde ich kurze Hosen tragen außerhalb des Urlaubs, schon gar nicht, wenn ich in der Stadt unterwegs bin. Wahrscheinlich trage ich sogar im Urlaub, habe ich städtische Dinge zu erledigen, keine kurzen Hosen. Bemerkenswerter noch als die kurze Hose des alten Mannes erschien mir aber, dass es bereits Mitte September war, da ich ihn in kurzen Hosen erwischte. Ich persönlich trage, unabhängig von der Wetterlage, ab dem 1. September prinzipiell lange Unterhosen unter meinen, müßig zu erwähnen, selbstverständlich langen Hosen. Das allerdings ist jetzt nicht der Grund für meine Aversion der kurzen Hose gegenüber; nein, der Grund ist ein anderer: Ich führe gerne ernstzunehmende Gespräche mit ernstzunehmenden Menschen, und die lassen sich meiner Erfahrung nach eben nicht in kurzen Hosen führen. Ich habe nur einmal ein solches mit einem solchen führen können; ansonsten ist mir das niemals gelungen. Und so warf ich dem alten Mann einen freundlich-nachsichtigen Blick zu, der so viel besagen sollte wie: „Na, wir zwei werden heute auch kein ernstzunehmendes Gespräch mehr miteinander führen."

Der, mit dem ich hingegen ein durchaus zufriedenstellendes und ernstzunehmendes Gespräch führen durfte, das in gegenseitigem Einvernehmen in kurzen Hosen vonstattenging, war der österreichisch-slowenische Dichter und Übersetzer Lev Detela. Wir beide waren im Urlaub, das wird jetzt nicht überraschen, es war warm, wir hatten unseren Platz an einer kleinen, einfachen Poolbar bezogen, umgeben von allerlei anderen Kurzbehosten, auch die guten Gefährtinnen tummelten sich in der Nähe. Später trafen wir uns noch einmal, in Wien, im Café Hawelka, aber da trugen wir beide dann wieder lange Hosen. Es war Winter, und freilich hatte ich bei dieser Gelegenheit auch meine langen Unterhosen parat. Derart präpariert nimmt es kaum Wunder, dass uns beiden erneut ein überaus spannendes, ernstzunehmendes Gespräch gelang.

Lange Unterhosen seien „unsexy", sagte die adipöse Kollegin, als es in vertrauter Runde einmal um persönliche Kleidungsgewohnheiten ging; aber meine schlagfertige Replik,

Blasenentzündungen seien – auch und gerade bei den Damen – noch viel mehr unsexy, drang bei ihr nicht so recht durch. Die adipöse Kollegin pflegt einen bemerkenswert selbstbewussten Umgang mit ihrem Körper; sie trägt zu allen Jahreszeiten Leggins in den schillerndsten Farben – Leggins, ein Wort, von dem ich nicht einmal sicher zu sagen weiß, wie ich es fehlerfrei schreiben sollte (und da ich diesen Satz niederschreibe, unterschlängelt mir, wie zur Bestätigung des eben Gesagten, meine automatische Rechtschreibprüfung das Wort Leggins aufs Zierlichste, freilich in Rot – auch dies eine Farbe, die die adipöse Kollegin durchaus zu tragen wagt. Leggins also, die dem adipösen Gesäß und Gebein der Kollegin zwar Struktur und Zusammenhalt verleihen, dem Gesamteindruck aber zugleich auch die Anmutung einer Teewurstspezialität, die die Firma „Rügenwalder Mühle" vertreibt, hinzufügen. Aber auch dies scheint bei der adipösen Kollegin nicht in jenen wichtigen Bereich unseres Gehirns vordringen zu können, an dem für gewöhnlich Benimm und Ästhetik ihren angestammten Platz einnehmen sollten. Bei mir etwa sitzt in diesem Bereich etwas, das mir zuflüstert: „Keine kurze Hose! Wir haben keinen Urlaub!" Wie angenehm es doch ist, ein derart fehlerfrei funktionierendes Ästhetik- und Benimmzentrum sein eigen nennen zu dürfen, geht mir gerade auf. Aber bei der adipösen Kollegin ist dieses Zentrum sicher nicht so wohl ausgestattet wie bei mir, weshalb sie auch ganz selbstverständlich in öffentlicher Runde über ihre Vorliebe für den Karneval oder die Zumutungen des deutschen Schlagers berichten kann, die ihr Freude zu bereiten scheinen. Ich dagegen bin mir gar nicht so sicher, welche dieser Zumutungen – Karneval oder Oktoberfest, wo der deutsche Schlager bekanntlich fröhliche Urstände feiert – mir als die geringere erscheint. Ich muss da gleich, verbildet, wie ich bin, an den großen Homer denken, der seinen Odysseus bekanntlich auch die fragwürdige Wahl zwischen Scylla und Charybdis treffen lässt; aber der hatte als vornehmer Grieche wenigstens ein fehlerfrei funktionierendes

Ästhetik- und Benimmzentrum zur Verfügung. Darüber hinaus fällt die adipöse Kollegin im Übrigen durch den Umstand auf, dass sie, nachdem sie nun funktional in eine leicht höhere berufliche Stellung aufgerückt ist, umher stehende Kolleginnen gerne ungefragt zu umarmen pflegt, um dabei in die Runde zu rufen: „Einmal am Tag muss man die Chefin knuddeln!" Hm. Ende des Vorherigen. Oder, wie Schiller es seinerzeit doch so treffend formuliert hat: Nicht diese Töne! Sondern lasset uns andere anstimmen. Und vor allem: freudenvollere.

Da fällt mir doch ein: Ich habe in Wien einmal die zwischenzeitlich verstorbene Ilse Aichinger getroffen, die große österreichische Schriftstellerin. Sie war schon sehr alt und saß in ihrem Stammcafé, das ich zufälligerweise betrat, um etwas Kaffee zu mir zu nehmen. Noch zufälliger aber war es, dass ich ein Buch im leichten Reisegepäck führte, das den Titel „Wo ich wohne" trägt – und für das eben diese Ilse Aichinger als Verfasserin zeichnete; ich hatte es nur wenige Stunden zuvor in einem Antiquariat erstanden. Es war handsigniert (und so gut wie neuwertig, das bemerkte ich aus Gründen des Taktes allerdings nicht) und kostete mich, im Vergleich zum Kleinen Braunen, der vor mir stand, nur einen lächerlich geringen Obolus (auch das behielt ich für mich). Wir unterhielten uns eine Weile, nachdem ich mich vorgestellt hatte, über dies und jenes; sie nahm es freundlich zur Kenntnis, wenngleich ohne erkennbare Begeisterung, dass ich mit den mir Anempfohlenen in der Schule gelegentlich noch immer ihre Texte lese. Auch die ihres bereits vor Jahren verstorbenen Mannes, des Lyrikers Günter Eich, dessen Arbeit ich persönlich über alle Maßen schätze. Nach diesem sehr schönen und ernstzunehmenden Gespräch, das selbstverständlich meinerseits in langen Hosen geführt wurde, verabschiedete ich mich, glücklich darüber, dieser großen, vornehmen alten Dame des deutschsprachigen Literaturbetriebs begegnet zu sein. Sie hatte mich beim Abschied nicht geknuddelt, was ich – trotz ihres fortgeschrittenen Alters – als

Beleg für ein nach wie vor fehlerfrei funktionierendes Ästhetik- und Benimmzentrum ihrerseits wertete.

Später, als bei mir das Nachdenken über kurze Hosen einsetzte, fragte ich mich, ob Günter Eich jemals ein Gedicht über kurze Hosen oder zumindest lange Unterhosen geschrieben hat; mir ist jedenfalls keines bekannt. Pablo Neruda, der chilenische Dichter, hat es wenigstens getan; da gibt es die Zeilen „Ich geh vorüber, quere Amtsstuben und orthopädische Läden, und Höfe, wo an einem Draht Wäsche hängt: Unterhosen, Handtücher und Hemden, die langsame schmutzige Tränen weinen." Ob er lange oder kurze Unterhosen im Sinn hatte und ob ihm für diese Zeilen der Literaturnobelpreis verliehen wurde, weiß ich nicht – aber das ist doch immerhin etwas. Im übrigen, und so schließen sich langsam alle Kreise, begegneten die gute Gefährtin und ich in Wien auch einmal jenem Ingomar Kmentt, der als Sänger von so genannten Wiener Liedern durch die Heurigen-Lokale tingelt und sich freute, dass wer noch seinen Onkel Waldemar kannte, der seinerzeit mit den Herren Schock und Prey als heller Stern am Tenorhimmel der Anneliese-Rothenberger-Ära schimmerte – und dass wer darüber hinaus sogar noch eine Schallplatte besaß, auf der besagter Waldemar Kmentt die Tenorpartie in Beethovens letzter Sinfonie schmettert, für die der oben erwähnte Schiller bekanntlich die oben erwähnten Textzeilen beigesteuert hatte. Aber das führt jetzt, wie ich gerade merke, doch entschieden zu weit.

Uns so denke ich, dass ich im Kollegenkreis, wenn wir wieder einmal in vertrauter Runde beisammenstehen und gemeinsam darüber nachdenken, was wir der adipösen Kollegin wohl zum anstehenden Geburtstag schenken könnten, den Vorschlag unterbreiten werde, zusammenzulegen, ihr im orthopädischen Laden einen Gutschein zu besorgen, den sie hernach für ein – sagen wir: ruhig ein paar lange Unterhosen – einlösen könnte. Anderes, Sinnvolleres, fällt mir im Augenblick beim besten Willen nicht ein, denn ich sorge mich ein wenig um ihre Blase. Und ein fehlerfrei funktionierendes Ästhetik- und Benimmzentrum gibt es bekanntlich nicht käuflich zu erwerben, Eich und Beethoven interessieren sie nicht und mein hart erarbeitetes Geld in eine CD mit Knuddelschlagern zu investieren, das wäre mir doch irgendwie zutiefst zuwider.

Wie es einmal frisch wurde.
Peter Maffay kauft eine Zeitung.

Auf Mallorca, dieser wunderbaren Insel – wenn man sich nur weit genug in die Peripherie absetzt – gibt es ein wunderbares Städtchen, in dessen Nähe der wunderbare Rocksänger Peter Maffay eine – ich gehe jetzt einfach einmal davon aus – wunderbare Finca besitzt. Es war Herbst, ein wenig frisch, und es sollte Kaminholz für ein gepflegtes Außengrillen besorgt werden. Das gab's ortsnah an der Repsol-Tankstelle. Mir kam die Besorgung zu, die Familie verblieb im Wagen. Ich packte gerade den Sack, als ein wunderbares Fahrzeug mit Allradgetriebe direkt neben mir hielt und der so kleine wie interessante Mann ausstieg, in dem ich sogleich den Star erblickte. Klein, aber oho, dachte ich, also diese Stars, auf Körpergröße kommt's da ja nun wirklich nicht an. Der Star blickte mich und meinen Sack freundlich an und sagte „Hallo". Ich erwiderte den Gruß und wir betraten gemeinsam den Verkaufsraum. Er besorgte sich bloß mit allergrößter Selbstverständlichkeit eine beliebte Tageszeitung, die zu erwerben mir sogar auf einer fernen Insel ein wenig die Schamesröte ins Gesicht getrieben hätte, das Kleingeld schon abgezählt in der Hand, als ob es nicht das erste Mal wäre, dass er dieses Geschäft hier, in der Repsol-Tankstelle, verrichtete, wartete aber höflich, bis ich meinen Sack bezahlt hatte und mich zum Gehen anschickte. Sogleich war er wieder neben mir, hielt mir die Tür auf und meinte mit einem feinen Seitenblick auf den Sack: „Es wird langsam schon ein wenig frisch". Ich weiß nicht mehr, wie ich auch in der Erinnerung krame, was ich ihm erwiderte, was da wohl noch über den Dank fürs freundliche Türaufhalten hinausgegangen wäre, aber ich antwortete höflich, sicher etwas mit Bezug auf den Umstand, dass es im Herbst auch auf der wunderbaren Insel wohl etwas frischer werden könne, und wir verabschiedeten uns mit dem gegenseitigen Wunsch für einen weiteren möglichst schönen Verlauf dieses in mancherlei Hinsicht doch bemerkenswerten und wunderbaren Tages, an dem es gleichwohl ein wenig frisch war.

Am Auto angelangt hing die in diesen Urlaub mitgenommene Nichte mit weit aufgerissenen Augen am Fenster. „Das war Peter Maffay", japste sie, „und Du hast Dich mit ihm unterhalten." „Ja klar", erwiderte ich nicht ohne Stolz und der in einer solchen Extremsituation gebotenen Beiläufigkeit, „wir haben uns ein wenig unterhalten."

Jahre später traf ich Peter Maffay in Berlin bei einem Empfang einer großen deutschen sozialdemokratischen Partei im Jüdischen Museum, zu dem ich als Vertreter meiner Berufsgruppe anlässlich einer Feier des Bundeskulturministeriums geladen war. Er konnte sich an das Gespräch beim besten Willen nicht mehr erinnern, und so gräme ich mich auch nicht länger darüber, dass ich mir nicht gemerkt habe, was genau ich zu ihm gesagt habe, als ich den Sack und er die Zeitung in der Hand hielten, an dieser Tankstelle im wunderbaren Städtchen auf der wunderbaren Insel, an dem Tag, da es ein wenig frisch auf Mallorca wurde.

Wie ich einmal einer schönen Frau auf den Fuß trat.
Martha Agerich guckt böse.

Ich möchte endlich auch einmal eine Frauengeschichte zum Besten geben. Dazu muss ich allerdings einmal mehr recht tief ins Schatzkästlein meiner Erinnerungen greifen. Es war der Tag, da sich der Todestag des großen russischen Cellisten Mstislaw Rostropowitsch zum ersten Male jährte. Ein trauriger Tag, gewiss, würde die Welt doch fürderhin ohne sein großartiges Spiel auskommen müssen, und damit Anlass genug für die Kronberg Academy, an deren Gründung Rostropowitsch maßgeblich beteiligt war, diese Gelegenheit gebührend mit einem exquisiten Kammerkonzert zu feiern. Rostropowitsch war es schließlich, der die Taunusgemeine Kronberg zur „Welthauptstadt des Cellos" erklärt hatte – lange, bevor zwei Journalisten der Wochenzeitschrift DIE ZEIT im Selbstexperiment herausgefunden hatten, dass Obdachlose während der Weihnachtszeit hier nur wenig zu lachen haben, wenn sie nicht gerade in der begünstigten Situation sind, ein Streichinstrument zu spielen, um sich für die exquisiten Kurse der Kronberger Kammermusik-Akademie anmelden zu können, für welchen Fall sie dann freilich problemlos kostenlose Obdach und ein Stückchen Brot erhalten hätten. Aber das ist eine andere Geschichte.

Das Konzert fand nun aber nicht im wenigstens für talentierte Musiker so gemütlich-gastfreundlichen Kronberg, sondern im eigens dafür angemieteten repräsentativen Herrmann-Josef-Abs-Saal der Deutschen Bank in Frankfurt statt; Abs war seinerzeit, dies nur zur marginalen Erinnerung, im Vorstand seiner Bank mit der „Arisierung" und damit dem Zwangsverkauf von jüdischen Unternehmen und Banken betraut. Aber was sollte es, dachte ich mir mit Blick auf das zusammenströmende Publikum, das ist lange her, das interessiert heute ohnehin keinen mehr, nach wem man irgendwelche Säle benennt, und die scheinbar so ätherisch abgehobene Musikwelt ist ohnehin aufs

Gröbste von den Problemen der Finanzwelt unterwandert. Als Rostropowitsch zum Fall der Berliner Mauer auf dem Cello den „Wir-sind-das-Volk"-Schreiern eine Sarabande von Bach vorspielte und sie damit wenigstens sieben Minuten lang zur Ruhe zwang und hernach in unserer Landeshauptstadt den Hessischen Staatspreis verliehen bekam, ließ er – dem zuvor schon die Orden für den Stalin-, den Lenin- und den Kennedy-preis angeheftet worden waren – auch diese Prozedur freund-lich über sich ergehen, lächelte still und meinte hernach in ei-ner Unterhaltung, die ich damals mit ihm führen durfte sinn-gemäß, dieser Roland-Koch-Preis habe ihm zu seinem Glück gerade noch gefehlt. Aber ich schweife ab, denn ich will ja gar nichts von Politik erzählen, sondern darüber berichten, wie ich einer schönen Frau einmal auf den Fuß trat, und das ist natür-lich etwas völlig anderes und interessiert euch sicher mehr.

Welch ein Ambiente: Blumen auf der Bühne, edle Notenstän-der und Programmhefte, ein ausgesuchtes, wahrhaftig so handverlesenes wie kunstsinniges Publikum, dazu im Pro-grammheft auftauchende Namen aus der Welt der Kammer-musik, deren Trägerinnen und Träger ich noch nie aus der Nähe zu sehen bekommen hatte, und über allem, auf eine große Stoffbahn appliziert und über der Bühne schwebend, das Konterfei des lieben Verblichenen, der alle Vorbereitungen auf das Konzert freundlich lächelnd von oben herab mit fei-nem Humor, wie ich aus seinem Gesichtsausdruck zu lesen vermeinte, beobachtete. Mir war, damit ich aufs Schönste und Werbewirksamste über das Konzert berichten konnte und den optischen Eindruck, den die Damen und Herren im Parkett, wo die Kameras standen, nicht unbotmäßig strapazieren würde, ein Platz auf der Empore zugewiesen worden, ir-gendwo, so die strenge Platzzuweiserin, da sei da oben doch alles frei. Dort angekommen, stand ein gutaussehender Herr mit grauen Locken, grauem Bart, offener Hose und im Begriff, sich ein Unterhemd auszuziehen, vor mir. Er lächelte mich an und öffnete die Tür neben mir. „Da", meinte er freundlich, „du kannst da sitzen." Ich nahm das Angebot gerne an, nahm auch die vertraute Anredeform positiv zur Kenntnis, und bewegte mich auf die erste Reihe der Empore zu, deren Mitte noch unbesetzt war. Zuerst galt es, an drei offensichtlichen Musikstudenten offensichtlich fernöstlicher Abstammung vorbeizukommen, dann an einem Kind, und dann – stand ich am Sitz der schönen Frau. Einer ausgesprochen schönen Frau, muss ich sagen, mit feingeschnittenem Gesicht, wilden, rötlich schimmernden Locken, einem üppigen Körper, dem die Anmutung von ein paar Lebensjahren mehr nichts anhaben konnte, ganz im Gegenteil, die sich ein wenig lasziv im Klappstuhl räkelte, das eine Bein weit fort von sich unter den Vordersitz ausgestreckt, dazu ein geschmackvolles, recht tief ausgeschnittenes Kleid – so schien sie in dergestalt vornehmer wie mich verwirrender Haltung versunken einem Geschehen auf der Bühne zu folgen, das noch, wie der Blick über die Schulter mir signalisierte, gar nicht begonnen hatte.

Schon wieder überkommt mich in dieser Erinnerung jene längst verschüttet geglaubte Begeisterung, und schon wieder schweife ich ab, denn der Kern meiner Erzählung soll ja der Tritt auf den Fuß eben dieser schönen Frau sein, und nicht diese meine totale Verunsicherung in Gegenwart des sowieso an dieser Stelle Nicht-Ausdrück- und Schilderbaren zum Gegenstand haben. Ich trat ihr also auf den Fuß, weil ich zur Bühne blickte und sie ihr Bein nicht schnell genug unter dem Vordersitz hervorziehen konnte. Ich entschuldigte mich, des böse funkelnden Blicks aus ihrem lieblichen Gesicht gewahr werdend, so heftig wie aufrichtig, mein Ungeschick innerlich verfluchend, und nahm, nachdem sie mich mit einer kleinen lässig-verachtenden Geste ihrer rechten Hand, nicht nur zum Schweigen gebracht, sondern auch noch aus dem Blickfeld gewedelt hatte, einen gewissen Sicherheitsabstand zu ihr beachtend, in der Mitte der Reihe Platz. Ich traute mich nicht, obgleich ich das gerne getan hätte, noch einmal zu ihr, die sie nur drei Plätze neben mir saß, hinüberzusehen. Mich weiter still schämend, nahm ich mir vor, mich auf das Geschehen auf der Bühne konzentrieren zu wollen, dessen Beginn nun ja nicht mehr lange auf sich warten lassen sollte.

Kaum saß ich, kamen von der anderen Seite drei Herren diesmal vorderasiatischer Provenienz, auf mich zu, einen auf mich – wie soll ich sagen – ein wenig ungepflegten und unrasierten Eindruck machend, die sich grußlos und in einer mir unbekannten Sprache miteinander parlierend, neben und hinter mir hinterließen. Aus der Nähe vermeinte ich gar den Hauch minderwertiger Alkoholika wahrzunehmen, und dachte in einem Anflug milder Überheblichkeit, der dem eben zurückliegenden Ereignis und meiner noch andauernden wenig positiven Grundstimmung geschuldet war, dass es ihnen – „Räuberbande", war mir durch den Kopf gegangen, hätte ich „Rinaldo Rinaldini" oder „Arpad, der Zigeuner" filmtechnisch zu verantworten gehabt, wäre die Komparsenfrage sofort gelöst gewesen – nur Recht geschehe, auf die Empore geschickt zu werden, denn unten, beim teuer gezahlt habenden vornehmen Publikum, wären die drei noch ungünstiger aufgefallen als ich selbst. Warum oben Leute wie die Japaner, die Räuber und ich saßen, darüber mochte ich nicht ins vertiefende Denken einsteigen, allein, was die schöne Frau hier zu suchen hatte, blieb mir ein Rätsel. Hinter mir saß Räuber Nummer drei, der mit seinen langen Haaren, seinem schwarzen Rollkragenpullover und einem darüber baumelnden grotesken Halsschmuck noch den sympathischsten Eindruck vermittelte; er hörte in dem Moment auf zu reden, da die Musiker auf die Bühne kamen, während seine zwei Bandenmitglieder noch weiter auf sich einredeten. Das Konzert sollte beginnen, und ab jetzt mache ich es kurz.

Der Geiger, der auf einmal auf der Bühne stand, war der berühmte Gidon Kremer, und der Cellist, den er mitgebracht hatte, der nicht minder berühmte Mischa Maisky, Rostropowitschs großer lettischer Meisterschüler. Ich erkannte ihn sofort wieder, als er 30 Meter von mir entfernt war; eben noch im Unterhemd mir den Platz zugewiesen habend, hatte er sich ein weit ausgeschnittenes Seidenhemd übergeworfen, das das hervorquellende Brusthaar aufs Schönste zur Geltung brachte, sich das Cello genommen und sicher auch die Hose zugemacht; ich war beeindruckt. Auch vom Spiel. Wie man sich doch in Menschen täuschen kann. Irgendwann verließ Räuber Nummer drei hinter mir seinen Platz, was ihm den von mir nicht laut nachgeschleuderten ungünstigen Gedanken einbrachte, „Ha, gehe er nur raus, wenn er die schöne Musik nicht aushält und dauernd dareinreden muss, ich hätte ihn ohnehin gar nicht erst hineingelassen", aber auch war ich schnell wieder still, als Juri Bashmet sich zu den beiden auf der Bühne gesellte, die zwischenzeitlich den kaum enden wollenden Beifall (auch den meinen) entgegennahmen. Bashmet gilt als einer der besten Bratscher unserer Zeit, und dass er immer komischen Halsschmuck und schwarze Rollkragenpullover trägt, ist mir aus 30 Meter Entfernung ja bekannt, aber dass er aus der Nähe wie Räuber Nummer drei wirkt und merkwürdige Bekannte hat (die neben mir schon wieder ihr Gespräch aufgenommen hatten), war mir neu.

Jetzt also Streichtrio. Interessantes neumodisches Werk, ein wenig intellektuell, aber gar nicht dumm. Nachdem ich den Räuberhauptmann neben mir zum zweiten Mal so freundlich wie bestimmt gebeten hatte, die Diskussion doch bitte draußen im Flur zu führen, stand er auf und ging tatsächlich. Meine Freude wich allerdings sogleich erneuter Beschämung; der Räuberhauptmann war, stellte sich kurze Zeit darauf heraus, der georgische Komponist des Werkes, in das er selbst ständig hineingeredet hatte, und nun stand er unten, verbeugte sich und bekam nicht nur den Applaus des Publikums, sondern auch den der drei Musiker. Er hielt Blumen im Arm und sah aus 30 Meter Entfernung recht manierlich aus.

Sie ahnen es. Als mein Blick nach links fiel, war die schöne Frau verschwunden. Ich blickte nach vorne, und tatsächlich: Martha Argerich tauchte auf der Bühne auf und verbeugte sich. Die große argentinische Pianistin, der 2005 mit dem Praemium Imperiale gewissermaßen der Nobelpreis der Künste in der Musiksparte zugesprochen worden war, war die schöne Frau, und gleich würde sie zusammen mit Räuber Nummer drei und Gidon Kremer ein Klavierquartett vom Räuberhauptmann spielen. Ich wusste nicht recht, was ich von diesem Konzert halten sollte; Rostropowitsch verfolgte die Dinge nach wie vor mit feinem, stillem Humor. Als Martha Argerich auf den Flügel zuging, schien sie ein wenig zu humpeln, aber vielleicht bilde ich mir das ein. Jedoch der böse Blick, den sie Richtung Empore schleuderte, als sie sich setzte und die Füße die Pedale suchten, der galt mir, da bin ich mir ganz sicher.

Frühling in Hamburg.
Helmut Lotti isst ein Brötchen.

Gerade war in meiner kleinen Liste, die ich unter dem Titel „Völker, deren Repräsentanten mir immer wieder einmal auf den Geist gehen" heimlich führe und ständig aktualisiere, im innereuropäischen Ranking die Schweiz auf den zweiten Platz abgerutscht, weil die Türken etwas Boden gutmachen konnten, als ich merkte, dass ich die Belgier ganz vergessen hatte. Noch war ich ganz verunsichert über den Umstand, dass gerade dieses Volk nicht in meiner Liste auftauchte, obwohl es hinreichend Gründe dafür geben sollte, gerade die Belgier in einer so ambitionierten Aufstellung nach ganz weit vorne zu zitieren, aber da fiel mir doch die singuläre Begegnung mit einem leibhaftigen Belgier ein; von ihr zu berichten, müssen wir und gedanklich aber in den hohen Norden unserer schönen Republik versetzen, denn genau da war es, wo ich einmal einen Belgier traf.

Das Privathotel Lindtner in Hamburg-Harburg besticht vor allem durch die großzügige Außenanlage, war zu lesen, und kaum steigen in der Hansestadt die Temperaturen über zwei Grad plus, werden die grünen Gartengarnituren auf den Rasen geschoben, die grünen Sonnenschirme aufgespannt und der Kaffee draußen serviert; gegen Aufpreis sei auch am Nachmittag ein original englischer Cream Tea drin. Da wollte ich hin, da musste ich hin, hielt ich mich schon einmal in der schönen Metropole im Norden auf. Leider hatte hier die Außentemperatur im Mai noch nicht ganz die magische Temperatur erreicht, ab der die Hanseaten im Freien zu sitzen pflegen, und also musste das Frühstück im edlen Frühstücksraum eingenommen werden. Wir alle kennen diese Frühstücksbüffets, wir alle kennen auch die Menschen, die sich dort auf hemmungslose Weise bedienen, schon um acht Uhr morgens ein Sektchen zu sich nehmen und darüber beschweren, dass es zwar zehn Sorten Körnerbrötchen gibt, dass aber das Lieblingskorn nicht darunter ist. Wie zur Bestätigung des eben Gedachten musste ich von meinem Platz aus das Benehmen eines Herren mit schwungvollem Großkotzwesen miterleben, ein Typus, der uns allen bekannt sein sollte, weshalb ich hier auch nicht näher auf seine Physiognomie oder sein wahrscheinlich anzunehmendes freidemokratisches Wahlverhalten oder gar meine Einschätzung seiner mutmaßlichen Vorlieben im persönlichen Fahrverhalten auf der Autobahn eingehen möchte. Dieser Herr nun machte einer der zahlreich herum wuselnden, Teller abräumenden und in die traditionelle Tracht der Serviertöchter gekleideten jungen Angestellten wegen irgendeiner Lappalie bitterste Vorwürfe, was das Mädchen dazu brachte, ihn nur finster und schweigend anzustarren. Wahrscheinlich war das Teewasser nicht heiß genug oder es hat irgendein Körnerbrötchen gefehlt. Interessant war, bei ihr das Phänomen der Duldungsstarre auszumachen, in das sie verfiel, um sich wortlos diese Maßregelungen anzuhören; Duldungsstarre ist ein Begriff, aus der Veterinärgynokologie stammend, der ein Verhalten bezeichnet, das sich bei Frauen auch außerhalb der Paarungssituation beobachten lässt, wenn sie sich in irgendwelchen männerdominierten öffentlichen Ritualen, Gremiensitzungen oder angesichts zu oft wiederholter Vorwürfe des Ehepartners in ihre kleinen Schutzräume zurückziehen.

In einen solchen kleinen Schutzraum hatte sich auch ganz offensichtlich mein Nebenmann am Nachbartisch zurückgezogen, der mir seit geraumer Zeit aufgefallen war. Ein gut aussehender, nicht mehr ganz junger Mann mit schönen Haaren und feinen Gesichtszügen, der schweigend versuchte, sein Frühstück zu genießen, während drei neben und gegenüber sitzende Männer in dunklen Anzügen permanent auf ihn einredeten. Ich hatte ihm, als ich mich auf meinem mir von einer Serviertochter zugewiesenen Platz niedergelassen hatte, freundlich zugenickt, und er hatte den Gruß ebenso freundlich nickend erwidert; danach hatte er sich wieder, Teilnahme vortäuschend, seinen Begleitern zugewandt. In diesem Mann nun erkannte ich, der ich seinerzeit noch für diverse Feuilletons unterwegs sein durfte, um manierliche Berichte zum Kulturgeschehen abzufassen, unschwer den zu eben dieser Zeit recht populären Tenor Helmut Lotti; offensichtlich hatte er am Vorabend in Hamburg gesungen oder er wollte das noch tun, ich würde das eruieren müssen, dachte ich bei mir. Er saß da und kaute im Gegensatz zu seiner Equipe an einem – was mich sogleich sehr für ihn einnahm – kornlosen Brötchen herum, während er den verbalen Zumutungen seiner Tischgenossen ausgeliefert war. Gelegentlich schweifte sein unsteter Blick zu mir herüber, der ich gleichfalls ein kornloses Brötchen verzehrte und ganz still war, und vielleicht wünschte er sich, ich würde ihn an meinen Tisch bitten, wo er es bestimmt ein wenig ruhiger gehabt hätte. Das nun aber traute ich mich nun doch nicht; allein mein Blick bedeutete: Wenn Du aufstehen magst, Helmut Lotti, um bei mir Platz zu nehmen, würde ich mich freuen;

bring aber Deine drei Körnerfreunde bitte nicht mit. So in etwa guckte ich ihn an.

Ja, nun. Irgendwann gehen auch die unterhaltsamsten Beobachtungen ihrem Ende entgegen, gerinnen zur blassen Erinnerung; der Großkotz war verschwunden, die Serviertochter wuselte, aus der Duldungsstarre erwacht, wieder zwischen den Tischen herum, und Helmut Lotti stand auf, begleitet von den drei Körnerfreunden, und verließ, mir noch einmal unaufgefordert still zunickend, den Raum. Ich grüßte ihn gleichermaßen – ernst, wissend, verstehend; sein Blick dabei sprach Bände, und einer dieser Band hieß Hier, Helmut Lotti, hätte ich einen ruhigen Platz neben Ihnen, einem freundlichen Herren und Körnerbrötchenverachter gehabt, und ich wusste, dass er mich verstanden hatte. Aber die Verhältnisse, meinte schon Brecht, die sind oft nicht so.

Eine kurze Begegnung gewiss, aber auch eine tiefe. Und wenn Sie jetzt denken, Ach, was war denn das für ein langweiliger Kram mit diesem komischen Lotti und den Körnerbrötchen, wann liest er endlich mal was Gescheites vor, dann kann ich erst einmal nicht umhin, Ihnen nicht zu widersprechen. Helmut Lotti ist langweilig, das einzige Konzert, in dem ich ihn live erlebte, war grottenschlecht und seine Stimme kaum überliefernswert, was sein Management freilich nicht davon abhielt, mehrere Helmut-Lotti-goes-Classic-CDs zu produzieren und auf einen gierigen Markt zu schleudern, wo sie noch heute verramscht werden. Später, nach langer Pause und bevor er mit seinem Comeback auf der kulturellen Höhe einer Florian-Silbereisen-Volksmusiksendung angekommen war, outete er sich auch noch als Glatzenkopf – denn auch die schönen Haare waren nur ein Toupet.

Aber wir dürfen nicht vergessen: Helmut Lotti ist Belgier. Ein Volk, eingeklemmt zwischen schunkelnden Rheinländern und der tobenden Nordsee, kann nicht anders als in Europa in einer gewissen Duldungsstarre zu verharren; und so verhalten sich auch seine Bürger. Belgien hat also auf der weiter oben erwähnten Liste, die ich unter dem Titel „Völker, deren Repräsentanten mir immer wieder einmal auf den Geist gehen" heimlich führe, nichts verloren; im Gegenteil. Dass in meiner Anthologie andere Völker dort ganz oben stehen, Großkotze, die ihrerseits ihre Nachbarn in die Duldungsstarre zwingen, ist dagegen sicher eine absolut richtige Entscheidung. Aber nicht die Belgier. Niemals. Und während ich das dachte, fiel mir noch ein, wie ich einen letzten Augenblick im vornehmen Frühstückszimmer des Privathotels Lindtner in Hamburg-Harburg verweilte und aus dem Fenster blickte. Draußen zogen die Angestellten grüne Gartenmöbel auf die Terrasse; die Temperatur musste zwei Grad plus erreicht haben. Endlich Frühling, dachte ich.

Die hässliche Cellistin.
Udo Samel stellt sich vor.

„Nein", sprach die hässliche Cellistin, hakte sich bei mir ein und schob mich sanft vorwärts, „Du gehst jetzt mit. Den musst Du kennenlernen." Ich sage bewusst hässliche Cellistin, weil diese Bekannte in der Tat eine sehr gute Cellistin, aber gleichzeitig eben auch eine sehr hässliche Frau war. Sie unterlief die durchgängig zu vernehmende Annahme, Cellistinnen müssten engelsgleiche Wesen mit langen Locken sein, die ihrem Instrument einen betörenden Ton entlockten, aufs Schärfste. Ihr Ton war zwar betörend, aber ich komme trotzdem nicht umhin, sie die hässliche Cellistin zu nennen, um auch ihren anderen Attributen kurz und prägnant die Reverenz zu erweisen. Wir hatten uns zufällig im Foyer des Frankfurter Schauspielhauses getroffen, nachdem wir von – freilich unterschiedlichen Plätzen aus – die szenische Inszenierung von Franz Schuberts Liedzyklus „Die schöne Müllerin" verfolgt hatten; eine bemerkenswerte Inszenierung, wie ich zugeben musste, über die ich am nächsten Morgen mündlich bei der Radiokulturwelle meines Vertrauens Bericht zu erstatten haben würde. Zu diesem Zwecke musste ich aber immer recht früh mein Bett verlassen, und also drängte mich nichts, trotz der bemerkenswerten Inszenierung, mein Bleiben im Frankfurter Schauspielhaus über Gebühr zu verlängern. Zumal mir Premierenfeiern sehr schnell auf die gute Laune gingen; es halten sich für mein Empfinden dort zu viele unangenehme Menschen auf. Ich hatte noch versucht, ihr, da ich ihr gewärtig wurde, schnell zu entkommen, aber, wie sich dem Anfang dieser Geschichte leicht entnehmen lässt, mit nur, wie das heute heißen würde, suboptimalem Erfolg. Und nun schob sie mich vor sich her in Richtung der Schnittchen und Weinchen, sagte „Du gehst jetzt mit. Den musst Du kennenlernen" und freute sich offensichtlich, gleich mit einem so interessanten wie kulturell informierten Begleiter auf der Premierenfeier erscheinen zu können; von attraktiv möchte ich in diesem Zusammenhang nicht sprechen, obgleich ich, gerade neben und im direkten Vergleich mit der hässlichen Cellistin, sicher nicht den unattraktivsten und unvornehmsten Eindruck machte.

Meine Abneigung gegen Premierenfeiern speist sich auch aus dem Umstand, nur noch ein Satz dazu, dort immer erfolgreichen und schönen Zeitgenossen ausgeliefert zu sein, die mit einer gewissen hohen generellen Fitness prahlen; sie berichten von den unnützen Dingen, die sie sich leisten können, von Theaterbesuchen und Kunstsammlungen, und erwarten als adäquate Antwort der anwesenden weiblichen Klientel das Signalisieren einer gewissen Paarungsbereitschaft. Das sind Dinge, die mich ein wenig irritieren, und also schaltet sich bei mir da normalerweise schnell ein gesunder Abwehrmechanismus in Richtung einer Vermeidungsstrategie ein. Normalerweise, sage ich, denn es hatte in diesem Fall ja nicht funktioniert. Und so schob mich die hässliche Cellistin direkt hinein ins frohe Getümmel, bis ich direkt vor einem dicken, freundlichen Herrn stand. Er umarmte und herzte die hässliche Cellistin, was mich verwunderte, und nachdem sie genug geherzt und einander umarmt hatten, stellte sie mich Udo vor. Udo strahlte mich an, drückte mir fest die Hand und meinte überflüssigerweise: „Wie schön, ich bin der Udo." Ich sage überflüssigerweise, weil ich den Regisseur und Schauspieler Udo Samel als wichtigste Person des Abends zwar in der Menge vermutet hatte und er davon ausgehen durfte, erkannt zu werden, auch von mir. Seine beeindruckendste schauspielerische Leistung hatte er für mich in Fritz Lehners Verfilmung „Mit meinen heißen Tränen" abgeliefert, als er dem todkranken Franz Schubert für die letzten Monate seines Lebens ein Gesicht lieh. Und dieses Gesicht lächelte mich jetzt freundlich an, stellte sich vor – und ich hatte nichts Besseres zu denken als: der ist ja viel dicker, als ich ihn mir vorgestellt habe. Und mich verblüffte, dass die hässliche Cellistin ihn anscheinend gut kannte.

Jetzt muss ich zur hässlichen Cellistin allerdings anmerken, dass sie das ist, was laut meiner verstorbenen Großmutter väterlicherseits in den konfessionell verschiedenen religiösen Zirkeln gleichermaßen als „Talarschranze" bezeichnet wird; ein Mensch also, der sich gerne und oft in der Nähe eines Pfarrers aufhält, um sich in dessen Aura zu wärmen. Nun ist Udo Samel kein Pfarrer, aber hat eine unglaubliche Präsenz und Ausstrahlung, und er ist wichtig. Allesamt gute Gründe, nehme ich an, die die hässliche Cellistin in seine Nähe zogen; ob er eine Kunstsammlung besitzt und ob dieser mit der Paarungsbereitschaft der ihn umstehenden weiblichen Klientel wie der hässlichen Cellistin rechnete, bezweifele ich bis heute hingegen stark. Allerdings hatte ich als Neuhinzugetretener eine günstige Position am Rande einnehmen dürfen, aus der heraus ich sehr wohl wahrnehmen konnte, was sich gruppendynamisch während dieser Premierenfeier abspielte. Männliche Körper, lehrt uns die Geschlechterforschung, definieren und konstituieren bekanntlich die Räume, in denen sie sich bewegen, als Subjekt – die weiblichen Körper hingegen erleben sich als im Raum positioniert, als, ganz recht, Objekt. Die hässliche Cellistin nahm sofort, da sie begrüßt worden war und vorgestellt hatte, nur noch eine im Raum positionierte Objekthaltung ein, aus der heraus sie zu allem, was der den Raum subjektmäßig konstituierende Udo Samel erzählte, eifrig nickte, ständig lächelte und große Augen machte. Samel blickte dabei in die Runde, lächelte auch mir zu, der ich gleichfalls eine bequeme Objekthaltung eingenommen hatte, doch kam sein Blick immer wieder auf die hässliche Cellistin zurück, was möglicherweise auch auf die erstaunliche Kombination aus evangelischem Gesicht und Amok-Dekolleté zurückzuführen war.

Apropos evangelisch. Unserem Kreis gesellte sich kurz darauf ein alter Bekannter hinzu, der mich auf eine Art und Weise begrüßte, die ich vor wenigen Jahren noch als evangelisches Oberarmribbeln bezeichnet hätte und das sich in gewissen Zirkeln noch ungebrochener Beliebtheit erfreut, eine Form der Begrüßung also, mit der er seiner Freude über das Wiedersehen und mit seinem Lob über mein körperliches Gut-beieinander-Sein aufs Schönste kombinieren und zum Ausdruck bringen konnte, ohne sich mir dabei allzu aufdringlich nähern zu müssen. Er sah kein bisschen älter aus, das sagte ich ihm, er wirkte darüber hinaus aber auch kein bisschen klüger, das hingegen sagte ich ihm nicht. Ich konnte nicht anders als ihn Udo Samel vorzustellen, der ihn seinerseits mit einem freundlichen „Wie schön, ich bin der Udo" in der kleine Runde willkommen hieß, in der die hässliche Cellistin noch immer großäugig an seinen Lippen hing. Ich weiß nicht mehr, über was wir redeten, aber ich bin sicher, dass es eine vernünftige Subjekt-Objekt-Kommunikationsstruktur aufwies; jedenfalls kann ich mich nicht an diese üblichen grenzdebilen Antworten auf hyperdebile Fragen erinnern, wie wir sie aus dem Fernsehen kennen, wenn halbwegs prominente Menschen in Talkshows befragt werden und antworten müssen. Vielleicht wird Udo Samel ja deswegen nicht in Talkshows eingeladen, wer weiß.

Und mitten in diesem zunehmend interessanter werdenden Gespräch – wie froh war ich inzwischen, geblieben zu sein und Teilhabe zu nehmen an dem, was geredet wurde – geschah etwas Eigentümliches. Die hässliche Cellistin hatte Udo Samel in einem Nebensatz mit dem Umstand vertraut gemacht, dass ich, der ich hinter ihr am Rande stand, gleichzeitig auch der sei, der am nächsten Morgen über seine Inszenierung im Rundfunk sicherlich sehr freundliche Worte finden und sie loben würde; sie zerrte mich am Arm aus meiner beobachtenden Position hervor – und mit einem Mal wechselte meine Rolle: Ich gelangte, aber so etwas von schnell, heraus aus der Objektdirekt hinein in eine wenn nicht den Raum, so doch wenigstens die umher stehende Gruppe neu definierende Subjektposition. Der Regisseur wandte sich mir zu, meinte, darüber wollte er doch ein wenig mehr wissen, und zog mich in ein Gespräch, in dem ich – dank des Wechsels dieser Position – als zum Subjekt befördertes Gegenüber beinahe auf Augenhöhe mit ihm über die Frankfurter Kulturszene und meine Ausgehgewohnheiten und -vorlieben in dieser Hinsicht zur Disposition stellen durfte. Müßig zu erwähnen, dass wir während unserer anregenden Disputation das eine oder andere Gläschen Wein zu uns nahmen, was uns beiden wohl bekam.

Während wir also auf hohem Niveau miteinander unterwegs waren, bemerkte ich aus dem Augenwinkel, dass und wie sich jemand neu zur Gruppe gesellte und sich langsam zu mir vorarbeitete; Udo Samel schien die Person gar nicht zu bemerken, aber sie stellte sich sacht neben mich und machte mit einem leichten evangelischen Oberarmribbeln auf sich aufmerksam. Sie kennen diese Person sicher auch; es war der so genannte gesunde Menschenverstand, der da vorwurfsvoll auf mein Weißweinglas schaute und mir ins Ohr raunte, dass ich, wenn ich mich nicht langsam einmal auf den Weg nach Hause machen würde, in keinster Weise am nächsten frühen Morgen dergestalt positiv und souverän über die Veranstaltung würde sprechen können, wie es Udo Samel – und letztlich auch ich selbst – es von mir würde erwarten dürfen. Das Problem der Verabschiedung löste die hässliche Cellistin für mich; die kleine Gesprächspause ausnutzend, die meinerseits dem Auftauchen des gesunden Menschenverstandes geschuldet war, übernahm sie das Reden für mich, der ich, Udo Samel die Hand drückend und nur das Beste für weitere anstehende Arbeiten wünschend, mich nun zum Aufbruch bereit machen konnte. Samel verabschiedete mich freundlich mit einem „Wir sehen uns", und in der Tat habe ich ihn seitdem noch ein paar Mal im Fernsehen gesehen, so ganz Unrecht hatte er damit also wirklich nicht.

Ich verließ die Veranstaltung beschwingt. Irgendwie war ich der hässlichen Cellistin auf einmal dankbar dafür, mir diesen anregenden Abend beschert zu haben. Am S-Bahnhof verkündete eine mitleidlose weibliche Stimme aus dem Lautsprecher längere Wartezeiten. Spätestens in diesem Moment war Schluss mit meiner Einbildung, ich könnte irgendwelche Räume definieren oder gar konstituieren. Vollkommen auf meine durch die Machenschaften der örtlichen Nahverkehrsbetrieben zurückreduzierte Objektstruktur fühlte ich mich irgendwie doch wieder nur im Raum positioniert und nahm resigniert auf der Wartebank Platz. Nach einer Weile setze sich jemand neben mich; es war der gesunde Menschenverstand, der offenbar zusammen mit mir die Premierenfeier verlassen hatte. Aber bevor er mir noch einmal den Oberarm ribbeln und mich trösten konnte, fuhr meine Bahn ein. Drinnen dachte ich an die hässliche Cellistin. Und ich fand sie, da ich mir ihr Bild noch einmal vor Augen rief, auf einmal gar nicht mehr so hässlich, was möglicherweise, ich gestehe das ganz offen, möglicherweise auch auf die erstaunliche Kombination aus evangelischem Gesicht und Amok-Dekolleté zurückzuführen war.

Aber sie hatte ja, und das habe ich weiter oben schon erwähnt, auch einen wirklich betörenden Ton.

Wie ich einmal fehl am Platze war.
Ein Würstchen mit Jörg Thadeusz.

Manchmal, wenn ich im Urlaub und am Meer bin, beobachte ich Männer überwiegend fortgeschritteneren Alters, die am Strand stehen und in eigentümlicher Pose dort verharren: In engen Badehosen, aus denen wenig schöne Beine heraus- schauen, mit behaarten Rücken, die Hände in die Hüften ge- stützt, stehen sie breitbeinig da, lassen sich die Wellen um die Knöchel spülen und blicken auf den Horizont, an dem sich in der Regel nichts abzeichnet. Ich mag diese Haltung irgendwie nicht, und mir kommt regelmäßig in den Sinn, dass diese Män- ner da eigentlich nichts verloren haben, den Horizont, das Meer und was auch immer in Ruhe lassen und mir nicht die Aussicht verstellen sollten. Manchmal, wenn mich der Über- mut packt, stelle ich mich in gleicher Haltung neben sie und glotze aufs Meer hinaus, aber diese Männer sind so mit sich und ihrer Pose beschäftigt, dass sie mich gar nicht bemerken. Die gute Gefährtin, die das alles vom gemütlichen Strandlager aus freilich genau beobachtet, lacht dann immer. Wenn die Männer genug geglotzt und gepost haben, bücken sie sich, so- fern sie dazu noch in der Lage sind, heben ein Steinchen auf, sofern eines herumliegt, und schleudern es ins Meer. Vielleicht wollen sie auf diese Weise ein Zeichen ihrer Anwesenheit hin- terlassen, freilich ein flüchtiges Zeichen; vielleicht sind es die gleichen Männer, die früher, als sie jünger waren, ihre Spuren mittels in Baumrinden eingeritzten Runenzeichen hinterlassen haben, später dann vielleicht in Gestalt von mehr oder minder geratenen Kindern oder gar in Form ganzer Unternehmen, die sie als Führungsgestalt geprägt haben, wie immer wieder die- sen Todesanzeigen der wichtigen Tageszeitungen zu entnehmen ist, die deren Seiten zumeist halbseitig füllen. Manche wirken auch in Form der von ihnen geschriebenen Bücher nach, auch das darf man nicht vergessen.

Vielleicht mag ich diese Pose nicht, weil sie mich an eine Fotografie eines älteren Herrn erinnert, die es einmal gab, bis seine Gattin sie zusammen mit anderen Andenken im Bollerofen verbrannte, was wohl gewissen gesundheitlichen Einschränkungen, die das hohe Alter mit sich bringt, geschuldet sein mochte. Dieses Bild jedenfalls machte Eindruck auf mich. Auch dieser ältere Herr stand breitbeinig da, die Hände in die Hüften gestemmt, aber er stand nicht am Strand, sondern auf einer großen Terrasse mit Mauerbrüstung, er trug auch keine Badebekleidung, sondern die Ausgehuniform eines deutschen Wehrmachtoffiziers, und er blickte auch nicht auf das Meer hinaus, sondern auf den Pariser Eiffelturm, der sich in gebührender Entfernung respektheischend am Horizont abzeichnete. Das Foto gibt es, wie ich gerade bemerkte, nun nicht mehr, aber die Erinnerung daran gibt es noch, und auch in ihr stellt sich immer wieder das leichte Gefühl ein, dass auch dieser ältere Herr nicht in dieser Pose hätte dort stehen, sondern die schöne Stadt Paris und den Turm und das alles mal lieber hätte in Ruhe lassen sollen.

Als ich vor kurzem aus einer zwischenzeitlich nicht mehr ganz so großen sozialdemokratischen Partei ausgetreten bin, deren Mitglied zu sein ich für einige Jahre die Ehre hatte, erfüllte mich dieser Schritt, der mir nicht leicht fiel, mit Wehmut; ich konnte der Politik dieser Partei nicht mehr folgen, und also war dieser Schritt unumgänglich geworden. Wehmut ist ein schönes, selten gewordenes Wort, das ich sehr schätze, weil mir des Öfteren wehmütig zumute ist oder ich wehmütiger Stimmung anhänge. Zum Beispiel, wenn ich daran denke, dass mich diese damals noch etwas größere sozialdemokratische Partei einmal nach Berlin in die Hauptstadt eingeladen hatte, wo die Feier des zehnten Jahrestages des Bestehens des von dieser Partei begründeten Kulturstaatsministeriums zu begehen war. Aus diesem Anlass waren ausgewählte Repräsentanten verschiedener kulturell wirksamer Berufsgruppen eingeladen worden, um ihre Berufsgruppe während der Feierlichkeiten angemessen zu repräsentieren. Die meisten Repräsentanten, das fiel mir schon beim Betreten des Jüdischen Museums auf, stammten aus der Prominentenabteilung der Politik, der Literatur und der Unterhaltungsmusik, was zu der amüsanten Situation führte, dass sich diejenigen Menschen, die nicht so ganz prominent aussahen, ständig in die Gesichter blickten und dabei scharf überlegten, woher sie ihr Gegenüber wohl kennen mochten; vorsichtshalber grüßte man sich auf eine Art, die vermuten ließ, dass man sich schon irgendwo einmal gesehen hätte, und wenn auch nur im Fernsehapparat, und mithin im Bilde sei.

Es gab viele Reden, dazwischen Gelegenheit, miteinander ins Gespräch zu kommen, und Livemusik. Die kam von einer Gruppe namens „17 Hippies", die allerdings, wie ich durch Nachzählen feststelle, nur 13 waren, überhaupt keine Hippiemusik machten und auch nicht wie Hippies aussahen. Ich unterhielt mich ein wenig mit Herrn Schorlemmer, den ich bereits vorher bei einem Rundgang durchs Jüdische Museum kennengelernt hatte, da man uns in Vierergruppen eingeteilt und – bis zum offiziellen Beginn der Veranstaltung – auf einen Rundgang durch die Sammlung geschickt hatte; mit dabei waren noch der Schauspieler Heinrich Schafmeister und seine Frau. Ihn schätzte ich schon damals, weil er in einer Comedian-Harmonists-Verfilmung die Rolle des Erich Collin, des 2. Tenors des Ensembles, übernommen hatte, und in sympathischen Kinderserien mitwirkte; seine Frau war schön, bleich und wirkte sehr zerbrechlich. Sie trug ein eng um den Kopf gewickeltes Tuch, sprach nur wenig und hielt sich ständig an seinem Arm fest, so dass Herr Schorlemmer und ich nicht umhin konnten, als uns Gedanken über ihre mögliche gesundheitliche Situation zu machen.

Viele Reden, sagte ich eben. Der Moderator der Veranstaltung, der sicher durchs Fahrwasser der unumgänglichen und strukturierenden Moderation ruderte, war der Berliner Fernsehmann Jörg Thadeusz, ein höchst angenehmer, ruhiger und humorvoller Mensch mit herausragenden Manieren. Normalerweise interviewt er im RBB Prominente oder ist selbst Teil irgendeiner Prominentenrunde, die in den entsprechenden Shows in den Dritten Programmen etwas erraten darf. Hier aber sagte er die Herren Schröder, Steinmeier, Grass und Co. an, die sich zum Jubiläum äußern durften. Als Herr Thadeusz Pause hatte, lernten wir uns sogleich im Außenbereich des Jüdischen Museums kennen, wo wir zusammen rauchten und eine Bratwurst verzehrten, also jeder eine. Herr Thadeusz blickte sich durch die große Glasscheibe gelegentlich Richtung des voll besetzten Saales des Jüdischen Museums um, um zu sehen, wie weit die Hippies mit ihren musikalischen Einlagen gekommen waren; das war wichtig, denn er durfte auf keinen Fall zu spät zurück an seinen Moderatorenplatz kommen und damit den Ablauf des ganzen Events in Gefahr bringen, wenn er zum Beispiel versäumte, einen mehr oder minder wichtigen Redner anzukündigen. Und es gab einige mehr oder minder wichtige Redner, und die minder wichtigen unter ihnen waren freilich in der Überzahl.

So aßen wir denn unser Würstchen, sprachen über dies und jenes. Ich ließ mich von ihm etwa über den Umstand aufklären, dass der Würstchenwagen neben uns mit über 100 verschiedenen Sorten Senf aufwarten konnte, was – sogar für Berliner Verhältnisse – einen einzigartigen Rekord bedeuten würde. Ich, der ich nur zwei Sorten Senf kannte, ging noch einmal zu dem Wagen, und tatsächlich: Herr Thadeusz hatte nicht übertrieben. Die Anzahl der offerierten Senfsorten, die neben der eigentlichen Bratwurstausgabe zur Auswahl standen, ging ins Immense. Ich konnte mich nicht entscheiden und wählte einen normal-mittelscharfen Senf „ohne Gedöns", wie die freundliche Senffachverteilerin anmerkte, aus, wie er auch bei mir zu

Hause im Kühlschrank liegt. Herr Thadeusz lachte, als ich ihm erzählte, was ich mir da ins fettige Schälchen hatte drücken lassen, und meinte, er selbst möge überhaupt keinen Senf, egal, ob mit oder ohne „Gedöns", und aß dafür, da er noch Zeit hatte und die Hippies tapfer sangen, lieber noch ein Würstchen.

Dieser Senfklecks, fürchte ich, hatte symbolische Bedeutung. Denn die anfängliche Euphorie, die sich beim Museumsrundgang und dann beim Betreten des großen Raumes eingestellt hatte, wo die geballte Prominenz alles andere tat, als auf mich zu warten, war nämlich bald gewichen – sie machte zunehmend dem Gefühl Platz, bei dieser Veranstaltung völlig fehl am Platze zu sein. Und ganz so, wie ich mich bei den Senfsorten nicht entscheiden konnte und aufs Bewährte zurückgriff, konnte ich mich in dieser Gesellschaft nicht entscheiden, mit wem ich da nun kommunizieren und bei wem ich mich wohlfühlen sollte. Vor allem nach einer unerquicklichen Begegnung mit dem Literaturnobelpreisträger Günter Grass, den ich eigentlich sehr schätzte, war ich wieder auf mich und meine Welt zurückgeworfen. Grass saß da in seinem senfbraunen Cordanzug und raunte hinter einem Glas Rotwein vor sich hin. Ihn interessierte nur, ob und vor allem welche seiner Werke im Literaturunterricht in der Schule noch gelesen würden. Auf meine ein wenig geflunkerte Antwort „Das Treffen in Telgte" hin raunte er nicht weiter, da grunzte er nur noch zustimmend. Ich entfernte mich bald unter allerlei Komplimenten und sehnte mich zum freundlichen Herrn Thadeusz zurück, der aber schon wieder auf der Bühne herumturnte und sich anschickte, die nächste Talkrunde oder musikalischen Live Acts anzusagen.

Was mir als Unprominentem nicht gelang, das war das, was ich bei anderen, weniger zurückhaltenden Unprominenten beobachten durfte: Sie mischten sich unters Volk, ließen sich Autogramme geben und sprachen jeden und jede von der Seite an. Einer stand gar breitbeinig oben auf der in den großen Saal führenden Treppe, hatte die Arme in die Hüften gedrückt und beobachtete den Raum mit dem Blick eines Jägers, der sein Revier in Augenschein nahm und das nächste Freiwild auswählte, auf dass er sich gleich stürzen würde. Dieser Mensch hatte wohl kein Gespür für diese Situation, gleichfalls hier überhaupt nicht hinzugehören, aber es kümmerte ihn, resilient, wie er war, nur nicht. Ob es diese Resilienz oder einfach nur dumme Selbstüberschätzung ist, die Menschen dazu bringt, am Strand breitbeinig herumzustehen und so zu schauen, als würde das Meer ihnen gehören, oder ob mangelnde Empathiefähigkeit ein Grund dafür ist, fremde Länder zu besuchen und ihre Wahrzeichen mit dem Blick des Besatzers in Besitz zu nehmen, wage ich nicht zu entscheiden. Ich weiß nur, dass 100 Sorten Senf 98 zu viel sind, und dass man, wenn man keine Ahnung hat, ruhig auch mal zugeben soll, dass man gelegentlich auf der vollkommen falschen Veranstaltung gelandet ist.

Wie ich einmal im „nestor" abstieg.
Keine Widmung von hans magnus enzensberger

„Du hättest Dich doch wenigstens einmal auf SEINEN Stuhl setzen können", sagt die gute Gefährtin und lacht dazu ihr glockenhelles Lachen. Aber auch diese allerletzte Gelegenheit, IHM nahe zu sein, lasse ich passieren; schon im Hinsetzen begriffen, wähle ich eine andere Sitzgelegenheit, um mich auf ihr im properen Außenbereich des Ludwigsburger Hotels „nestor" niederzulassen. „nestor" ist ein passender, wenn nicht der allerallerpassendste Name für ein Hotel, finde ich, in dem nicht nur die gute Gefährtin und ich untergekommen sind, sondern auch ER, gleichfalls in Begleitung seiner guten Gefährtin, wie ich annehmen darf, hat IHN doch meine gute

Gefährtin mit seiner guten Gefährtin gleich gesehen, da beide am vorigen Tage den Außenbereich betraten, sich niederließen und rauchten, da hat sie IHN sofort erkannt, auch, weil ER Zettel vor sich hatte und sie studierte, möglicherweise als Vorübung für die anstehende abendliche Lesung, zu der die gute Gefährtin und ich eigens angereist waren, jedenfalls hatte meine gute Gefährtin es angenommen, dass es ER und seine gute Gefährtin seien, und zu mir, der ich den beiden nur den Rücken zuwandte, leise gesagt, „aber jetzt guck nicht wieder gleich hin".

Das eben war jetzt mal ein gedrechselter Satz, den ER so nie aufgeschrieben hätte, und schon aus diesem Grund war das „nestor" das allerallerpassendste Hotel, weil es im Namenszug „nestor" nur Kleinbuchstaben verwendete, ganz so wie ER während seines reichen Lebens und überreichen literarischen Schaffens fast immer nur, allen Konformitäten zum Trotz, an der Kleinschreibung festgehalten hatte. Also ER hätte diesen meinen Satz sicher nicht so aufgeschrieben, aber Thomas Bernhard wäre sicher stolz auf mich gewesen, aber der lebt ja leider nicht mehr, der hat viele solche Sätze geschrieben. Ich hatte übrigens Satz- und Handschriftenproben von Thomas Bernhard nur wenige Stunden vorher in Augenschein nehmen dürfen, in einer Vitrine des Deutschen Literaturmuseums der Moderne im benachbarten Marbach, wo wir auf dem Weg zum „nestor" Station gemacht hatten; da lagen sie alle unter Glas, Manuskripte von Theodor Fontane, Zettel von Arno Schmidt, Notizbücher von Peter Handke und Sudeleien von Martin Walser, und freilich lag da auch Handschriftliches von IHM, und wahrlich, ich sage euch, ER hat eine besonders schöne Handschrift. Leider konnte ich an diesen beiden Tagen, da wir uns räumlich so nahe waren, keine aktuelle Handschriftenprobe in Form einer kleinen Widmung von IHM erbeten, weshalb die gute Gefährtin, wie ich eingangs berichtete, mich anderentags auch mit dem Angebot, wenigstens einmal auf

SEINEM Stuhl Platz im Außenbereich des Hotels „nestor" zu nehmen, aufzumuntern versuchte.

„nestor", habe ich soeben gesagt, sei der allerallerpassendste Name für das Hotel, das IHM, sicherlich nicht ohne einen von IHM nicht eben geringen und mehr als symbolischen Obolus zu verlangen, Obdach gewährt hatte; Nestor war, als mythologische Figur, wie wir alle sicher wissen, und wenn nicht, macht das auch nichts, war also der Berater des großen griechischen Führers Agamemnon gewesen, Altersweisheit, Beredsamkeit, Redlichkeit und heitere Lebenskunst als vortreffliche Eigenschaften hinter seiner klaren Stirn verbergend. Sprichwörtlich wurde dieser Nestor zur Ehrenbezeichnung des gerne so genannten „Altmeisters", freilich ein dümmlicher Begriff, in dem die übliche Verachtung der Jugend für die Alten mitschwingt; wir alle kennen heute Oswald von Nell-Breuning, den „Nestor der katholischen Soziallehre", oder Walter Stöckel, den „Nestor der Gynäkologischen Urologie", um von Johnny Raducanu, dem „Nestor des rumänischen Jazz" gar nicht erst zu reden. Und so bezeichne ich IHN jetzt einfach einmal als den „Nestor der deutschen Intellektuellen", was, verglichen mit den drei Vorhergehenden, doch richtig gut klingt. Immerhin ist ER Autor und Lyriker, Herausgeber und Übersetzer, Essayist und Kritiker, ER ist der Mann, dem Nikita Chruschtschow seine viel zu große Badehose lieh, um während einer Delegationreise deutscher Schriftsteller in die UdSSR während der Sechzigerjahre im Schwarzen Meer zu baden; ER ist schon alt, und die meisten, die mit ihm ihn der gleichen Liga schreiben oder denken, hat er schon überlebt.

Altersweisheit und Redegewandtheit, Redlichkeit und heitere Lebenskunst – all das bewies ER während seiner anderthalbstündigen Lesung im überladenen Barockambiente des Ludwigsburger Schlosses, in das SEINE klare Sprache gar nicht so recht passen mochte, eher schon die gelegentlich zünftighemdsärmelig daherkommende Musik des elfköpfigen, blechbläserlastig orientierten Osttiroler Ensembles, mit dem zusammen ER die Bühne teilte; und dann las ER, Gedichte, von der frühen *„verteidigung der wölfe gegen die lämmer"* bis hin zu altersklaren, aktuellen Bestandsaufnahmen; ER las schön, mit verschmitztem Lächeln, unterstreichenden, sparsamen Handbewegungen, voller Humor, manchmal verlas ER sich, was nichts tat, und irgendwann, freilich war es anstrengend, irgendwann hatte ER keine Lust mehr, warf den Ablaufplan der musikliterarischen Veranstaltung einfach über den Haufen, las nicht mehr, ließ die Osttiroler ihre Trauer- und Geschwindmärsche alleine performen, verzichtete gar auf die finalen Texte, die so gut zu Gustav Mahlers *„Ich bin der Welt abhanden gekommen"* gepasst hätten. Dann war Schluss, viel Beifall, keine Zugaben, und fort war ER. Dass ER in einem Gedicht dafür gedankt hatte, dass ihm die „Begierde" erhalten geblieben sei, fand ich besonders anrührend; es forderte die die gute Gefährtin denn auch sofort zu einem kleinen Seitenblick auf mich heraus.

„Diese Aura", meinte die gute Gefährtin alsdann, „ER hat eine solche Aura… Hast Du das gemerkt?" Ja, das hätte ich schon gemerkt, das sei selbst mir nicht entgangen, und auch später, da wir den Abend bei Rotwein und diversen Guinness im lokalen Irish Pub der Lichterstadt Ludwigsburg Revue passieren ließen (und, ganz nebenbei, gehässigerweise noch den verdienten Abstieg des Hamburgersportvereins aus der Fußballbundesliga feierten), auch später waren wir noch ganz erfüllt vom eben Gehörten und der starken, spürbar guten Aura des soeben gelesen Habenden. Immerhin hätte ich ja, meinte die gute Gefährtin, wenigstens nach der Veranstaltung ein kleines Gespräch mit einer Dame geführt, von der sie, meine gute Gefährtin, annahm, dass es sich dabei um SEINE gute Gefährtin gehandelt hatte, mit der ich da zusammen gestanden hätte, aber das konnte ich nicht beurteilen, da ich IHR am Morgen ja bekanntlich nur den Rücken zugewendet hatte.

Keine Widmung, ich bemerkte das schon in der Eröffnung, ins eigens mitgetragene Gedichtbändchen, kein kurzes, persönliches Wort, mit dem ich hätte danken können, keine gemeinsame Zigarette nach dem Frühstück im „nestor" – Hans Magnus Enzensberger verschwand so schnell und vornehm, wie ER unter den Augen der guten Gefährtin aufgetaucht war, von der Bühne, aus dem Barockschloss, aus dem „nestor", aus Ludwigsburg, aus dieser Geschichte. ER ließ mich widmungslos zurück, aber was spielt das, angesichts des Erlebten, jetzt wohl noch für eine Rolle. Im Übrigen steht es mir allein zu, meine ich, Enzensberger als den „Nestor der deutschen Intellektuellen" zu bezeichnen; ich beantrage, nachdem ich dieses mein Abenteuer in diesem Moment nun öffentlich bekannt gemacht habe, umgehend Titelschutz. Wer IHN also künftig den „Nestor der deutschen Intellektuellen" nennen möchte, der muss zuvor bei der guten Gefährtin anklingeln und es sich gestatten lassen, freilich gegen die Entrichtung eines klein wenig mehr als nur symbolischen Obolus'. Aber wehe, er hat keine Aura.

Wie ich einmal eine Krawatte trug.
Roberto Blanco schwitzt.

Die Belegschaft der Kommunikationsagentur, in die es mich aus Gründen des Broterwerbs für eine Probewoche verschlagen hatte, bestand aus der alternden Chefin, ihrem jüngeren Liebhaber und mir. Nach dem Vorstellungsgespräch, bei dem mir um neun Uhr in der Frühe ein Gläschen Sekt und Lachshäppchen gereicht wurden – wir saßen im so genannten Meeting Room, in dem die ganze Zeit über der größte Fernsehapparat stumm vor sich hin flackerte, den ich in meinem bis zu diesem Zeitpunkt gelebten Leben jemals gesehen hatte –, wusste ich, ich würde zunächst einmal kein Geld verdienen. Meine Referenzen und Arbeitsproben seien entzückend, sicher, aber ich hätte ja keine Erfahrung in ihrer hochsensiblen Branche, die erste Probewoche müsste ich bitteschön ohne Entgelt arbeiten, aber dann ginge es richtig los, nur das Jackett ginge ja gar nicht, am besten besorgte ich mir ein neues, dazu eine Krawatte und vielleicht eine schwarze Lederjacke, sofern ich noch keine besäße. Ich musste also in meine Zukunft investieren, und ich investierte am kommenden Morgen sofort in das outfitmäßig Gewünschte. Was ich zu tun hätte, war schnell erklärt. Die Kunden der Agentur – wichtige Kunden – benötigten Reden, Pressemitteilungen, Anzeigentexte, Broschüren, daneben gebe es die eine oder andere Korrektur auf einer Speisekarte. Die alternde Chefin und ihr jüngerer Liebhaber trafen sich mit diesen Kunden; meine Tätigkeit würde darin bestehen, das textlich Gewünschte zu verfassen. Dann träfen sich die alternde Chefin und ihr jüngerer Liebhaber erneut mit diesen Kunden, prüften das Geschriebene; ich würde die Änderungswünsche einarbeiten, sie träfen sich und so fort; dieses Spiel könnte sich manchmal hinziehen, lachte die alternde Chefin und nahm ein Schlückchen Sekt. Am Montag sollte ich anfangen.

Kreativität war meinerseits zwar gewünscht, letztlich aber doch nicht gefragt; am wenigsten wurden zu Wochenbeginn meine Arbeiten beklatscht, in die ich das einarbeitete, was ich gerne meinen Humor nenne, womit ich unkonventionelle Wege beschritt; das sollte ich aber bitte unterlassen. Am meisten bejubelt hingegen wurden vollkommen humorfreie Texte, in denen ich die Wörter verwendete, die ich selbst am meisten verabscheute. Fingerfood, Kundenbindung, sportiv, Wohlfühl-Feeling und Erlebnisgastronomie mögen da einen kleinen Eindruck vermitteln. Der Kunde, hieß es immer, mochte das. Nur keine Experimente. Sie, die alternde Chefin, wisse genau, was der Kunde wünsche, und ich, der mit der Lederjacke, würde es Wort für Wort so schreiben. Nach zwei Tagen hatte ich gemerkt, wie wenig herausfordernd und ermüdend diese Tätigkeit doch war. Aber vielleicht, hoffte ich, würde es bald einmal eine echte Herausforderung geben, mit der ich meine Qualitäten einmal so richtig unter dem Scheffel hervorzerren und ins rechte Licht würde rücken können. Und wie schnell kam doch diese Herausforderung.

Am Freitag, nach genau einer Woche humorbereinigter Aktivitäten, saß die alternde Chefin allein hinter ihrem Sektchen im Büro – der jüngere Liebhaber (über dessen Funktion in der Agentur ich mir während dieser Woche keine Vorstellung habe bilden können, außer, dass es eben der jüngere Liebhaber war) war erkrankt, sie müsste im Büro bleiben, wichtige Telefonate führen. Unabkömmlich, wie sie war, müsste ich sie auf einem Event vertreten. So könnte ich aber nicht hinfahren, ich sollte zuvor noch einmal zu Hause vorbeischauen, mir das neue Jackett anziehen und die Krawatte umbinden. Der Termin sei am Flughafen, ein Interview sei zu führen, wir hätten aber nur 20 Minuten Zeit, dann müsse er weiter, da gelte es, jede Minute zu nutzen. Sie war ganz rot im Gesicht, als sie an ihrem Sektchen nippte, und mir schien, als hinge die Zukunft der ganzen Agentur von diesem Termin ab. Ich dürfte nichts falsch machen, es müsste perfekt werden, ob ich mir das zutraute, ob ich so etwas schon einmal gemacht hätte, ob ich das verstehen würde, perfekt, die Location wäre ein Restaurant im Flughafen-Terminal, die Fragen, die ich stellen müsste, würden sich ganz von selbst ergeben. Irgendwann fragte ich vorsichtig nach, wen ich da eigentlich treffen sollte. Da guckte die alternde Chefin wie ein Fisch, schnappte nach Luft, und dann war es heraus. Roberto. Roberto wäre auf der Durchreise nach München, er hätte nur 20 Minuten, die müssten reichen, die Text wäre bestimmt für ein Kundenmagazin der Hotelkette, die er während seiner vielen auswärtigen Übernachtungen präferierte, ich dürfte das einfach nicht vermasseln, ich wäre unerfahren, ich wäre erst eine Woche da. Sie hatte ihre Bedenken. Ich versprach, mir das zuzutrauen und mein Bestes zu geben.

Als ich auf Roberto wartete, trug ich die neue Krawatte. Passender wäre wahrscheinlich ein Hawaii-Hemd gewesen – dann wäre ich neben Roberto nämlich nicht so aufgefallen. Er wenigstens trug eine Art Hawaii-Hemd, und ich sah aus, als hätte ich noch einen Anschlusstermin auf einer Beerdigung. Roberto blickte sich um, als er den Restaurantbereich betrat, sah mich die Hand heben und kam missmutig auf mich zu. Wir begrüßten uns, ich stellte mich vor; er schwitzte stark, wirkte gehetzt und roch en wenig muffig. Sofort wurde ihm irgendein Softdrink vom Mann hinter dem Tresen gereicht; Roberto schien hier öfter zu verkehren Er blickte mich an. Er hatte sein Hemd weit offen stehen, und ich sah mir seine goldene Kette an. Und dann erzählte er, so schnell, dass ich mit dem Schreiben nicht mitkam; schließlich tat ich nur noch so, als würde ich etwas notieren.

Ich habe heute keine Erinnerung mehr an dieses Interview; es ging sicher um Termine, die Staaten, München, wohin er gleich weiterfliege, es ging um Projekte, Auftritte, Drehs; mehrfach benutzte er das Wort „Scheiße". Irgendwann stand er auf, trank seinen Softdrink im Stehen leer, nickte mir zu und ging, ohne zu bezahlen. Die Menschen rundum, die uns beobachtet hatten und nun dachten, nach diesem vertraut-beiläufigen Abschied müsste ich Roberto Blanco gut kennen, sahen mich – wie soll ich sagen – leicht konsterniert. Entgeistert wäre auch ein gutes Wort an dieser Stelle. Ich packte mein Notizbuch ein und ging. Ich zahlte auch nicht.

Auf dem Rückweg fabulierte ich ein Interview zusammen, in dem Schlüsselbegriffe wie „Der Puppenspieler von Mexiko" oder „Tiramisu von Zott" selbstverständlich vorkamen, tippte es bei meiner Ankunft zu Hause in den Computer und faxte es ganz schnell an meine alternde Chefin. Bei dieser Gelegenheit teilte ich auch gleich meine Absicht mit, die Probewoche in der Agentur nicht weiter verlängern zu wollen, da es, wenn ich mich recht erinnere, nicht so meine Welt wäre, in der ich mich da zu bewegen hätte. Bezahlt wurde ich für die Woche nicht, aber ich hatte ja ein Freigetränk am Frankfurter Flughafen.

Ich begegnete der alternden Chefin und ihrem Liebhaber übrigens noch ein letztes Mal: Wir benutzten das gleiche Flugzeug Richtung Mallorca. Sie saßen ganz vorne in der Business-Class und erkannten mich nicht, aber ich trug auch weder die Lederjacke noch die Krawatte. Beide hatten schon, da ich noch einstieg und Platz 56C suchte, ein Gläschen Sekt vor sich stehen. Die Lachshäppchen würden gleich kommen, dachte ich, schließlich ging es schon auf neun.

Wie ich einmal eine Nuss knackte.
Eine Zigarette mit Michi Herl.

Die gute Gefährtin hatte Kultur verordnet, und diese Verordnung duldete keinen Widerspruch. Allein bei der Auswahl der in Frage kommenden Veranstaltungen und Lokalitäten durfte ich ein Wörtlein mitsprechen rsp. ein wenn schon, dann aber wohl begründetes Veto einlegen, was jedoch am Umstand, den Abend mittels einer Kulturunterhaltung in der Region genießen zu sollen, selbst nichts änderte. So schlug ich nach kurzem Zögern vor, den Zuschlag einer Theateraufführung im Frankfurter Stalburg-Theater zu geben; eine kleine, sympathische Spielstätte, die wir beide kannten, die kleine, lokal orientierte Stückchen auf dem Spielplan auflistete, die in aller Regel mit dem eigenen kleinen Ensemble inszeniert wurden und, immer ein hinreichender Grund, mich in Veranstaltungen des lokalen Kulturgeschehens in der benachbarten Metropole zu begeben, weil hier das für diese Metropole so typische Sich-breit-Machen mittelmäßiger Figuren in der ersten Reihe nicht zu befürchten stand. Die gute Gefährtin orderte also die Karten und wir zogen los, um vor Veranstaltungsbeginn in der gleichnamigen benachbarten Gaststätte noch ein wenig aus der wegen ihrer kulinarischen Köstlichkeiten über die Grenzen der Metropole hinaus bekannten und berühmten Küche zu naschen. Derart gestärkt, so meinten wir, könnten wir uns wohl auf ein Theaterstück einlassen, das den schönen Titel „John Wayne war nie in Offenbach" führte.

Dieses Stalburg-Theater, darin waren wir uns einig, war der Unterstützung voll des Wertes; gegründet und geleitet vom Wahlfrankfurter Journalisten, Stückeschreiber und Unikum Michael Herl, wehrt es sich seit Jahrzehnten hartnäckig und erfolgreich gegen solche unschönen Dinge wie Anpassung an den Zeitgeist, Modernisierung oder gar Luxussanierung. Es hielt vermutlich deshalb auch lange auch jenen Aufkleber vorrätig, mit dem ich ein persönliches Arbeitsjournal verziert hatte, und auf jenem Etikett war zu lesen *Voll im Trend? Och nö*. Dass es das Theater auch beharrlich schaffte und schafft, ohne diese neumodischen Anglizismen auszukommen und aus diesem Grund seine in der freien Frankfurter Parknatur veranstalteten Konzerte und Kleinkunstveranstaltungen unter der Überschrift Offene Luft ins Veranstaltungsprogramm der Metropole zu schmuggeln, macht es darüber hinaus zu einer angenehmen Anlaufstelle, die, und da wiederhole ich mich gerade, aber ich wiederhole mich ja gerne, wenn es der Wahrheitsfindung dient, die also jeder Unterstützung unsererseits durchaus wert ist.

Dieser Michi Herl nun, sage ich euch, ist ein grundanständiger Mensch; wir können seine Überzeugungen in einer Kolumne lesen, die er regelmäßig für eine Tageszeitung in der Metropole schreibt, und er gab vor Jahren ein kleines Büchlein heraus, das er schlicht Heimatkunde Frankfurt nannte und in dem er sich zu diesem und jenem, was in der Metropole nicht nur so über die Theaterbühne ging, äußerte; er ist letztlich, wenn ich es mir nur recht überlege, einer der ganz wenigen Frankfurter Einwohner, dessen Ansichten ich über seine in diesem Falle Wahlheimatstadt teilen kann, obgleich ich selbst doch, der ich meine Heimatstadt Offenbach nenne, aus dieser Richtung nur Hohn & Spott zu erwarten habe. Herl hatte, gemeinsam mit Roberto Capelutti, gleichfalls vor Jahren die im Hessischen Rundfunk beheimatete und von mir gleichermaßen so geschätzte wie geguckte hübsche Sendung Late Lounge so lange zu verantworten, bis es dem Sender aufgrund der Scherze, die Michi Herl auf dessen Kosten riss, geboten schien, seinen freien Mitarbeiter freizusetzen und die Sendung nach kurzer Zeit schließlich ganz einzustellen. Capelutti ist seitdem in dem Fernsehformat Straßenstars unterwegs, aber das zu vertiefen wäre jetzt eine völlig andere Geschichte.

So saßen wir voller Vorfreude auf das zu Erwartende vor unserem Abendessen, die gute Gefährtin studierte etwas ängstlich das Angebot der von ihr georderten Wurstplatte Hesselbach, ich betrachte mein etwas überschaubareres Warmes Leberwürstchen mit Kraut & Brot, beides Speisen, die, auch wenn wir auf den ortsüblichen Begleiter Ebbelwoi verzichteten, den Verdauungsapparat hernach vor etwas größere Aufgaben stellen würden. Die seit Jahren im Hessischen sich zu Hause wähnende Hamburger Seniorin, die sich kurz darauf an unseren Tisch gesellte und tapfer einen Handkäse mit Musik verzehrte – wobei sie tatsächlich dazu nur das geforderte Messer zu Hilfe nahm – entwickelte sich zur munteren Tischdame; sie ginge heute hier nicht ins Theater, doch am nächsten Tag, versicherte sie uns, würde sie das Konzert der Rockgruppe Uriah Heep in der Offenbacher Stadthalle besuchen. An dieser Untiefe des munteren Konversationsflusses angekommen, überkam mich doch tatsächlich das Verlangen, eine Zigarette zu rauchen. Der Gastraum überzeugte nämlich nicht nur durch das Mobiliar, das unbeschadet mehrere Weltkriege überstanden zu haben schien, sondern auch durch ein separates Raucherzimmer, das von meinem Platz neben der Seniorin bequem zu erreichen war. So verließ ich kurz unter mancherlei Entschuldigungen die eine Räumlichkeit, um dem Gelüst nachzugeben und in die andere zu wechseln. Im Separee aber saß Michi Herl, rauchte und knackte Walnüsse. Er schien mich zu erwarten.

Jetzt muss ich aber doch einmal sagen: Für eine gebürtigen Pfälzer machte er, wie wir da so nebeneinandersaßen, einen tüchtig kauzig-frankfurterischen Eindruck auf mich; unser Gespräch, müßig, hier jetzt auf irgendwelche Einzelheiten einzugehen, währte eben genau die Dauer, die unsere Zigaretten zum Herunterglimmen benötigten, und sogleich kamen mit die hübsche Inga und der brave Wolf in den Sinn, die vor nicht unerheblicher Zeit mit einem Chanson nicht unerheblichen Erfolg hatten, in dem sie davon berichteten, ein Abschied würde genauso lange dauern wie eine letzte zu rauchende Zigarette zum Herunterbrennen bräuchte, wozu freilich noch ein Gläschen getrunken würden könnte, allerdings ohne den Umstand, sich eigens dafür noch einmal hinzuzusetzen. Warum mir das Chanson in den Sinn kam, ist klar: Auch wir wünschten einander eine gute Nacht; nur, dass wir dazu miteinander kein Glas im Stehen tranken, sondern Nüsse im Sitzen knackten; ich hatte das Stück „John Wayne war nie in Offenbach" noch vor mir, während Michi Herl schon auf den Feierabendmodus umgeschaltet hatte. Im Anzünden unserer Zigaretten war der Abschied also schon besiegelt. Ich erhob mich, um die Geduld der nebenan wartenden guten Gefährtin nicht über Gebühr zu strapazieren; im Aufstehen, kurz vor der freundlichen Verabschiedung, fragte ich Michi Herl noch, und leider, sage ich heute, wählte ich dazu aus den möglichen mir zur Verfügung stehenden eine geschlossene Frage, die, wie wir wissen, eine Ein-Wort-Antwort zulässt, wie „Ja" oder „Nein", und keine offene, auf die er wenigstens, wie wir Germanisten sagen, mit einer Parataxe hätte antworten müssen, und so fragte ich, wie das zu erwartende Stück, das den schönen Titel „John Wayne war nie in Offenbach" trage, wohl sei. Michi Herl blickte nicht auf, um mir seine Ein-Wort-Antwort zu geben, er betrachtete nur traurig die Nussschalen auf dem Tisch und raunzte dann leise, aber vernehmlich: „Scheiße."

Die gute Gefährtin und ich verließen, nachdem wir uns das Stück eine Weile lang mit wachsender Verzweiflung angeschaut hatten, die Veranstaltung unauffällig zur Pause. Michi Herl hatte so etwas von Recht gehabt, und deshalb kaufte ich noch schnell vor dem Gehen an der Theaterkasse sein aktuelles Buch, auf das er mich während des Nüsseknackens aufmerksam gemacht hatte Es heißt „Eigentlich" und versammelt die Kolumnen, die er regelmäßig für eine Tageszeitung in der Metropole schreibt und in der er seine ehrlichen Überzeugungen zum Besten gibt; alle Texte fangen mit dem Wörtchen „eigentlich" an, und so ist der Titel, meine ich, gut gewählt. Die gute Gefährtin und ich hatten eigentlich noch einen schönen Abend; „so ein schöner Frankfurter Abend", bemerkte ich später. Das nächste Mal wollen wir dann zur Dramatischen Bühne, die brauchen, wie ich höre, auch jede Unterstützung. Eigentlich.

Wie ich einmal mit der Welt versöhnt war.
Weihnachten mit Bata Ilic

Manchmal spielt einem die eigene Wahrnehmung doch ziemlich verrückte Streiche. Einmal kam mir in Offenbach ein Mann entgegen und ich dachte: „Welch wunderliche Ohrwärmer er doch da mit sich führt!" Als er näher kam und schließlich an mir vorbei ging, musste ich allerdings feststellen, dass es sich bei dem Mitgeführten weniger um Ohrwärmer denn um seine Ohren handelte. Aber so geht es bekanntlich mit manchen Sachen, die wir getrost belachen, weil unsre Augen sie nicht sehen. In der schönen Stadt war ich unterwegs, um die letzten Geschenke für die Lieben zu Hause zu besorgen, denn es ging wohl auf den Heiligen Abend zu, wobei ich allerdings noch keine rechte Vorstellung davon hatte, womit ich da wohl am Ende des Tages nach Hause fahren würde – ich wollte mich vom vorweihnachtlichen Treiben in der Stadt inspirieren lassen. Wobei es, das muss selbst ich an dieser Stelle ehrlichkeitshalber vermerken, eine echte Herausforderung bedeutet, sich von Offenbach in irgendeiner Form inspirieren zu lassen. Ich versuchte es dennoch und also schlenderte ich über den Weihnachtsmarkt.

Der Weihnachtsmarkt aber hatte die Anmutung großer Trostlosigkeit; das Wetter war trostlos, der Anblick schlecht gelaunter Menschen, die sich an den Buden vorbeischoben, war trostlos, und es roch darüber hinaus weniger nach Glühwein und Spekulatius denn nach Pommes und Nierenspieß, die in preislich auf das Weihnachtsmarktniveau angehobenen fettigen Schälchen offeriert wurden. An dieser Anmutung großer Trostlosigkeit hat sich in den letzten Jahren übrigens nichts geändert; bis heute etwa nimmt unter den Verantwortlichen in Offenbach niemand ernsthaft an, der Markt könnte für beispielsweise irgendwelche islamistischen Terroristen von Interesse sein, die zwischenzeitlich den mitteleuropäischen Weihnachtsmärkten regelmäßig ihren Besuch abstatten, um deutlich zu machen, dass der Verkauf von Apfel, Nuss & Mandelkern nicht überall gerne gesehen ist. Jedenfalls wird auf die üblichen Sicherheitsmaßnahmen in Form bunt angemalter Betonsperren verzichtet, die letztlich ja recht gut zum allgemein trostlosen Ambiente gepasst hätten. Mich überkam jedenfalls einmal wieder die allergrößte Lust, mit meinem in der Tasche mitgeführten roten Edding die Rechtschreibfehler im öffentlichen Raum zu korrigieren, die ein Markenzeichen dieser mittelmäßigen Budenstadt zu sein schienen: Den Deppen-Apostroph in *Gitte's Grillhütte* etwa, die *Rinderroullade mit Knödeln* oder die *Grune Bohne Spätzle*. Ich unterließ es allerdings für den Moment, da ich wusste, dass die Marktbeschicker in diesem Punkte anzuironisieren nichts, aber gerade mal gar nichts nutzen würde, um meiner Abwehrhaltung gebührenden Ausdruck zu verleihen. Außerdem fühlte ich mich nicht unbeobachtet.

Trostlos, wie ich eben sagte, ist das rechte Wort, auch der Geruch, wo doch gerade der Geruchssinn als größter und primitivster sensorischer Bereich in unserem Gehirn es schaffen könnte, allerlei vom Denken befreite Sinneswahrnehmungen zu generieren, die uns – vor allem beim Besuch eines Weihnachtsmarktes – die Erinnerung an die glücklichen Jahre unserer Kindheit und Jugend wie aus dem Nichts würden wieder hervorzaubern können. Das hier aber roch und war auch trostlos, und mein auf meiner nach unten offenen persönlichen Befindlichkeitsskala eben noch im positiven Bereich zu registrierendes Wohlbefinden begann, es sich in den Kellerräumen meiner Befindlichkeit gemütlich zu machen. Wollte ich noch in irgendeiner Form zu den Geschenken kommen, so musste ich diesen ungastlichen, trostlosen Ort schnell verlassen, das war mir klar. Ich ging; und dann stand ich vor diesem Möbelhaus.

Nun sind moderne Möbelhäuser heute weit mehr als dumpfe Horte von Anbauwänden und Federkernmatratzen – und auch dieses hier warb schon von außen damit, anlässlich des nahenden Festes seinen Kunden mittels Sonderangeboten, Rabattaktionen und dem Einlösen von Treuepunkten frohe Stunden bereiten zu wollen. Außerdem, nicht ganz unwichtig, gibt es in Möbelhäusern immer Dekoartikel, und ich hatte meine Einkäufe ja noch vor mir. Mir schien das also in jeder Hinsicht eine probate Alternative zum Weihnachtsmarkt zu sein, und ich trat ein. Das erste, das mir wohltuend auffiel – es lief keine so genannte Weihnachtsmusik. Das zweite, das mir zeitgleich, allerdings weniger wohltuend auffiel – es lief ein deutscher Schlager. Aber ich sage euch: Der versetzte mich sogleich, ich konnte mich gar nicht dagegen wehren, zurück in meine ausgehende Kindheit. Wenn zwar auch nicht zurück unter den Tannenbaum in den Kreis der Familie, so doch an den Ort, den die Einheimischen gerne die Kerb nannten und nennen; ich sah den Autoskooter, das Riesenrad und andere Fahrgeschäfte, der Geruch von Zuckerwatte und gebrannten

Mandeln hing in der Luft, vielleicht auch eine Ahnung von Nierenspieß, überall fröhliche Menschen und gute Laune, ein unbeschwertes Gefühl breitete sich von meiner Magengegend in andere Gefilde aus. Ein Wunder, dachte ich, diese Rückversetzung, diese Erinnerung, ich fühlte mich plötzlich wieder jung. Was dem Weihnachtsmarkt nicht gelang, sogar gründlich misslang, an ein verschüttet geglaubtes Gefühl anzurühren, an dessen Reanimation ich selbst kaum noch glauben konnte, dem Möbelhaus war es offensichtlich ein Leichtes.

Weiter vorne hatte sich eine kleine Menschentraube gebildet, vielleicht, dachte ich, finde ich hier ja noch das zum Verschenken Gesuchte, das möglicherweise zum rechtschaffenen Preis angeboten wird, das würde dieser ohnehin beglückenden Situation noch das Krönchen aufsetzen. Ich glaubte an mein Glück, ging, dabei Kerzen und Dekoartikel zunächst einmal beiseitelassend, nach vorne, wo eine kleine Bühne aufgebaut war. Der Schlager kam gar nicht vom Band. Es wurde live musiziert. Ich richtete meine Aufmerksamkeit auf die kleine Combo, die sich dort arrangiert hatte: Ein Keyboard, ein kleines, elektronisches Schlagzeug, ein Bass, eine Gitarre. Und am Mikrofon der Sänger, den ich sofort erkannte, halblange Haare, Föhnfrisur, ausladende Armbewegungen, nicht mehr ganz jung – und er sang mit unverkennbar balkanisch unterfüttertem Timbre die letzten Töne dessen, das ihn berühmt gemacht hatte, womit er jede Woche in Dieter Thomas Hecks Hitparade wiedergewählt wurde, er sang das, was mich zurückkatapultiert hatte in eine pubertäre Vergangenheit, er sang den Schlager des Jahres, da Deutschland Fußballeuropa- und Bobby Fischer Schachweltmeister wurde, und wahrlich, ich sage euch, was er sang war nichts anderes als *Michaela-ha-a*.

Irgendwie tat mit Bata Ilic ein wenig leid, da ich ihn so sah und singen hörte; er hatte bessere Zeiten hinter sich, dachte ich, gut, die Hitparade gibt es schon lange nicht mehr, die neuen Schlager haben die alten verdrängt, die Helene Fischers dieser

Welt füllen Fußballstadien, und er ist hier gelandet, im Möbelhaus. Ein Schlagersänger, der aussieht wie Bata Ilic, der hätte
heute im Musikbetrieb keine Chance mehr, heute, da selbst
eine Weltklassegeigerin, die wir eher als junoische denn ve-
nusische Schönheit bezeichnen würden, wenn Sie verstehen,
was ich meine, weil sie drei Kilogramm zu viel Schönheit auf
den Rippen hat, keine Einladung mehr in die großen Konzert-
häuser bekommt, nein, da hätte so ein Bata Ilic erst recht keine
Chance mehr. Mittlerweile weiß ich auch, dass es trostlosere
Dinge als den Offenbacher Weihnachtsmarkt gibt, und eines
dieser Dinge, sage ich euch, ist die Homepage von Bata Ilic,
deren gestalterischer Höhepunkt ein Foto ist, das ihn mit der
Anführerin eines Fanclubs zeigt, und sie ist ein wunderschö-
nes Beispiel für eine eher junoische Schönheit, aber das führt
jetzt zu weit.

Er bekam freundlichen, enden wollenden Beifall, dann folgte
ein Weihnachtslied; dass sie ihm nicht noch eine rotweiße
Weihnachtsmannmütze aufgenötigt haben, das fehlte noch,
dachte ich bei mir, doch die hätte nicht zu den folgenden Titeln
gepasst, die *Schwarze Madonna* ist mir erinnerlich, und dass er
sich wünschte, der Knopf an der Bluse irgendeiner Frau zu
sein, was mir antiquiert vorkam, da doch die meisten Frauen
kaum noch Blusen trugen, die sie bis oben zuknöpfen würden.
Und dann sang er auch noch *Dich erkenn ich mit verbundnen Augen*, wobei er mir, ein wenig wenigstens hatte ich den Eindruck, zuzuzwinkern schien.

So plätscherte mein Gedankenstrom beim Zuhören vor sich
hin; Bata Ilic kündigte an, Autogramme geben zu wollen, wenigstens denen, die ein Interesse daran bekundeten. Die Musi-
kerkollegen legten bei diesen Worten die Instrumente sofort ab
und verschwanden von der kleinen Bühne, offensichtlich hatten sie auch noch Weihnachtseinkäufe zu tätigen. Bata Ilic aber
beschrieb seine mitgebrachten Portraitkarten, die, soweit ich
das von meinem Platz aus erkennen konnte, noch aus

Hitparadenzeiten stammen mochten, und lächelte tapfer dazu. Ich glaube, es war sogar die darunter, auf der er mit einer Pfeife im Mund posierte, aber es war ja schließlich auch die gute alte Feuer-Pfeife-Stanwell-Zeit. Manchmal sprach er mit einer das Autogramm Erbittenden, und es handelte sich in der kleinen Schlange ausnahmslos um Frauen, und einige trugen, wie mir da erst auffiel, tatsächlich eine Bluse.

Ich verließ das Möbelhaus endlich, ohne etwas gekauft zu haben; das Fehlende besorgte ich, wie immer, in einer Buchhandlung. Auf dem Heimweg hatte ich zu denken; über meine Sinne etwa, die in den letzten Stunden vielfach in Anspruch genommen worden waren, und inwieweit ich ihnen noch trauen konnte, und auch der arme Mann mit den Ohren kam mir noch einmal in den Sinn. Bata Ilic, so dachte ich, hat augenscheinlich wohl keine Probleme damit, die eigene Vergangenheit, zu der er ein ungebrochenes Verhältnis zu unterhalten scheint, immer wieder heraufzubeschwören – auch wenn mir nicht gerade als besonderes Kunststück dünkt, die Geliebte mit verbundenen Augen zu erkennen, so etwas bekommt sogar einer wie ich hin. Doch war ich ihm letztlich nicht undankbar: Ihm war es gelungen, auch mich für eine kurze Weile aus der trostlosen Offenbacher Vorweihnachtsatmosphäre herauszureißen und in eine Zeit zurückzuentführen, in der Weihnachten noch den stärksten Eindruck gemacht hatte. Er hatte in mir ein weihnachtliches Gefühl ausgelöst mit seinem Gesang, ich war zufrieden und spürte noch nicht einmal mehr ein Bedürfnis danach, irgendwelche Rechtschreibfehler in irgendwelchen öffentlichen Räumen mit dem Edding zu korrigieren.

Ich war versöhnt mit der Welt. Weihnachten mochte kommen.

Wie mir einmal alles auf die Nerven ging.
Ferdinand von Schirach versucht zu lesen.

Von dem Sich-Breitmachen mittelmäßiger Figuren in den vorderen Reihen der Veranstaltungen des Kulturbetriebs der benachbarten Großstadt habe ich gelegentlich schon gesprochen, auch davon, wie mir das auf die Nerven geht und es mir das eine fürs andere Mal des Besuch dieser Veranstaltungen des Kulturbetriebs der benachbarten Großstadt verleidet. Mir geht ja, offen gestanden, ziemlich viel auf die Nerven, was mit der Kultur in Zusammenhang steht, und manchmal, wenn ich in ruhigen Viertelstunden darüber nachdenke, frage ich mich besorgt, ob mit mir alles in Ordnung ist oder, um das politisch unkorrekt gewordene Wort zu bemühen, ob ich nicht irgendwie behindert bin, aber da ich das Wort auf mich selbst beziehe, das schlimme Wort, wird es politisch wohl in Ordnung sein. Neulich wurde, ich erfuhr davon aus der Zeitung, einem weißen, alten Mann vorgeworfen, er schreibe auf politisch unkorrekte Weise die Literatur weißer, alter Männer. Mir ging dieser Vorwurf sogleich auf die Nerven; ich empfinde so etwas als eine Art von Gängelung dem Schreibenden gegenüber und ich habe noch nie den Vorwurf einem – sagen wir: schwarzen, alten Mann gegenüber vernommen, er schreibe wie ein schwarzer, alter Mann, oder gar einer Frau gegenüber, sie schreibe wie eine – sagen wir jetzt einmal ruhig: junge, weiße Frau. Komisch, denke ich, wer sich da Vorwürfe gefallen lassen muss; ich wenigstens, der ich ein weißer, älterer Mann bin, lese am liebsten das, was weiße, ältere Männer so schreiben, und mir hat, ehrlich gesagt, leider noch nie das, was sagen wir: junge, schwarze Frauen literarisch produzieren, ein wahrhaft tiefes, erinnernswertes Leseerlebnis beschert. Aber dafür lese ich auch gerne die Literatur gelber, alter Männer, wenigstens in dieser Hinsicht kann man mir nichts vorwerfen.

Neulich saß ich in einer Lesung so eines weißen, älteren Mannes, der genau die Sorte Literatur schreibt, die dem anderen, von dem ich aus der Zeitung erfahren hatte, zum Vorwurf gemacht wurde. Er stellte im Schauspielhaus der benachbarten, sich jederzeit kunstbeflissen gebenden Großstadt sein aktuelles Buch vor, das er Kaffee und Zigaretten nennt, oder besser: Er wollte es vorstellen, denn es kam ihm und mir in Gestalt einer älteren, weißen Frau etwas dazwischen.

Ich persönlich fühle mich Ferdinand von Schirach in gewisser Weise sehr nahe; er schreibt, vielleicht, weil er Jurist ist, eine klare, schöne Prosa, was mir nie gelänge, weil, wie ich gerade merke, auch dieser Satz schon wieder zu lang gerät und aus dem Ufer laufen wird, wenn ich nicht aufpasse, aber ich passe nicht auf, und schon wieder ist es passiert. Ich bewundere ihn dafür, dass er davon spricht und schreibt, das Leben mehr vom Rande her, und nicht aus der Mitte heraus zu erleben, weil der Mensch ständig gegängelt wird und sich die, die etwas – nicht zu sagen, aber doch wenigstens zu entscheiden haben, ständig neue Gängelungen für die Mitmenschen ausdenken, dass er sich aus diesen Gründen für ein „verhaltenes Mittun" entschieden hat, dass er viel arbeitet und gerne flaniert, dass er offen über Depression und seine nicht ganz unproblematische Familiengeschichte redet, dass er Synästhetiker ist, all das nimmt mich sehr für ihn ein. Er darf in dieser Veranstaltung aus „dramaturgischen Gründen" natürlich rauchen, was er sich auch nicht nehmen lässt, gerade, da er sein aktuelles Buch ja Kaffee und Zigaretten nennt, wäre das anderenfalls ein wenig unpassend gewesen, nicht rauchen zu dürfen, das wäre dann ja wohl wieder so eine Gängelung gewesen, die einem das Leben zunehmend verleidet. Mir gefällt, um das Ganze einmal zusammenzufassen, dass er davon spricht, was ihm alles auf die Nerven geht, bei ihm sind es auch Käfer und Bienen, Flughafenkontrollen sowieso, und das Publikum nickt und lacht gelegentlich, aber nur, weil er nicht sagt, dass ihm wahrscheinlich auch das Publikum auf die Nerven geht, das sich da breitgemacht hat, das normalerweise ja einen Riesenkrach schlagen und sofort den befreundeten Anwalt ins Spiel bringen würde, wenn einer öffentlich gegen den Honig redet oder sich im Nichtraucherambiente, also quasi überall, plötzlich aus dramaturgischen Gründen eine Zigarette anstecken würde. Hier aber tut das Publikum so, als sei es tolerant und lacht, damit niemand merkt, wie heuchlerisch und bigott es doch eigentlich ist. Aber Ferdinand von Schirach bekommt es ja mit gleicher Münze heimgezahlt, wie es so hübsch heißt, quid quo pro, das Publikum fläzt sich in seinen Sesseln, kuschelt sich an den Nebenmann, beantwortet Mobilfunktelefonate, während der Autor von einem gescheiterten Suizidversuch in seiner Jugend liest, wirft die Schuhe von sich und benimmt sich auch sonst genauso, wie wir es von den mittelmäßigen Figuren erwarten dürfen, die die sich in den vorderen Reihen solcher Veranstaltungen breitmachen; schließlich haben sie die nicht eben günstige Eintrittskarte nicht erstanden, um sich vollrauchen zu lassen, und nach der Veranstaltung müssen sie ja noch einmal Geld ausgeben, um das Buch am Büchertisch käuflich zu erwerben, es sich signieren lassen, wobei sie Herrn Schirach noch einmal scheinheilig anlachen, bevor sie dann zum munteren Abendessen in eines der das Schauspielhaus umzingelnden Nepplokale gehen, um den Abend dann doch noch in einer Nichtraucheratmosphäre ausklingen zu lassen, in der sie sich nicht angegriffen fühlen müssten und wieder ganz unter sich sein könnten.

Ich sagte zu Beginn: Schirach wollte sein Buch vorstellen, aber es sei ihm eine weiße, ältere Frau dazwischengekommen; die nun betrat in der Tat in Gestalt der stellvertretenden Intendantin die Bühne, wo sie in einem so genannten Gespräch, bei dem sie Herrn Schirach generös das Rauchen aus dramaturgischen Gründen gestattete, mehr von sich selbst, also der stellvertretenden Intendantin, erzählte, als dass sie den Schriftsteller wirklich etwas zu fragen gehabt, was diese Bezeichnung auch verdient hätte. Das war sehr traurig, und so konnte ich leider den zweiten Teil der Veranstaltung nicht mehr miterleben, die mich – trotz der Anwesenheit des Schriftstellers, auf den ich ja nun wirklich nichts kommen lassen möchte – noch Schlimmeres nach der Pause befürchten und deshalb das Schauspielhaus noch vor der Pause verlassen ließ.

Apropos Gängelung. Dir Verantwortlichen, die im Gegensatz zu Herrn Schirach nichts zu sagen, dafür aber zu entscheiden haben, haben jetzt entschieden, dass so genannte Elektroroller auf den Trottoirs der Städte erlaubt sein sollen; es steht also zu erwarten, dass besonders in der benachbarten Großstadt, die aufgrund ihrer Aufgeschlossenheit kulturellen Dingen gegenüber gewiss wieder eine Vorreiterrolle übernehmen dürfte, besonders viele Zeitgenossen, sicher viele darunter, die Krawatte und Anzug tragen, sich diese großartige Gelegenheit nicht entgehen lassen werden, ihre Mitmenschen, die nicht jeden Blödsinn mitmachen müssen oder wollen, auf den Trottoirs zu quälen und zu gängeln, wenn sie in ihre Großraumbüros, zu Dichterlesungen oder ihren After-Work-Partys in die Nepplokale fahren. Mich nervt auch das jetzt schon wieder, und ich werde, wenn ich als Fußgänger das erste Mal zusammengefahren sein werde und die daraus resultierenden und zu erwartenden Einschränkungen auskurieren muss, sicher wieder die Zeit finden, darüber nachzudenken, ob mit mir eigentlich alles in Ordnung ist. Die Vorstellung daran geht mir allerdings jetzt schon wieder auf die Nerven; ich wünschte mir, einmal mit Ferdinand von Schirach einen Kaffee zu trinken und dazu eine Zigarette zu rauchen. Ich kann mir vorstellen, wir beide müssten dabei gar nicht viel miteinander reden. Schließlich ist er Synästhetiker, und die Vorstellung, den Lärm, den einer hört, auch noch in Farbe zu sehen, diese Vorstellung ginge mir ganz besonders auf die Nerven.

Wie ich einmal wartete.
Ein Nobelpreisträger in Paris.

„Da ist Godot ja pünktlicher", habe ich einmal geschrieben, um damit auf mehr & minder geist- und humorvolle Weise die Zumutungen des Öffentlichen Personennahverkehrs hinsichtlich angekündigter Abfahrtszeiten zu charakterisieren. Denn bei der Nutzung dieses Öffentlichen Personennahverkehrs mache ich nach wie vor die bisweilen ernüchternde Erfahrung des Wartens – und dann denke ich eben gelegentlich auch an dieses Theaterstück, auf das ich da Bezug genommen hatte. Leider zählte es nicht zu meiner Schullektüre; aber später habe ich es im Theater gesehen, einmal sogar in der Schweiz, wo eine schwyzerdeutsche Fassung unter dem Titel „Warte uff de Gódot" gegeben wurde, was dem Ganzen eine, wie ich damals dachte, doch ein wenig unpassend-komische Note verliehen hatte. Immerhin ist das ein wichtiges Stück, zwei warten auf einen, der nie kommt, und ich musste später lesen, es sei sogar das katholischste Stück, dieses „stupide Warten", und da zitiere ich jetzt doch einmal, „auf einen Erlöser, der nie kommt und an dessen Existenz mehr und mehr berechtigte Zweifel wachsen". Aber ich schweife schon wieder ab.

Ich hielt mich das erste Mal in Paris auf und hatte entsprechend hohe Erwartungen an den Besuch der Stadt geknüpft. Es herrschte ein ungewöhnlich heißer Sommer, die Stadt war – gegen alle Beteuerungen derer, die sie vorgeblich so gut kannten, die Pariser würden im August die Stadt fliehen und aufs Land hinausfahren – voller Menschen, aber vielleicht waren gerade das ja die Touristen und intimen Kenner der Stadt, die mich zuvor beraten hatten. Nichts wollte so rechten Eindruck auf mich machen; der Eiffelturm nicht, der Invalidendom und die Champs-Élysées schon gar nicht, vor dem Louvre und der Nationalgalerie Jeu de Paume drängelten Menschenschlangen, mit denen gemeinsam ich nicht warten und in die ich mich demzufolge auch nicht einreihen wollte. Am ehesten gefielen mir noch die Friedhöfe, die ich aufsuchte, und die weniger bekannten Kirchen natürlich, in Ansätzen wenigstens stillere Orte. Ich streifte durch die Stadt und kam irgendwann, nachdem ich dem Friedhof Montparnasse einen Besuch abgestattet hatte, auch in das berühmte gleichnamige Künstlerviertel. Ich setzte mich in den Außenbereich des erstbesten Cafés. Warten tut einer am besten in einem Café, gerade wenn einer nicht so recht weiß, auf was er da eigentlich wartet. Und so einer war ich in diesem Moment ja, denn außer zu warten hatte ich nichts Besonderes vor.

Ich mochte es damals schon, Cafés zu besuchen, still da zu sitzen, zu lesen, mir gelegentlich die Menschen anzusehen, diesen immerwährenden Betrieb auf den Straßen. Ich sprach nur wenig Französisch, und das Fremdsein in dieser Stadt hatte mich tatsächlich fest im Griff; fremd in einer Stadt zu sein und mich auch tatsächlich genauso fremd zu fühlen, das war eine reale Erfahrung, die ich hier zum ersten Mal machte. Von daher war ein Platz am Rande des Geschehens, am Rande dieses Cafés, schon der angemessene Ort – hier konnte ich am Leben teilhaben, ohne dass es auffiel, dass ich nicht dazu gehörte, ein bisschen wie im Theater, wo ich auch nur guckte, mich beeindrucken ließ und mir ansonsten meinen Teil dachte, wie damals, bei „Warte uff de Gódot".

Auf diesem Friedhof, dem Cimetière Montparnasse, hatte ich noch vor einer halben Stunde vor den Grabstätten von Menschen gestanden, die diesen Stadtteil vor Zeiten einmal bewohnt und ihm zu seinem Bekanntheitsgrad verholfen hatten – Maler und Dichter, Schach- und Schauspieler, Philosophen und Komponisten, ein Lexikon der europäischen Geistesgeschichte, das die beiden anderen großen Pariser Friedhöfe, die ich später noch durchstreifen wollte, ergänzen würden. Und so saß ich endlich in diesem Café auf einem etwas ruhigeren Platz und erholte mich von den Mühen, in der Hitze an berühmten Verstorbenen vorbeizulaufen, hing meinen

Gedanken nach und wartete. In diesem Café hier jedenfalls &
allerdings beschloss ich – trotz der bemerkenswerten Friedhöfe –, dass mein erster Besuch in Paris gleichzeitig auch mein
einziger bleiben sollte. Ich würde nicht noch einmal hinfahren,
dazu war mir die Stadt einfach zu anstrengend.

Als der Nobelpreisträger neben mir auftauchte, erschrak ich
natürlich erst einmal; ich erkannte den Mann, den ich bis dahin
nur auf Schwarzweißfotos gesehen hatte, sofort. Die hagere
Gestalt, das zerfurchte Gesicht, die grau-weißen, steil und sta-
chelig nach oben abstehenden Haare; er trug, trotz der Hitze,
einen leichten, grauen Mantel, den er bis oben zugeknöpft
hatte, und führte eine Plastiktüte mit sich. Er hatte die Anmutung eines ärmlichen Menschen, der in einem Supermarkt ein
wenig eingekauft hatte, und seine langsamen, mühsamen
Schritte unterstrichen diesen Eindruck. Er blieb stehen, blickte,
ein wenig unentschlossen, wie mir schien, in Richtung des Cafés und schien zu überlegen, ob er Platz nehmen sollte. Er sah
nicht aus wie ein Nobelpreisträger, dachte ich, er sah eher aus
wie ein Mann, der wie seine eigene Schwarzweißfotografie
aussieht, aber keinesfalls wie ein Nobelpreisträger – vielleicht
kam mir das aber auch nur so vor, weil ich ihn erkannte; meine
Tischnachbarn hingegen sein Auftauchen nicht aus ihren Beschäftigungen herausgeholt hatte. Hatte sich das Warten also
doch gelohnt, dachte ich dann auch noch, neben mir stand wenigstens der, der den bis heute berühmtesten Text über das
Warten geschrieben hatte, der jemals verfasst wurde, und
wahrscheinlich, vermute ich, wird das auch in Zukunft so bleiben.

Samuel Beckett, machte ich mich, kurze Zeit später wieder im
wesentlich ruhigeren Zuhause angekommen, schlau, lebte damals schon in einem Pariser Altenheim; er hatte das kleine
Haus in Ussy sur Marne mit der hohen Mauer, die es umgab,
und die Stadtwohnung bereits aufgegeben. Den Nobelpreis
hatte er seinerzeit gar nicht persönlich angenommen; das Geld,

kein geringer Betrag, unter armen Schriftstellerkollegen verteilt, weil er selbst, wie er meinte, nichts davon brauchte. Da kamen, bei den Nachforschungen im ruhigen Zuhause, doch ganz schön viele anrührende Details zusammen, die mich noch mehr für diesen außergewöhnlichen Menschen einnahmen, der da im Café im heißen Paris neben mir am Tisch aufgetaucht war.

Er hatte sich übrigens nicht hingesetzt, sondern ist schließlich weitergegangen. Gerne hätte ich ihm Platz angeboten, wir hätten auch gar nicht miteinander reden müssen. Vielleicht hatte er Bedenken, weil er meinen Blick des Erkennens richtig gedeutet hatte. Aber vielleicht hatte er auch schlicht & einfach keine Lust, mit mir im Café zu sitzen und zu warten. Was ihm sicher niemand, am wenigsten ich, verdenken konnte. Kurze Zeit darauf ist Samuel Beckett gestorben; er wurde auf dem Friedhof Montparnasse beigesetzt. Ich weiß das aber nur, weil ich darüber gelesen habe. Denn in Paris bin ich, wie es im Café beschlossen hatte, seitdem nicht mehr gewesen. An seinem Grab habe ich also nie gestanden – aber wenn ich mit dem Öffentlichen Personennahverkehr unterwegs bin und wieder irgendwo wartend herumstehe, dann danke ich an diesen irischen Nobelpreisträger, der seine Heimat in Frankreich gefunden hatte, und an seine Plastiktüte.

Wie einmal nicht alles ganz koscher war.
Bubka & Coe frühstücken.

Die Zeiten hatten mich nach Israël verschlagen. Ich schreibe Israël immer mit einem Trema, also mit diesen zwei Pünktchen über dem „e", die Auskunft darüber geben, dass in Israël das „a" und das „e" getrennt voneinander gesprochen werden müssen, als Isra-el und nicht Isräl oder ähnlich dumm. Ich weiß solche Dinge, seitdem ich von Harry Rowohlt darüber belehrt wurde, dass ich meinen Vornamen gleichfalls mit einem Trema schreiben müsste, auf dass ihn niemand falsch aussprächе, denn es sei ja bekannt, dass die Menschen alle nur erdenklichen Fehler machten, worunter das falsche Aussprechen von Vornamen zwar einer der geringeren, ober nichtsdestoweniger eben doch einer wäre, der sich vermeiden ließe, wenn das Trema etwa nur an der richtigen Stelle gesetzt würde, wobei er aber einzuräumen hatte, dass den Menschen, die Vornamen falsch aussprächen, wohl dann auch nicht zu helfen wäre, da ihnen sicher nicht bewusst wäre, was ein Trema überhaupt ist und sie den Namen – egal, in welcher Schreibung – immer falsch aussprächen. Wir erinnerten uns an komische Namen, die ohne Trema noch komischer klängen, etwa den des Automobilmoguls Piech oder den des Komikers Höcker, die, was uns beiden besonders gefiel, beide Glatzenköpfe waren, und wir, Harry Rowohlt und ich, ja eben genau alles andere als Glatzenköpfe waren, eher waren wir Wuschelköpfe. Das Gespräch, das bis hierhin immer irrwitzigere Kapriolen geschlagen hatte, wendete sich anderen Dingen zu und wir erzählten uns dann erst einmal einen Witz.

Israël sagte ich eben, Isra-el. Dort verschlug es mich in ein feines Hotel in Tel Aviv, in dem ich erste Erfahrungen mit einem koscheren Frühstücksbüffet und einem Sabbataufzug sammeln durfte. Letzterer ist – für diejenigen, die mit den landes- und religionstypischen Gebräuchen weniger vertraut sind – ein Aufzug, der, ohne dass der Fahrgast einen Knopf zu drücken hätte, selbstständig in jedem Stockwerk hält, was dem Frommen, dem es am Sabbat zwar gestattet ist, Aufzug zu fahren, nicht aber, das Knöpfchen fürs gewünschte Stockwerk zu drücken, in der Einhaltung und Durchführung seiner religiösen Pflichten stark entgegenkommt; das Halten in jedem Stockwerk kann sich aber, sage ich euch, gerade in zwanzigstöckigen feinen Hotels zu einer echten Geduldsprobe, auch und gerade für den weniger religiösen Menschen, entwickeln. Aber es gibt zum Glück auch andere, normalere Aufzüge, die nur in denjenigen Stockwerken anhalten, für die zuvor das Knöpfchen gedrückt wurde, man darf sie nur eben nicht verwechseln, so wie ich es tat. Im Gegensatz zum Sabbataufzug kann man beim koscheren Frühstücksbüffet nur wenig falsch machen, weil eben alles koscher ist, es sei denn, man würde die Serviertochter fragen, wo es die Eier mit dem Speck gebe, aber das ist eine andere Geschichte. Koscher ist da alles, und auch das kommt dem frommen Menschen bei der Einhaltung und Ausübung seiner frommen Pflichten sehr entgegen, und die anderen, die weniger Frommen, machen es klaglos mit und bedienen sich am koscheren Frühstücksbüffet, zur Not eben auch einmal ohne Eier mit Speck.

Und als ich da so saß mit dem, was ich mir vom koscheren Frühstücksbüffet organisiert hatte, da sagte die gute Gefährtin auf einmal, denn es hatte mich nicht alleine in dieses Land mit seinen zwanzigstöckigen feinen Hotels mit den Sabbataufzügen verschlagen, die gute Gefährtin war auch dabei, am Nebentisch hatte gar der gute Landrat Platz genommen, mit dem gemeinsam ich noch das wahrlich richtig große Vergnügen haben würde, den Salzgehalt des Toten Meeres zu erkunden, denn wir alle waren Teil einer guten Delegation aus der Heimat, die dem Heiligen Land einen Besuch abstattete, da sagte die gute Gefährtin also mit einem Mal, mit dem Kopf dezent Richtung eines anderen, weiter entfernten Nachbartisches weisend, „Da sitzt doch der… Aber guck nicht gleich wieder hin!". Da ich nicht gleich wieder hinguckte, wie mir befohlen wurde, konnte ich allerdings auch nicht sehen, wer da saß. Sie aber fuhr fort: „Und das ist doch der… Wie heißt er denn jetzt." Und da guckte ich dann doch hin. Und die gute Gefährtin hatte, wie so häufig, recht, denn nur wenige Tische weiter saß tatsächlich der Aber-guck-nicht-gleich-wieder-hin neben dem Wie-heißt-er-denn-jetzt einträchtig in feinem Zwirn zusammen und probierten vom koscheren Frühstücksbüffet.

Jetzt muss ich aber doch mal sagen, dass ich die beiden – im Gegensatz zur guten Gefährtin – sofort erkannte, aber mir war ja schon am Vortag aufgefallen, dass im Foyer des feinen Hotels diverse Plakate und Informationstafeln auf eine derzeit im Hotel stattfindende Tagung aufmerksam machten und den Tagungsteilnehmern die entsprechenden Tagungsräume zuwiesen, wir das eben so üblich ist; zudem hatte ich, wie ich gelegentlich ja schon angemerkt habe, in meiner Jugend viel Zeit damit herumgebracht, entweder persönlich auf Aschen- und Tartanbahnen im Kreis herumzulaufen oder bei diversen Leichtathletik-Fernsehübertragungen anderen dabei zugeguckt, wie sie im Kreis herumliefen, in Sandgruben hüpften oder schwere, unhandliche Sportgeräte herumwarfen. Diese Tagung nun war der „International Congress of the Balcan Athletic Society", und so nahm es kaum Wunder, den Aberguck-nicht-gleich-wieder-hin neben dem Wie-heißt-er-denn-jetzt vor dem koscheren Frühstücksteller sitzen zu sehen. Meine Begeisterung darüber aber, sage ich euch, hielt sich in engen Grenzen, und ich war weit davon entfernt, an den anderen Tisch zu gehen und dort ein freudiges Erkennen oder Schlimmeres zu heucheln. Ich funkelte die beiden nur böse an.

Es verhielt sich nämlich so, dass allein das, was die beiden vor sich auf den Tellern liegen haben mochten, koscher sein mochte, die beiden selbst aber waren es, um in der semitischen Bildwelt zu bleiben, sicher nicht. Der Aber-guck-nicht-gleich wieder-hin war ein Mann, der – mittlerweile zum Spitzenfunktionär seines Heimatleichtathletikverbands befördert – seinerzeit an einer Stange so hoch springen konnte wie kein Zweiter auf der Welt, der Wie-heißt- er-denn-jetzt war ein Mann, der – zwischenzeitlich zum Lord geadelter Vorsitzender des Weltleichtathletikverbandes – seinerzeit in Turnschuhen zwei Runden so schnell auf dem Sportplatz herumlaufen konnte wie ebenfalls kein Zweiter auf der Welt. Das taten die beiden aber immer nur dann, wenn ihnen die Veranstalter und Betreiber der Sportanlagen, auf denen sie zu Gange waren, ihnen richtig viel Geld dafür anboten – und taten sie es, dann verbesserten der Stangenspringer und der Zweirundenläufer schon einmal die eigenen Weltrekorde, aber nur dann. Später machte noch das böse Wort von den Nahrungsergänzungsmitteln die Runde, aber das gehört jetzt, wenngleich beide doch vor einem koscheren Frühstück saßen, nicht unbedingt hierher, auch nicht, dass sie noch später, ins Funktionärslager gewechselt, immer wieder mit unschönen Dingen in Verbindung gebracht wurden, wenn bei der Vergabe von Wettbewerben die Dinge einmal nicht ganz so sauber abgewickelt wurden, wie es eigentlich hätte sein sollen. Aber auch das soll jetzt nicht vertieft werden. Jedenfalls war da nicht alles koscher, was die Vergangenheit der beiden Herren anbelangt, die durch die Nachverwertung von Stangenspringen und Im-Kreis-Herumlaufen zu richtig, richtig reichen Menschen geworden sind, und die da nun einträchtig in feinem Zwirn zusammensaßen und vom koscheren Frühstücksbüffet probierten.

Ich bemerkte gerade, die beiden zum Zeichen unfrohen Wiedererkennens nur böse angefunkelt zu haben; ich hoffte sehr, insgeheim damit bei ihnen eine Reaktion auszulösen, vielleicht eine kleine Reaktion à la „Guck nur, Sebastian, der böse Mann da drüben hat uns erkannt. Der weiß, dass wir das Sportliche und das Finanzielle bis heute nie sauber voneinander zu trennen vermochten und maßgeblich an einer Entwicklung beteiligt waren und sie befördert haben, deren Auswüchse so viele sportinteressierte Menschen, die sich über gekaufte Weltmeisterschaften, Millionengehälter im Fußball oder dopingverseuchte Wettbewerbe ärgern, enttäuscht und ihnen den Sport verleidet." Und dann wünschte ich mir noch, sie würden sich wieder verschämt hinter den Produkten einer Küche, in der im Gegensatz zu ihnen streng darauf geachtet wurde und wird, dass die unterschiedlichen Zutaten aufs Schärfste voneinander geschieden werden, was für diesen Fall natürlich die Fleisch- und die Milchprodukte galt.

Ich dürfte damit mein böses Funkeln hinreichend erklärt haben, aber eine Reaktion damit auszulösen, das war freilich nur frommes Wunschdenken. Beide taten so, als hätten sie mich nicht bemerkt, und mir blieb allein mein unfreundliches Gefühl. Ich wandte mich schließlich wieder der guten Gefährtin und der koscheren Küche zu und dachte darüber nach, dass die rituellen Speisevorschriften weniger den Hintergrund haben, der fromme Mensch täte durch ihre Beachtung etwas für seinen Körper – er tut etwas für seine Seele, indem er trennt, was nach seinem Verständnis nicht zusammengehören sollte. Der Unfromme aber achtet nicht darauf und vermischt alles miteinander, weil er letztlich nicht darüber nachdenkt, was gut für die Seele ist. Ob die beiden darüber nachdachten, als sie miteinander frühstückten, bezweifle ich allerdings bis heute.

Dieses Trema, um noch einmal darauf zurückzukommen, trennt ja auch, was nicht zusammengehört. Harry Rowohlt hat mir dann übrigens am Ende unseres Zusammenseins noch ein von ihm herausgegebenes Buch mit Texten von Alfred Polgar signiert, und meinen Namen dabei mit großen Buchstaben hinein gemalt, und über dem „Ë" findet sich – eigentlich müßig, das jetzt noch einmal zu erwähnen, aber ich tue es halt trotzdem noch einmal – selbstverständlich ein Trema.

Wie ich einmal ganz für mich war.
Herr Pfitzmann badet ohne Hose.

Der seinerzeit doch recht bekannte Berliner Fernseh- und Schulmedizindarsteller Günter Pfitzmann übernahm es 1984 in einer Synchronfassung fürs Kino, der nicht minder bekannten gallischen Comicfigur Obelix seine markante Stimme zu leihen, durfte ich lesen. Es gibt so viele Dinge, die einer nicht weiß, und da tut diese gewiss doch recht interessante Aufklärung doch richtig gut. Der große Unterschied zwischen Herrn

Pfitzmann und Herrn Obelix liegt meines Erachtens auch in dem Umstand, dass wir Herrn Obelix niemals ohne seine blau-weiß gestreifte Hose zu Gesicht bekommen haben respektive werden, Herrn Pfitzmann hingegen schon. Nicht, dass er blau-weiß gestreifte Hosen getragen hätte, das meine ich jetzt nicht, nein, wir hätten Herrn Pfitzmann, lebte er denn noch, gelegentlich ohne jede Form von Hose, genauer gesagt: ohne überhaupt irgendetwas sehen können. Ich wenigstens hatte dieses große Privileg, und das kam so.

Hin und wieder habe ich ja schon angedeutet, dass ich vor Jahren studienhalber Zehlendorfer geworden war, da es mich an die Universität nach Berlin verschlagen hatte. Da lebte ich nun in dieser manierlichen Ecke der großen Stadt, lebte über meine Verhältnisse in der Nachbarschaft von Schauspielern und ging jede Woche zu Bolle einkaufen. Tat ich das gerade nicht, studierte ich fleißig, und tat ich auch das gerade einmal nicht, erkundete ich mit dem Fahrrad die nähere Umgebung. Zum Beispiel fuhr ich in den benachbarten Grunewald, in dem sich hübsche kleine Seen versammeln, die gerade in der wärmeren Jahreszeit zum Baden einluden, und das tun sie auch heute noch, wenn ich recht informiert bin. Diese hübschen kleinen Seen – vor allem der Grunewaldsee und die so genannte Krumme Lanke – nehmen nicht nur durch ihre idyllische Lage sehr für sich ein, sondern auch durch den Umstand, dass an ihren Ufern das Baden auch ohne Badebleidung nicht nur gestattet war und ist, sondern dass dieser Umstand vom Berliner und der Berlinerin an sich auch ausgiebig wahrgenommen wurde und wird.

Jetzt muss ich aber doch einmal anmerken, dass ich gegen das Baden ohne Badekleidung generell nur wenig einzuwenden habe. Mir hat es immer imponiert, wenn ich darüber lesen konnte, dass die Bewohnerinnen und Bewohner des ehemaligen ersten Arbeiter- und Bauernstaates auf deutschem Grund und Boden das FKK -Baden an der Ostsee etwa als großen Akt der Freiheit im ansonsten stark regulierten Leben begriffen, und in meinem Lieblingsschlager von Nina Hagen – *„Du hast den Farbfilm vergessen, mein Michael!"* – geht's ja (auch) genau da drum. Meine Lieblingsanekdote zum Thema stammt übrigens auch aus der DDR; der Staatsdichter Johannes R. Becher war in Hiddensee zu Gast, wo laut Nina Hagen der Sanddorn bekanntlich hoch am Strand steht, selbstverständlich in Badehose, und traf auf die splitterfasernackt sich sonnende Dichterin Anna Seghers, die er aufgrund ihres so überaus natürlich zur Schau gestellten älteren Körpers allerdings nicht erkannte. *„Was soll das, Du alte Sau?"* soll der Dichter der DDR-Hymne sie wenig vornehm aus seiner Badehose heraus angeraunzt haben. Später, Seghers wurde der Staatspreis der DDR für ihr künstlerisches Werk verliehen, trafen die beiden dann einander wieder, diesmal freilich bekleidet. Nach Bechers, der die Preisverleihung vorzunehmen hatte, Begrüßung und der Anrede als *„hochverehrte Genossin"* und den üblichen sozialistischen höflichen Gepflogenheiten, soll die Seghers doch tatsächlich auf dem Podium eingedenk ihrer früheren Begegnung zu ihm gesagt haben: *„Für Dich immer noch: Du alte Sau!"* Den Preis hat sie offensichtlich dennoch bekommen. Aber ich schweife schon wieder ab, also zurück an den Grunewaldsee.

Es ist ja nun nicht so, dass ich bei meinem ersten Abstecher an einen FKK-Strand gleich gedacht hätte: Juhu! Ein FKK-Strand! Runter mit der Hose! Nein, so verhielten sich die Dinge freilich nicht. Eher war das Gegenteil der Fall; denn nachdem ich mein Fahrrad abgeschlossen hatte und zum Strand geschlendert war, da wurde ich erst gewahr, wo ich mich befand. Die Blöße allerdings, diese doppeldeutige Anmerkung sei gestattet, jetzt im letzten Moment doch noch umzukehren, um am See irgendein Textileckchen anzusteuern, diese Blöße wollte ich mir nun doch nicht geben. Ich hatte es mir nun einmal vorgenommen, dieses Nacktsein, ich wollte dieses Gefühl einmal ausprobieren, wie es ist, jenseits dieser skurrilen Träume, in denen Du merkst, dass alle Dich anstarren und zu tuscheln beginnen und schließlich anfangen zu lachen, weil Du nackt bist und es gar nicht gemerkt hast, und Du der einzige in einer Gruppe vollständig bekleideter Zeitgenossen bist... Ich wollte diese Scham überwinden, und also gab es kein Zurück.

Und also suchte ich mir ein relativ ruhiges Plätzchen, zog mich schnell aus und legte mich auf mein Handtuch. Auf den Bauch, selbstverständlich. An eine solche Situation, dachte ich, muss man sich erst vorsichtig gewöhnen, da heißt es, nichts zu überstürzen. Ich war stolz, es so weit geschafft zu haben. Und eigentlich fühlte ich mich sogar recht gut; es war eine komfortable Haltung, die ich da eingenommen hatte, es gab es etwas zum Gucken, die Sonne versprach nahtloses Bräunen, nur aufzustehen, um ins Wasser zu gehen, das traute ich mich eben noch nicht so recht, da würde ich doch noch ein Momentchen abwarten müssen, bis sich die günstige Gelegenheit einstellte, auf die ich zu warten hatte. So konnte ich prima meine Studien betreiben, denn es war klar zu erkennen, welches distinktive Merkmal die erfahrenen Nackten von den Anfängern schied – und dieses Merkmal war und ist, sage ich euch, der Bräunungsgrad des Gesäßes. Dazu kam eine Körperhaltung, so kam es mir vor, eine Haltung der Selbstverständlichkeit, an der sich die professionellen Naturisten jenseits allen Bräunungsgrades von den Laien unterscheiden ließen, eine Haltung, die bedeutete, dass man nicht nur gewillt war, die Seele, sondern alles andere auch in einer möglicherweis einstudierten Choreographie in größter Freiheit & Selbstverständlichkeit baumeln zu lassen. Diese Menschen, und nur diese, verrieten in ihrem Tun die höchste Könnerschaft. Die anderen aber lagen bäuchlings auf ihren Handtüchern herum, heuchelten Desinteresse an ihrer Umgebung und warteten ihrerseits auf eine günstige Gelegenheit.

Kaum aber hatte sich für mich diese günstige Gelegenheit ergeben – ich fühlte mich einen Moment lang relativ unbeobachtet –, kaum hatte ich allen Mut gesammelt, mich aufgerichtet und war – mit dem beiläufigsten aller Gesichtsausdrücke – Richtung Ufer geschlendert, als mit einem Mal dieser Herr neben mir stand, den ich freilich nicht sogleich erkannte. Schließlich trug er auch nicht den vertrauten weißen Arztkittel aus der Praxis Bülowbogen, sondern er stand einfach nur da, splitterfasernackt und braungebrannt, nahtlos, wie ich dachte, und blickte, auf unvergleichlich vornehme Art, wie ich gleichfalls dachte, über den See hinweg, die Hände dabei leicht auf die Hüften gestützt. Dass Günter Pfitzmann eine wichtige Figur im Unterhaltungsprogramm des Deutschen Fernsehens war, das wusste selbst einer wie ich, dass er aber auch eine wichtige Figur hier, im textilfreien Bereich des Grundwaldsees, war, ein wahrhafter Könner, ein professioneller Nacktbader allererster Güte, das lernte ich erst in diesem Moment.

Wie begrüßt man Prominente am Nacktbadestrand? Ich beließ es bei einem freundlichem, erkennenden Kopfnicken, wobei ich streng vermied, meinen Blick von seinem Gesicht abzuwenden. Er nickte mir gleichfalls zu, lächelnd, und fuhr sogleich damit fort, über den See zu blicken, in den ich, ungeachtet der Temperatur, schnell eintauchte. Wie merkwürdig, dachte ich, war doch der Umstand, dass man bei bekannten Zeitgenossen, die öfter im TV erscheinen und erschienen, immer ein wenig das Gefühl hat, sie müssten einen genauso gut kennen wie man selbst das Gefühl hatte, sie zu kennen. Den Gedanken verwarf ich allerdings schnell wieder, denn ein anderer Gedanke erschien mir viel spannender – nirgendwo, dachte ich, wieder auf meinem Handtuch liegend, also auf sicherem Terrain, findet der Mensch ganz offensichtlich mehr seine Ruhe denn an den Plätzen, da er nackt herumlaufen darf. Keine lange Konversationen, ein kurzes Kopfnicken genügt, keine langen Blicke, keine unerwünschte Nähe, jeder blieb auf Distanz; auch Günter Pfitzmann hatte, soweit ich das an diesem Nachmittag beobachten konnte, seine Ruhe. Vielleicht mochte er dieses Plätzchen ja gerade aus diesem Grund so besonders gern – weil er hier so ungestört seine Seele baumeln lassen konnte, ohne permanent angesprochen zu werden. Ich gönnte ihm das von Herzen.

Für mich war diese Begegnung übrigens der Beginn freundschaftlichen Interesses an der Nacktbaderei als solcher, das muss ich schon sagen. Nudisten muss nicht jeder gut finden, aber man kann sich gut mit ihnen arrangieren. Ich bin in diesem Jahr dann noch mehrmals zum Grunewaldsee hinaus geradelt, und so gut gebräunt wie in diesem Sommer war mein Gesäß noch nie.

Wie ich einmal über alles schreiben wollte
und dabei nicht abschweifte

Die gute Gefährtin mäkelte, und das kam so: Die Gefährtin schätzt, was euch nicht verwundern wird, das meiste an mir, doch sie schätzt nicht meine Angewohnheit, bei der Zubereitung einer Erdbeerbowle die Früchte zuvor in einem hochprozentigen Alkohol einzuweichen, auf dass sie später ihre Wirkung noch schöner und wirkungsvoller entfalten können. Diesmal hatte ich mangels anderer hochprozentiger Alternativen schottischen Whisky genommen. Und genau das schätzt die gute Gefährtin nicht, weshalb sie mäkelte. Mir blieb nichts über, als mit kühlem Weißwein für einen minderwertigen Ersatz meiner Bowle, die sie verschmähte, zu sorgen und die von mir zubereiteten gut zweieinhalb Liter allein zu konsumieren. Im Zuge der daraufhin immer fröhlicher und auslassender sich gestaltenden Diskussion verstieg ich mich in übermütiger Weise, da das Gespräch auf das Schreiben kleiner Geschichten kam, zu der Bemerkung, es sei doch wohl ein Leichtes, über alles schreiben zu können. „Wenn dem so ist", meinte die gute Gefährtin, „dann schreibe halt über alles, aber bleibe zur Abwechslung doch einmal bei einem Thema. Immer diese entsetzlichen Abschweifungen. Ich glaube allerdings nicht, dass

Dir das gelingt." Als Thema schlug sie mir den öffentlichen Personennahverkehr vor, den ich durchaus nutze. „Hah", rief ich, „wenn's mehr nicht ist" – und versprach ihr, alsbald mit dem Schreiben dieser Geschichte zu beginnen. Und auf keinen Fall würde ich dem Laster der Abschweifung erliegen; allerdings konnte ich mir gar nicht so recht vorstellen, was sie eigentlich damit meinte.

Mir stellte sich nur das Problem des Anfangs meiner Geschichte. Würde ich ihn haben, so sollte das Ganze schon seinen Lauf nehmen; aber die Anfänge sind bekanntlich immer das Schwierigste. Im Anfang sei das Wort gewesen, wusste bekanntlich schon der vierte Evangelist zu berichten, während die ältere Ausgabe des Heiligen Buches, wie wir alle wissen, doch eher die Tat pries, denn dort schuf der gute GOtt bekanntlich am Anfang gleich etwas. Ich wollte also auf keinen Fall mit einem schnöden Beginn aufwarten wie „Neulich saß ich in der S-Bahn" oder gar „Als ich den öffentlichen Personennahverkehr nutzte, ist mir doch Folgendes passiert…" Die Bibel fängt schließlich auch nicht mit einem dümmlichen „Neulich saß der HERR herum und überlegte, sich eine Welt zu schaffen, aber eine gute sollte es schon sein…" Nein, das tut sie nicht, nur die Pfarrerinnen und Pfarrer unserer Lieblingskonfessionen lassen ab & an im Radio noch Sätze wie den seit gefühlten 50 Jahren bewährten, kaum veränderten Einstieg Da stehe ich doch neulich an der Kasse meines Supermarktes in ihren Verkündigungssendungen hören, um sich hernach der spirituellen Ausdeutung und gleichzeitigen Überhöhung einer ganz zufälligen Begegnung mit Einkaufswagen schiebenden Menschen zu widmen. Zufälligerweise saß ich gerade in der S-Bahn, als ich über einen adäquaten Einstieg in eine abschweifungsfreie Geschichte nachdachte, und da fand ich, dass doch die Episode mit der Bowle einen wunderbaren Anfang für eine öffentliche Personennahverkehrsgeschichte abgeben würde. Und nachdem ich diesen Auftakt hatte, fiel mir sofort ein, wie es weitergehen sollte. Und würde.

Mir fiel nämlich ein, wie ich einmal im Nahverkehr unterwegs und genervt von einem kleinen Jungen war, der ständig in eine Trillerpfeife pustete und mich beim Lesen störte, während seine Mutter, die ihr Mobiltelefon unter das wohl ihre religiöse Denomination ausdrückende Kopftuch geschoben hatte, telefonierte und den Jungen pusten ließ, wie ich einmal diesen Jungen ärgerte. Ich verließ dazu kurzfristig mein bourgeoises Erste-Klasse-Abteil, sagte zum Jungen „Lass das!", und als er es nicht ließ und mich noch frech anguckte und weiterpustete, ich ihm die Trillerpfeife aus dem Mund zog und durch die eben sich öffnende Tür der S-Bahn hinaus auf den Bahnsteig des Nahverkehrshaltepunktes Frankfurt-Nied beförderte, wo sie, wenn ich den Reinigungsdienst auf dieser Strecke richtig einschätze, wohl heute noch liegt. Der Junge glotzte mich an, die Mutter vergaß, weiter zu telefonieren und die Schar der umher sitzenden Mitreisenden tat in ihrem Peinlich-berührt-Sein so, als sei sie autistisch in das Studium ihrer Mobiltelefone versunken. Ich zog die Geldbörse heraus, drückte dem Jungen noch ein bescheidenes Geldstück in die Hand, verabschiedete mich von ihm mit einem freundlich-aufmunternden „Kauf Dir was Leises" und verschwand wieder unauffällig, wie ich gekommen war, in meinem bourgeoisen Erste-Klasse-Abteil, wo ich weiterlas.

Lesen aber hat in der S-Bahn auch seine Schattenseiten; die Freunde der Mobiltelefone halten Dich für antiquiert oder neiden Dir, Dich für einen Angeber haltend, Deine vermeintlich überlegene Kulturtechnik; schlimmer aber noch ist der Umstand, dass ich darüber gerne die Zeit vergesse und den rechten Umsteigezeitpunkt versäume. So sah ich einmal, gefangen von meiner Lektüre, aus dem Fenster und sinnierte, wie so eine kleine Wetteränderung doch eine ansonsten vertraute Landschaft in einem völlig neuen Licht erscheinen ließe; bis ich merkte, dass das da draußen gar nicht die vertraute Landschaft war, die sich mir durch eine kleine Wetteränderung in einem völlig neuen Licht präsentierte, sondern eine völlig andere Landschaft, die ich gar nicht kannte, dass das eben noch gefeierte völlig neue Licht also letztlich nur meiner Nachlässigkeit geschuldet war, den rechten Umsteigezeitpunkt gewählt zu haben. Aber da war es bereits zu spät. Alles gut & schön dachte ich, aber für eine Geschichte, wie ich schreiben wollte, würde auch das nicht taugen und beschloss sofort, sie gar nicht erst zu erwähnen. Und schon ärgerte ich mich, mich zu der leichtfertigen Äußerung, über „alles" schreiben zu können, hinreißen gelassen zu haben. Alles nur wegen einer Bowle, aber wenigstens blieb ich beim Thema.

Lieber noch als mich selbst ärgere ich übrigens fremde Menschen. Sie ärgere ich aber nur, wenn sie mich vorher geärgert haben, weswegen ich auch vorziehe, in diesem bourgeoisen Erste-Klasse-Abteil zu reisen, wo es in aller Regel etwas gesitteter zugeht. Nachdem ich nämlich auf einer Zweite-Klasse-Fahrt einmal ein Heimatgedicht über die weniger gesittet auftretenden Mitreisenden geschrieben hatte, löste ich mir für die Rückfahrt sofort die exklusive Zuschlagkarte. Und dabei ist es geblieben. Dieses Gedicht nenne ich *nahverkehr* und es geht so:

aaner gähnt, dass de des zäbbsche siehst
aaner riecht wien nasse fuchs
aaner guckt dich an, als wann er dir ins gesicht hibbe wollt
aaner brüllt in sein handy, warum jetzt schluss wär
aaner kratzt sich am sack
aaner schnarcht
aaner frisst sei börger
aaner säuft bier
aaner rückt dir ganz discht uff die pell
aaner heert sei bleed musik
aaner fraacht nach geld
aaner sprüht sich mit deo ein
aaner zieht sein rotz hoch
aaner wühlt in deim abfalleimer nach leere flasche

die ganze heimat fer acht fünfunzwanzisch
in de zweite klass
kann mer nix saache

Ich finde, das Gedicht passt zum Thema, Abschweifung wird mir an dieser Stelle sicher nur der wahrhaftig Übelmeinende unterstellen. Leute ärgert man übrigens am besten still, fällt mir gerade ein. Wenn mir einer gegenüber sitzt und laut telefoniert, ziehe ich ganz still mein Notizbuch heraus, schaue ihn freundlich an und beginne damit, mitzuschreiben, was er von sich gibt. Es wird bald wieder Ruhe einkehren. Wen mir einer gegenüber sitzt und von sich selbst überzeugt ist und blasiert oder arrogant, dann hole ich still mein auswendig gelerntes Sudoku hervor, löse es in gefühlten 8,3 Sekunden, seufze und sage zum fiesen Gegenüber: „Die Dinger werden auch immer schwerer!" Will man aus ökonomischen Gründen viele Leute zeitgleich ärgern, lässt man sich am besten ein T-Shirt bedrucken mit der Aufschrift „Ihrem Gesicht nach zu urteilen, aus dem heraus Sie mich angucken, hatten Sie heute einen Scheißtag" oder „Na, glotzen Sie wieder autistisch aufs Handy?" und es still wirken. Für mich persönlich wäre das allerdings nichts, sage ich Ihnen ganz ehrlich; ich trage a) keine bedruckten T-Shirts, werde b) ohnehin kaum beachtet und c) würde ich die Menschen damit nicht ärgern, weil sie ja schließlich alle autistisch auf ihr Handy glotzen, statt meinen T-Shirt-Aufdruck die gebührende Aufmerksamkeit zukommen zu lassen. Aber wenn Sie das einmal ausprobieren möchten, nur zu. Ich habe noch andere Vorschläge für den Text.

Wenn ich mir das alles so durchlese, muss ich eingestehen, dass ich den Mund ein wenig voll genommen habe und es doch nicht so gut funktioniert, über alles zu schreiben. Was gut funktioniert, nicht abzuschweifen, das funktioniert wirklich ganz gut, das habe ich m Griff – aber über alles zu schreiben, nein, das geht nicht. Ich werde klein beigeben es der Gefährtin gegenüber zugeben müssen. Persönlich nehme ich für mich allerdings zwei Dinge mit; ich werde zum einen in Zukunft die Früchte für die gute Erdbeerbowle nicht mehr vor der Zugabe von Sekt & Wein in hochprozentigem Alkohol einweichen; das werde ich unterlassen, denn das war schließlich der Ausgang für all diese letztlich doch unerquicklichen Bemühungen. Und zum anderen werde ich diese Geschichte überhaupt nicht erst schreiben. Auch auf die Gefahr hin, dass dann keiner merkt, dass ich durchaus in der Lage bin, nicht abzuschweifen.

Wie ich einmal alles falsch machte.

Alles im Leben hat so seine Tücken, weiß der Philosoph, aber ganz besonders seine Tücken hat der Lehrberuf, das weiß ich. Denn besonders hier, in diesem Metier, kann man alles Mögliche falsch machen; hier kann man eigentlich nur Schäden anrichten. Schäden, die in den Hirnen der der Lehrperson Anempfohlenen auf Jahre sich dort irreparabel auswirkend und fortschreibend, letztlich Gestalt in dem annehmen, was wir gemeinhin Gesellschaft nennen. Und wie leicht es ist, trotz humanistisch geschulter alleraufrichtigster Gesinnung für solche Schäden in den Hirnen der uns Anempfohlenen verantwortlich zu werden, das mag das Folgende illustrieren.

Ein Besuch im Zoo gehört zu den vornehmsten Obliegenheiten des Lehrberufs – der Schülerinnen und Schüler, denen aufgrund ihrer Wohnsituation, ihres Freizeitgebarens oder allein aus Gründen mangelnden Interesses jede Möglichkeit genommen ist, sich mit der wunderbaren Schöpfung unseres Herrgotts im Hinblick auf Flora und Fauna grundsätzlich auseinandersetzen zu können, muss die Schule sich annehmen, sie muss dieses Manko als heilige Herausforderung begreifen und für Abhilfe sorgen. So machte ich mich eines schönen Sommertages, die Ferien näherten sich schon, mit 25 handverlesenen und motivierten Jugendlichen auf, dem Tierpark einer benachbarten Großstadt einen Besuch abzustatten. Und die mir Anvertrauten mit Zebra, Eisbär und Gnu, aber auch den weniger spektakulären Bewohnern wie dem gemeinen Meerschweinchen oder dem Ziegenbock vertraut zu machen. Freilich stand auch der Besuch bei ausgefalleneren Spezies auf dem Programm, der der minderjährigen Klientel verdeutlichen sollte, dass der gute Herrgott in den Anfangstagen seiner Schöpfung noch ein gerüttelt Maß an Humor besessen haben musste, das ihm später, im Zuge der Erschaffung mental fortgeschrittener Arten, wohl sukzessive abhandenkam. Ich spreche vom Besuch bei bedauernswerten Geschöpfen wie dem Schnabeltier, dem Nacktmull, dem Marabu oder jenen Fischen, die ohne Augen den ganzen Tag nur faul im Aquarium herumliegen.

Alles ließ sich gut an. Die Klasse zeigte sich interessiert und hörte den hochinformativen und spannenden Ausführungen ihres Lehrers gebannt zu, der den Ausflug durch das Einstreuen von allerlei Unterhaltsamem und Erhellendem aus dem Reich der Tiere nicht nur zu einem Erlebnis, sondern geradezu zu einem Event ausgestaltete. Viel Beifall fand etwa die Aufforderung, nach dem scheinbar sich versteckt habenden putzigen Waschbär Ausschau zu halten, bis sich herausstellte, dass er sich gar nicht im Außengelände aufhielt. Oder – lernen wir nicht alle am besten mit Hirn, Herz und Hand? – die Empfehlung, auch dem Streichelzoo eine gebührende Aufwartung zu machen. Dass der Lehrer in der Folge an diversen Händen schnüffeln sollte – „riechen Sie mal, wie das stinkt!" – veranlasste ihn gutgelaunt zu einem kleinen Exkurs darüber, dass in der gehobenen französischen Gastronomie, wenn der Kellner am Ende des Menüs dazu auffordert, den Magen zu schließen und dem Gast eine Käseplatte unter die Nase hält, auf der sich diverse ältere Ziegenkäsesorten tummelten, sich ähnlich olfaktorisch herausfordernde Erlebnismomente einstellten. Aber ich schweife ab, denn das Thema ist ernst und der Ernst begann vor dem Becken, in dem das Flusspferd hauste.

Uns war vor geraumer Zeit schon eine Gruppe Kindergarten-kinder aufgefallen, die, von vier Kindergärtnerinnen in die Zweierreihe genötigt, die ganze Zeit in gebührendem Abstand hinter uns her trottete. Die Anführerin, eine martialisch wirkende ältere Dame mit adipösen Zügen und hochgradig gewöhnungsbedürftiger Ausstrahlung, die die Riemen ihrer Handtasche und einer Erste-Hilfe-Box zu einem mächtigen Kreuz über dem mächtigen Busen arrangiert hatte, konnte wohl nicht ganz so viel Erhellendes zu den besuchten Tieren beigesteuert haben – denn sie hatte die Gruppe langsam, aber beständig an die unsere herangeführt. Sich hinter uns aufbauend – ich stand, um den mir Anempfohlenen den Blick aufs gähnende Hippopotamus nicht zu verstellen, in zweiter Reihe – tippte sie mir auf die Schulter. „Können die Kleinen vielleicht auch mal was sehen?", giftete sie mich an, „Sie sind schließlich nicht allein hier." Was letztlich stimmte, denn außer unseren beiden Gruppen war im Zoo keine Menschenseele auszumachen. Alle anderen Menschenseelen schienen sich in diesem Moment also vor dem Flusspferd versammelt zu haben. „Aber freilich, gern", log ich sie freundlich an, den mittlerweile mir entgegen gereckten Zeigefinger sanft ignorierend, „lasst doch mal die Kleinen durch. Wir sind schließlich nicht allein hier."

Die mir Anvertrauten wichen murrend zur Seite, und die Kindergartenkinder glotzen in den Rachen des gähnenden Flusspferdes. Manche wurden blass. Wir aber wandten uns dem daneben liegenden Affenhaus zu, das immer ein besonderes Erlebnis versprach. Ich nahm an, dass meine Gruppe ob der zum zweiten Mal an diesem Morgen zu erwartenden olfaktorischen Herausforderung das Gebäude sofort wieder verlassen würde, aber alle blieben drin. Ich ging ihnen nach und sah, wie es sich vor dem Gehege der Bonobo, einer dem Schimpansen nah verwandte Art der Menschenaffen, drängelte. Ich nahm auch Kommentare wie „Ja, ja, gib's ihr!, uh, uh, uh" wahr. Mich selbst in die erste Reihe vorgedrängelt habend, musste ich erkennen, was Gegenstand der allgemeinen Begeisterung war:

Ein Bonobopärchen, ohne Rücksicht auf die Gegenwart menschlich Pubertierender, kopulierte heftig direkt hinter der Glasscheibe. Die mir Anvertrauten hatten ihre Mobiltelefone gezückt, um diesen besonderen Eindruck auch für die Familie und Freunde in Ton und bewegtem Bild festzuhalten. Das hatte etwas, musste ich zugeben, kopulierende Bonobos, ein Anblick, den mir in meinen Jugendtagen die freundlichen Tiersendungen von Heinz Sielmann und Professor Grzimek immer vorenthalten hatten, und also konnte ich selbst den Kopf kaum abwenden. Ich versuchte gleichwohl, ein Mindestmaß an gebotener Distanz rsp. pädagogischer Autorität zu wahren und kommentierte die Angelegenheit mit einem, wenn ich mich recht erinnere, mit einem „Tja. Tja, so ist das." Die Klasse hätte sich wohl noch lange am Spiel der Natur ergötzt, und ich wollte gerade zu einem kleinen praxisbezogenen Exkurs über die dem Menschen so nahe stehenden sympathischen Primaten ansetzen, als ich merkte, wie mir von hinten jemand auf die Schulter tippte. „Entschuldigen Sie, aber können die Kleinen vielleicht auch mal was sehen? Sie sind schließlich nicht allein hier."

Es ist nun der rechte Moment zu gestehen, dass ich im Innersten bösartig bin. Wenn mir etwa eine Dame entgegenkommt, die auf ihr Handy starrt und nicht sehen kann, was vor ihr ist, bleibe ich bisweilen plötzlich stehen und drehe mich um, als blickte ich zurück auf die Straße, oder ich bücke mich, vorgeblich um den Schnürsenkel zu binden – dann spanne ich meinen Körper an und erwarte den Aufprall. Im besten Fall fällt das Handy aufs Pflaster und zerschellt. Sollte sich die Dame entschuldigen, sage ich nur menschenfreundlich: „Ich bitte Sie, so etwas kommt doch vor heutzutage." Ich sehe solches Handeln als meine moralische Pflicht – auch wenn die Dame dadurch niemals begreifen wird, was sie da tut. „Aber gerne, verzeihen Sie", sagte ich folglich, „lasst doch mal die Kleinen durch. Die wollen doch auch was sehen. Wir sind doch schließlich nicht allein hier." Die mir Anvertrauten wichen abermals zur Seite, diesmal aber weniger murrend denn feixend, und beim einen oder der anderen vermeinte ich, ein boshaftes Glitzern im Auge zu entdecken.

Gut, was soll ich sagen. Die Kindergartenkinder drückten sich die süßen Näschen an der Scheibe platt und die Adipöse rang nach Luft. Unter Beteuerungen wie „da gibt es nichts zu sehen, „da ist gar nichts", oder „die spielen nur", versuchten sie die Kleinen von der Scheibe wegzulocken. Was sich schwierig gestaltete, zumal meine Gruppe, jetzt die zweite und dritte Reihe besetzend, einen festen Ring um die Kleinen bildete, die auch mal was sehen wollten. Endlich aber waren die verstörten bis traumatisierten Kindergartenkinder wieder aus dem Affenhaus heraus expediert und in die Zweierreihe zurückorganisiert worden. Die Schuld an diesem pädagogischen Desaster wurde, wie Sie sich denken können, mir zugeschrieben, denn in der Folge – ich hatte genug gesehen und selbst das Affenhaus verlassen, um in Gesellschaft des gähnenden Flusspferdes in Ruhe eine Zigarette zu rauchen – ranzte mich die Kindergartenkollegin an, was ich mir dabei wohl gedacht hätte. Letztlich machte sie mich also persönlich für das Sexualverhalten von Menschenaffen verantwortlich, eine Untat, die, was allerdings nur angedeutet blieb, wohl für bleibende Schäden in den Hirnen der ihr Anvertrauten sorgen würde und was ich später, als Lehrer an einer weiterführenden Schule, dann sicher würde auch nicht mehr in den Griff bekommen geschweige denn korrigieren können. Das jedenfalls wünschte sie mir.

Zum Schluss. Ich bemerkte eben, ich sei im Inneren bösartig, aber das ist freilich nur die halbe Wahrheit. Die Bösartigkeit reicht in meinem Inneren ihrer Schwester, die man die Güte nennt, natürlich beide Hände. Und diese mir innewohnende Güte nun zeichnete dafür verantwortlich, dass ich die bedauernswerte Kollegin mild anlächelte und darauf verzichtete, zum Vorgefallenen zu sprechen. Ich sagte also nicht:

„Gnädigste, ich bitte Sie, so etwas kommt doch vor heutzutage." Ich verzichtete auch auf klugscheißerhafte Bemerkungen wie „Der zoologisch korrekte Name des Bonobo oder Zwergschimpansen lautet nicht von ungefähr Pan paniscus, was sich vom griechischen Hirtengott Pan ableitet, der unter vielem anderen auch für seine sexuelle Aktivität bekannt war und dessen Attribute Hörner und Bocksfuß später die Kirche zur Ausgestaltung ihres Bildes vom Teufel inspirieren würde. Dieser Affe vollzieht den Akt täglich – mit verschiedenen Partnern; Sexualität hat für diese Tiere eine zentrale Funktion – sie nutzen sie, um sich nach einem Streit wieder zu vertragen. Die ausgeschütteten Hormone helfen augenscheinlich, Aggressionen zu kontrollieren und zu einem lustvollen und friedlichen Miteinander beizutragen."

Nein, das alles sagte ich nicht. Ich erwiderte nur still: „Wissen Sie eigentlich, dass die Verhaltensforschung die Intelligenz der Bonobo mit der Intelligenz zwei- bis dreijähriger Kinder auf eine Stufe stellt?" Aber da war die Kindergärtnerin schon enteilt, und während die mir Anempfohlenen noch grunzend im Affenhaus den Pan paniscus anfeuerten, waren die Kindergartenkinder schon fast außer Sichtweise. Heute, dachte ich, habe ich mal wieder alles falsch gemacht. Und ich schwor mir, das nächste Mal gehst Du in den Palmengarten.

Wie ich einmal zweimal Lehár hörte.

Die Umstände, die ein in so vielen Belangen reiches und abwechslungsreiches Leben wie das meinige zwangsläufig mit sich führen, gestatten mir bisweilen Orte aufzusuchen, die viele Zeitgenossen, insoweit ein Aufenthalt dort nicht unumgänglich erscheint, vermeiden wie – sagen wir einmal vorsichtig: wie Konzertbesucher allzu heftiges Klatschen nach einem Konzert mit der so genannten Neuen Musik, damit es auf keinen Fall noch eine Zugabe zu hören gibt. Ich spreche von Seniorenresidenzen, wie der beliebte Euphemismus für Altersheime lautet. Haben wir dort keine Angehörigen zu besuchen oder arbeiten oder wohnen wir da nicht, dann gehen wir da auch nicht freiwillig hin. Aber ich war da, freiwillig, und das kam so.

In der an diese Seniorenresidenz grenzende Musikschule, die meine halbwüchsige Tochter zu besuchen das Vergnügen hat, um ihre Stimme in Richtung ernst zu nehmendem Koloraturfaches ausbilden zu lassen, in dieser Musikschule also gibt es ein Schwarzes Brett. Hier werden auf kleinen Zetteln gebrauchte Elektrobässe und Blockflöten, Nachhilfe in Mathematik sowie Yogakurse angeboten. Beim Studieren dieser Offerten fiel mir ein Hinweis auf, der Kaffee und Kuchen günstigster Machart versprach; ich müsste mich nur nach nebenan bewegen, in die benachbarte Residenz, wo eine Cafeteria auf mich wartete und freundliche alte Menschen sich freuen würden, mir ein Schälchen Kaffee und ein Stückchen Kuchen quasi zum Selbstkostenpreis offerieren zu dürfen. Die Residenz wollte sich damit dem Städtchen gegenüber öffnen, Einblick hinter ihre gardinenbewehrten Fenster gewähren und Berührungsängste abbauen – wir kennen das. Ich überlegte nicht lange; Zeit hatte ich genug, die halbwüchsige Tochter hatte eben erst damit begonnen, sich Lehárs lustigen Grisetten zu widmen, und ich stand Öffnungstendenzen von Senioreneinrichtungen ohnehin positiv gegenüber. Zielstrebig lenkte ich also den Schritt, mir meiner Aufgabe bewusst, ein gutes Werk zu tun und meinen kleinen Anteil an der mutigen Öffentlichkeitsoffensive einer im Schatten unserer Wahrnehmung liegenden Institution leisten zu dürfen, in Richtung Residenz.

Die Cafeteria war leicht zu finden; Schilder mit sehr großen Lettern wiesen dem Ortsunkundigen sicher den Weg. In der Mitte des großen Raumes waren Tische zusammengerückt, mehrere alte Damen beschäftigten sich – offensichtlich unter

Anleitung einer etwas weniger alten, liebenswürdigen Handarbeitslehrerin mit Handarbeiten. Kaffeetassen standen zwischen Wollknäulen, es war freundliches, leises Gespräch zu hören, vage hing der Geruch von Bohnenkaffee und alten Menschen in der Luft; aus dem Radio erklang dezenter Operettenklang. Ich grüßte die Runde, die schlagartig mit der Unterhaltung aufhörte, nahm an einem abseits stehenden Tisch Platz und begann damit, die Karte zu studieren. Es gab Kaffee und Kuchen.

Es näherte sich vom Büffet her eine alte Dame, die bei meinem Eintreten noch in der „Tina" gelesen hatte, und fragte nach meinem Wunsch. „Kaffee und Kuchen, bitte." Sie lachte. „Aha." Dabei betonte sie die zweite Silbe. „Ahá. Wir haben auch gar nichts anderes." Sie lachte noch einmal. „Streuselkuchen?", fragte sie. „Haben sie noch etwas anderes?" „Nein. Nur Streuselkuchen. „Selbst gebacken?" „Ja", meinte sie, „vom Bäcker." Sie lachte schon wieder. „Na dann: Streuselkuchen und Kaffee." „Kommt sofort." Eine kurze Weile später stand sie wieder vor mir, einen Teller mit Streuselkuchen in der Hand. Sie stellte ihn auf den Tisch. „Achgott, der Kaffee. Kommt sofort." „Nur keine Eile, meinte ich", ich habe Zeit." Unterdessen beobachteten mich vom Nebentisch neun Augenpaare. Außer dem Nesteln meiner Bedienung am Kaffeevollautomaten hinter dem Büffet war nichts zu hören. Totenstille.

Um mir das Warten zu verkürzen, begann ich unverzüglich damit, meinen Streuselkuchen zu kosten. Er war sehr trocken. „Kaffee kommt sofort", rief mir die Dame hinter dem Büffet zu, „ich muss nur eben…" „Nur keine Eile", sagte ich noch einmal, „ich habe Zeit." Als ich meinen Streuselkuchen gegessen hatte, noch kein Kaffee vor mir stand und ich aus Verlegenheit damit anfing, mit den Kuchenkrümeln auf dem Teller zu spielen, kam auf einmal hektisches Leben in den Nebentisch, der alles bis dahin Geschehene stumm verfolgt hatte. „Dem schmeckt der Kuchen. Bring ihm noch ein Stück. Wo bleibt der

Kaffee?" Vier Damen erhoben sich und machten sich auf den Weg zum Kaffeevollautomaten, um behilflich zu sein. Hinter dem Büffet lachte es. „Kommt sofort. Ich muss nur eben…" Dann wandten sich die am Nebentisch Verbliebenen mir direkt zu. „Kaffee kommt gleich. Nur keine Eile."

Diese letzte Bemerkung, muss ich Ihnen gestehen, ärgerte mich jetzt doch ein wenig. Hinter diesem Satz, sicher ohne böse Absicht in meine Richtung gesprochen, lauerte doch ein kleiner Vorwurf – gerade ich hatte doch keine Eile, wie mehrfach betont, und mir lag es fern, den freundlichen Damen irgendwelchen Stress zu machen. Den Druck machten sich die Damen inzwischen nämlich selbst. „Da muss man doch…", „Hast Du auch den Kaffee…", „Also vorhin ging sie noch…", „Ist sie überhaupt eingeschaltet…?" Die Damen berieten sich gegenseitig, derweil ich damit fortfuhr, mit den allerletzten Krümeln auf meinem Teller herumzuspielen. Einer besonders Alten am Handarbeitstisch war diese Gelegenheitsgeste nicht entgangen: „Jetzt warten Sie doch. Kaffee kommt sofort. Sie muss nur eben… Warum haben Sie es auch so eilig?" Ich antwortete nichts darauf; auch das gemeinsame Herumnesteln an der Kaffeemaschine, das war mir inzwischen klar geworden, würde nichts bringen. Die Maschine funktionierte ganz offensichtlich nicht.

„Gestatten Sie?" Eine ältere, attraktive Dame, die ich bis dahin noch nicht wahrgenommen hatte, zog einen Stuhl vom Tisch weg und setzte sich, mein höfliches kurzes Aufstehen oder eine Antwort gar nicht abwartend, zu mir. Sie dämpfte verschwörerisch ihre Stimme. „Das ist immer das gleiche mit denen. Nicht mal einen Kaffee bekommen sie hin. Er ist noch schlimmer als ihr Kuchen." Gerade wollte ich etwas zur Qualität des Kuchens erwidern, da schaute sie mich mit einem etwas herausfordernden Blick an und meinte fast ein wenig beiläufig: „Ich habe Sie hier noch nie gesehen. Wo hat man Sie denn untergebracht? Ich habe bei mir oben im Zimmer eine

Kaffeemaschine, die funktioniert. Wenn ich Sie einladen darf…"

Jetzt muss ich, auch wenn es gerade sehr spannend zu werden scheint, doch einmal kurz unterbrechen und theoretisch etwas ausholen. Ich sagte eben „attraktive Dame". Eine attraktive Frau erblicken heißt bekanntlich zunächst: einen Blick zu erhalten, der beziehungsreich zu einem spricht. Beziehungsreich nicht im Sinne von Koketterie oder gar Zweideutigkeit, sondern im Sinne von Herausforderung. Nur im Blick, ist meine Überzeugung, liegt eine Verheißung, niemals allein im Anblick des Körperlichen. Das Körperliche bleibt, ganz im Gegensatz dazu, ohne den Blick spannungslos, ja eigentlich sogar: uninteressant. Aus dem beziehungsreich sprechenden Blick dieser attraktiven Seniorin las ich nun den Wunsch heraus, den offensichtlichen Banalitäten und Zumutungen ihres Alltags in der Residenz zu entkommen, sie zu überwinden, ihnen ein Moment der Phantasie entgegenzusetzen. Auch das Kaffeeangebot war eine beziehungsreich sprechende Geste, verknüpft an die unausgesprochene Hoffnung, ich könnte ein neuer Bewohner, eine neue Bekanntschaft sein. Das kränkte mich nicht, im Gegenteil; die Dame war mir ja höchst sympathisch. Aber genau das, glauben Sie mir, und deswegen ist der theoretische Teil nun auch zu Ende, war das Problem.

Denn spätestens an dieser Stelle schien es mir geboten, schnell zu gehen. Ich erhob mich, dankte der Dame für das freundliche Angebot, auf das ich leider verzichten müsste, legte Geld aufs Büffet, dankte hier für den Kuchen, grüßte in die Runde und verließ sehr schnell den Aufenthaltsraum Richtung Ausgang. Im Gehen hörte ich die Damen über mich sprechen. „Wie, er geht schon? Er ist doch grade erst gekommen… Hat es ihm nicht geschmeckt? Na, der hatte es aber eilig… Keine Zeit, keine Geduld. Erst bestellt er einen Kaffee, und dann will er ihn nicht trinken… Unverschämtheit!"

Das nun war das letzte von mir vernommene Wort, mit dem die Damen meinen unerwarteten Aufbruch diskutierten. Im Flur hörte ich ein letztes Fetzchen Musik, das mich verfolgte und meine Flucht ironisch, wie mir schien, kommentierte. Es war Franz Lehárs und von Prinz Sou-Chong tapfer tenoral geschluchztes „Immer nur lächeln." Draußen angekommen, wischte ich mir die Kuchenkrümel von Jackett und Hose. Und dann, ob Sie's glauben oder nicht, lächelte ich wirklich. Aber an diesem Tag hatte ich, das gestehe ich Ihnen offen, wirklich genug vom Thema Operette.

Wie ich einmal die Welt veränderte.

Von Bertolt Brecht sind 121 Geschichten überliefert, in denen er Herrn Keuner auftreten lässt; in dem vielleicht bekanntesten dieser kurzen Texte nun trifft dieser Herr Keuner einen alten Bekannten wieder, der zu ihm sagt „Sie haben sich gar nicht verändert", worauf Herr Keuner nur „oh" sagt und erbleicht. Ich wähle diesen Einstieg mit Bedacht, denn bei mir ist das ganz anders. Ich bin nicht – trotz aller Namensähnlichkeit – Herr Keuner und erbleiche nicht, wenn ein alter Bekannter das nach Jahren des Nichtgesehenhabens zu mir sagt; ich nehme es als Lob und freue mich darüber, dass einer mich erkannt hat. Was allerdings nicht sonderlich schwer ist, denn ich verändere mich ja nicht. Ich bleibe immer derselbe, seit Jahren schon tue ich das; während draußen, außerhalb meines Zimmers, die Welt sich ständig verändert, bin ich derselbe, derselbe wie damals, nichts an mir hat sich verändert. Gut, mein Gesicht ist älter geworden, mein Körper, klar, aber sonst ist alles wie früher. Nichts hat sich verändert. Ich bin wie der Mann in Peter Handkes Geschichte, der von einem Auto angefahren wird. Er fliegt durch die Luft und landet hinter dem Wagen auf beiden Beinen. Dann geht er weiter. Das Auto hingegen hat vermutlich eine Delle.

Allerdings: Auch, wenn ich selbst mich nicht verändere, trage ich doch auf meine Weise dazu bei, und ich sage das in all der Bescheidenheit, für die ich bekannt bin, dass sich die Dinge und die Welt außerhalb meines Zimmers verändern – und zwar nicht unwesentlich. Natürlich, jetzt möchten Sie von mir Beispiele hören; ich sehe förmlich, wie Sie denken: Ach, der schon wieder. Verändert die Welt, aber sich nicht. Ja, denken Sie nur so. Aber hier sind Beispiele. Oder Beweise, wenn Ihnen das lieber ist.

Nehmen wir nur einmal die Politiker. Politiker verändern die Welt. Und Politikern, sage ich Ihnen, hat es immer gut getan, mit mir, wenn ich denn mein Zimmer einmal verlassen habe, ins Gespräch zu kommen; zum Beispiel bei einer Tasse Kaffee, einem Gläschen Cognac oder einem Stehempfang, bei dem so genannte Finger food-Häppchen offeriert werden. Egal, was wir gemeinsam tranken oder verzehrten – es hat sich für den Politiker, der mit mir ins Gespräch kam, immer mehr ausgezahlt, mit mir ins Gespräch gekommen zu sein, als diese Finger-food-Häppchen allein, ohne mich, gegessen zu haben. Kurz nachdem ich etwa Herrn Steinmeier vor Jahren im Jüdischen Museum in Berlin getroffen hatte – er war damals gewissermaßen noch ein politischer Nobody – wurde er zum ersten Mal Bundesminister; es folgten, ich brauche das nicht weiter auszuführen, berufliche Positionen wie das Bundesaußenminister- und schließlich das allerhöchste Staatsamt, das die Republik zu vergeben hat. Zufall, meinen Sie? Vielleicht. Aber ich bin ja auch noch nicht fertig.

Ich sage nämlich nur: Frau Zypries. Wir trafen uns, als ich, Mitglied einer Combo, die für die musikalische Interpunktion des Abends zu sorgen hatte, anlässlich einer kleinen Parteiveranstaltung vor ihr einige Schnurren zum Thema Liebe, Tod und alkoholische Getränke zum Besten geben durfte. Sie war nicht nur höchst amüsiert, sondern wollte das Amüsement im Anschluss noch bei einer Tasse Kaffee mit mir Revue passieren lassen beziehungsweise in der Unterhaltung mit mir noch steigern. Und, was soll ich sagen? Wurde diese Darmstädter Landtagsabgeordnete nicht in diesem Jahr zur Bundeswirtschaftsministerin ernannt? Hm? Immer noch Zufall?

Roman Herzog ist Ihnen doch sicher auch ein Begriff – er hatte allerdings das Handicap, mit mir erst nach seiner Wahl zum Bundespräsidenten gesprochen zu haben, zu einem Zeitpunkt also, da er sich seine beruflichen Aufstiegsmöglichkeiten gewissermaßen schon selbst verbaut hatte. Aber auch so war das Gespräch mit mir für ihn nicht vergebens; denn nach seinem Tod ließ man ihn auf eine Art und Weise hochleben, die jeden überraschen musste, der seine Amtszeit wach miterlebt hatte. Meinen Sie allen Ernstes, es wäre so weit gekommen, wenn wir im Frankfurter Dom nach einem schönen Konzert, als dessen Schirmherr er anwesend war, dieses Gläschen Sekt nicht gemeinsam getrunken hätten? Meinen Sie das wirklich?

Ich sehe, Sie sind noch immer skeptisch. Dann vielleicht noch dies: In Wiesbaden trank ich einmal auf der Außentreppe des Staatstheaters Bier mit einem Kette rauchenden freundlichen Herrn; ich möchte keinen Namen nennen, aber Sie kennen ihn heute als Kette rauchenden Hessischen Ministerpräsidenten. Was, glauben Sie, würde mit ihm passieren, wenn wir noch einmal zusammen ein Bier trinken würden? Rein hypothetisch – was meinen Sie? Soll ich? Nicht auszudenken, ich müsste mir das gut überlegen.

Sind die letzten Zweifel bei Ihnen beseitigt? Man muss sich selbst nicht verändern, so lautet meine Botschaft, um der Welt seinen Stempel aufzudrücken; ich lasse das die anderen für mich erledigen. Allerletzte Zweifler möchte ich darauf aufmerksam machen, dass ich mit dem früheren Bundespräsidenten Wulff oder einem ehemaligen adligen Verteidigungsminister niemals – nein, anders herum: Die beiden hatten niemals das Glück gehabt, mich kennengelernt und mit mir ein

Getränk ihrer Wahl zu sich genommen zu haben. Wir alle sehen, was die beiden heute davon haben – aber was hätte werden können, hätten Sie nur Wert auf eine Begegnung mit mir gelegt, gehört nunmehr leider ins Reich der Phantasie. Zum Schluss vielleicht nur noch so viel: Vor kurzem traf ich in Bielefeld Herrn Schulz, Hoffnungsträger einer großen sozialdemokratischen Partei und Kandidat fürs Kanzleramt bei anstehenden Wahlen. Zu behaupten, dass wir im schönen Ostwestfalen zusammen einen Kaffee miteinander getrunken hätten, das wäre jetzt sicher ein wenig übertrieben, aber wir haben – lassen Sie es mich vielleicht so ausdrücken – im selben Raum gemeinsam geatmet. Ich bin sicher, dass ihm das gut tat; wir alle werden uns möglicherweise bald davon überzeugen können. Und sollte es bei der Wahl doch nicht ganz reichen – Herr Schulz hätte wissen müssen, wo der Kaffee stand. Und wo ich stand. Denn ich stand, wie Sie sich denken können, ganz in der Nähe.

Es hat sich inzwischen herumgesprochen, dieses mein segensreiches Wirken. Mittlerweile erreichen mich schon Briefe mit Anfragen – die Höflichkeit verbietet mir, an dieser Stelle ausführlicher zu werden –, ob der Absender und ich nicht einmal ein Tässchen Kaffee zusammen trinken könnten. Ich will dem, insofern mein etwas eng getakteter Arbeitsplan das zulässt, in allen Fällen gerne nachkommen. Vorausgesetzt – diese Einschränkung muss ich machen, da ich dazu mein Zimmer zu verlassen habe –, es fallen für mich keine Kosten an und mein Espresso wird bezahlt.

Ansonsten halte ich mich beim Verändern der Welt heraus. Es reicht ja, finde ich, auch so.

Wie ich einmal Prinz Philipp verteidigte.
Von der Wertschätzung.

Schön ist es, von ehrlichen Menschen zu lesen, schöner aber noch, ihnen zu begegnen. Das freilich ist viel seltener, also beschränke ich mich einmal mehr auf das Gelesene. Der inzwischen leider verstorbene englische Prinzgemahl, der mangels eines Führerscheins, den er altersbedingt an die Ausgabestelle hätte zurücksenden können, sich in selbstloser Manier gleich persönlich aus dem öffentlichen Verkehr zog, hatte, wie mir als aufmerksamer Verfolger der wichtigen Nachrichten nicht verborgen bleiben konnte, bei einem seiner letzten öffentlichen Auftritte den öffentlichen Unmut aufs Schärfste auf sich gezogen. Dabei hatte er nur einem Kindergartenkind, dem die Ehre zukam, beim Besuch des Königlichen Paares in seiner Tageseinrichtung zugegen sein zu dürfen, auf dessen Anerkennung heischende Bemerkung – ich zitiere jetzt sinngemäß aus dem Englischen – „guck mal, das habe ich selbst gemalt" – (wobei es dem Prinzgemahl ein Wasserfarbenbild entgegen reckte) nach kurzem Blick auf das Machwerk so vornehm und kurz wie ehrlich geantwortet: „Na und?"

Dafür setzte es Schelte ohne Ende. Offensichtlich, so meine Einschätzung, ist Ehrlichkeit, gerade Kindern gegenüber, nicht immer gerne gesehen, weil wohl fehl am Platze. Gerade wenn es um das Thema „Kunst" geht, und ich habe „Kunst" soeben ganz bewusst in Anführungszeichen gesetzt, ist Vorsicht geboten. Die momentan opportune Wertschätzungskultur besonders Kindern gegenüber sieht vor, jeden Klecks, jeden Spritzer oder jeden mit der unschuldigen Kartoffel auf Papier gedrückten Farbfleck als Ausdruck künstlerischer Weltinterpretation zu deuten und zu feiern. Von selbstgeschöpftem gerne so genanntem „Papier", das maximal die Textur eines alten Topflappens nachzubilden imstande ist, oder von Specksteinarbeiten ganz zu schweigen, aber ich erinnere wenigstens einmal daran. Dass ich bei meiner leiblichen Tochter, da sie noch ein wenig klein war und ihre Kunstproduktion inflationär zu nennende Ausmaßnahme angenommen hatte – ich nannte seinerzeit eine Sammlung an Werken mein Eigen, für deren Ausstellung ich den Westflügel des Louvre hätte anmieten müssen – auf ihren tückisch-unschuldigen Vorschlag hin, ob sie mir zu Weihnachten vielleicht wieder etwas malen sollte, mit meiner Antwort für ein mittelschweres Trauma verantwortlich sein würde, ließ sich leider nicht vermeiden, denn meine Antwort war ein so freundliches wie unerbittliches „Och nö , kauf mir doch mal was."

Was ich in diesem Zusammenhang keinesfalls unerwähnt lassen darf: Wertschätzungskultur finden wir zunehmend auch in den Zeremonien unserer Lieblingskonfessionen; sie hier zu kritisieren geht, um einen beliebten Ausdruck aufzugreifen, gleichermaßen „gar nicht". Kritisiere ich nämlich deren Wertschätzungskultur, so wird mir im Umkehrschluss nicht gleichermaßen mit dem Vokabular der Wertschätzungskultur geantwortet. Deswegen verkneife ich mir diese Kritik und verzichte darauf, sie mündlich zu äußern. Schriftlich allerdings äußere ich mich schon, es ist ein wenig wie mit den ehrlichen Menschen, über die man mehr liest als ihnen tatsächlich begegnet.

Äußerte ich diese meine Kritik allerdings doch mündlich, so würde ich an einen Gottesdienstbesuch erinnern, dessen Predigthöhepunkt die Äußerung der burschikosen Pfarrerin war, die Konfirmanden hätten sich bei irgendeiner Aktion „echt stark" verhalten. Welche Aktion das war, ist mir nicht mehr erinnerlich, allein die modale adverbiale Bestimmung „echt stark" ragte unter allen anderen aneinander gekuschelten Satzgliedern heraus und ist damit hängengeblieben. Und ich sage Ihnen: Wenn eine burschikose Pfarrerin in ihrer Predigt Wörter wie „echt stark" in den Mund nimmt, können wir mit Sicherheit davon ausgehen, dass dieser Begriff schon fünfzehn, zwanzig Jahre nicht mehr à la mode ist; die

Verzögerung, mit der gewisse Begriffe, die gerade à la mode sind, in der evangelischen Predigt ankommen, beträgt über den Daumen gepeilt nämlich genau so fünfzehn, zwanzig Jahre. Da es aber um Wertschätzungskultur geht, mit der irgendeine Aktion evangelisch vor sich hin Pubertierender gewertschätzt werden sollte, finden Begriffe, die nach kirchlichem Verständnis nahe an der Jugend sind, gerne Aufnahme in den verbalen Kanon wertschätzender Terminologie. Auch wenn die Jugend das Wort, das zu Zeiten angesagt sein mochte, da sie noch gar nichts von Gottes guter Welt wissen konnte, gar nicht mehr verstehen kann.

Noch etwas aus diesem Gottesdienst, gerade fällt mir es ein, ist erinnerlich: Wir sollten, meinte die burschikose Pfarrerin, den Kassandrarufen, die sich als Kritik und mit Bezug auf die von unseren Lieblingskonfessionen besonders gewertschätzten Geflüchteten bezögen, kein Gehör schenken, da sie sie in der Regel eben gerade nicht wertschätzten. Jetzt sagt mir meine klassische Bildung aber, dass die Seherin Kassandra mit ihren in diversen Rufen verborgenen düsteren Vorhersagen letztlich immer Recht behielt. Aber schon damals, in mythischer Vorzeit, wurde die gute Seherin wohl nicht so recht gewertschätzt. Also kein neues Problem, dachte ich. Sollten wir den Kassandrarufen nicht besser aus eben diesem Grund Gehör schenken - eine gute Frage, die ich gerne hiermit an Sie weiterreiche.

Ein Zuviel an Wertschätzung ist nicht gut; dass die Gemeinde im schönen Vogelsberg, wie mir aus verlässlicher Quelle zugetragen wurde, sich monatelang über die gedankliche Tiefe, Expressivität und mithin Unverständlichkeit der Predigten ihres geschätzten Herrn Pfarrers zwar wunderte, nichtsdestotrotz brav zur Kenntnis nahm und jeden Sonntag brav hinging, um sie sich anzuhören, allein, weil der geschätzte Herr Pfarrer Wertschätzung seitens der Gemeinde verdient hätte, dass diese Gemeinde also eines schönen Tages von der Nachricht

Kenntnis nehmen musste, dass der geschätzte Herr Pfarrer an der kaum zu unterschätzenden Alzheimerschen Krankheit litt, was die gedankliche Tiefe, Expressivität und Unverständlichkeit seiner Predigten aufs Schönste erklärte, ist freilich eine vollkommen andere Geschichte und gehört jetzt auch nicht hierher.

Denn auch die andere Lieblingskonfession wertschätzt auf Teufel komm raus. Hier steht freilich nicht die Predigt im Zentrum der Feierlichkeiten, und also verlagert sich die Wertschätzung von der verbalen auf die gestische Ebene. Denn am Ende aller Liturgie wird geklatscht. Als ich anwesend sein durfte, konnte ich erleben, dass es Beifall für den Dank des Zelebranten, überhaupt erschienen zu sein, gab, dann Beifall für Frau Meier (Lesung aus dem Neuen Testament), für Frau Ludwig (Blumenschmuck am Altar), für die Kommunions-austeilerinnen und -austeiler, dann für die Messdienerinnen und Messdiener, schließlich natürlich auch für die wundervolle Unterstützung an der Orgel. Der Orgelnachschlag war allerdings nur noch fragmentarisch zu erahnen, da sich die Versammlung in allgemeinem Geplapper und gegenseitiger Dankes- und Lobbekundung („Sie haben schön gesungen. Also mir war das ja alles viel zu hoch"), alles deutlichste Zeichen entschiedener Wertschätzungskultur, auflöste.

Wer sich übrigens einmal wieder der Illusion hingeben möchte, das Leben eines Individuums zu führen, der sollte sonntags morgens in aller Frühe entweder ein bisschen mit dem Auto herumfahren oder eben einen Gottesdienst besuchen. Denn auch die dortigen Wertschätzungsbekundungen tragen dazu bei, sich seiner Individualität innerhalb einer Gruppe versichern zu können. Das ist psychologisch und soziologisch sicher gleichermaßen wichtig. Vielleicht sollte ich mich, denke ich beim Schreiben, dieser Wertschätzungskultur doch mehr öffnen und nicht immer so verschließen. Und also auch mal wieder sonntags morgens erst ein bisschen mit dem

Auto herumfahren, dann in einen Familiengottesdienst gehen, in dem zunächst die Wasserfarbenbilder der Kinder, dann die Anwesenheit der Gemeindeglieder generell gewertschätzt würden und hinterher die burschikose Pfarrerin beim Kirchenkaffee für die gedankliche Tiefe und Expressivität ihrer Predigt loben. „Echt stark", würde ich dann sagen können. Dabei würde ich aber sicherlich auch an den ehrlichen Prinzgemahl im fernen England denken, der sich jetzt, wo er öffentlich den Mund halten darf, über die Wertschätzung seiner Untertanen keine großen Gedanken mehr machen muss.

Wie ich einmal Beschwernis hatte.

Ich saß vor einer Kerze, hielt einen Stein in der Hand und starrte auf eine Postkarte, auf der Wolken abgebildet waren. Ihr werdet euch nun fragen, und das nicht ganz ohne Grund: Wie kommt bloß der, der immer so hübsche Geschichten von Begegnungen mit interessanten Menschen zu erzählen weiß, wie kommt dieser in der Regel doch so vernünftig wirkende und bisweilen so seriös auftretende Mensch bloß in eine so missliche, um nicht zu sagen: bizarre Lage? Ich will es euch, ohne es groß spannend zu machen, umgehend erklären.

Also. Einer der großen Nachteile eines abgeschlossenen Theologiestudiums, wenn nicht der größte Nachteil eines abgeschlossenen Theologiestudiums ist, wenn man dann endlich alle so gewünschten wie eingeforderten Prüfungen abgelegt & bestanden hat, wenn man danach ein Referendariat überstanden und eine weitere Prüfung abgelegt hat und endlich unter großem Hallo aller Umherstehenden in den Schuldienst aufgenommen worden ist, wo man dann das schöne Fach Religion Kindern und Jugendlichen nahezubringen versucht, die allesamt lustmäßig weit davon entfernt sind, sich das schöne Fach Religion tatsächlich auch nahebringen lassen zu wollen, weil sie viel Besseres im Sinn haben, was in ihrem Alter, ihren natürlichen Interessen und freilich auch, ich darf das hier nicht feige verschweigen, auch in diversen emporquellenden Hormonmassen begründet ist, aber ich schweife ab. Der Absatz begann ja schließlich mit dem Versprechen der Ankündigung eines großen Nachteils, und dieser Nachteil ist begründet im Wunsch nach Fort- und Weiterbildung, auf dass es einem noch besser gelingen möge, gegen alle eben aufgeführten Widerstände der jugendlichen Zielgruppe, dass es einem also noch besser gelingen möge, irgendwem das schöne Fach Religion irgendwie nahezubringen. Und wenn ihr jetzt einwenden wolltet, dass die Fort- und Weiterbildung doch dann gar nichts brächte, weil die angesprochen werden sollende jugendliche Klientel sich ihre Unlust bezüglich des schönen Fachs Religion doch nicht von so ein bisschen Weiter- und Fortbildungsgedöns nehmen lassen und also munter damit fortfahren würde, sich für dieses schön Fach gerade nicht zu interessieren, so habt ihr freilich recht und ich habe, wie ich merke, auch gar kein Argument dagegen. Trotzdem.

Ich wählte eine Fortbildung, die meinen Vorgaben entgegenzukommen schien und hoffte auf ein Wochenende mit vernünftigen und fortbildungswilligen Menschen, die der Wunsch einte, das schöne Fach Religion in Zukunft noch glaubhafter und authentischer, mithin würdiger und intellektuell gefestigter in den Alltag junger Menschen, die davon nichts wissen wollten, einzubringen. Man hatte mich, und damit kehre ich zum Anfang zurück, also vor eine Kerze gesetzt, mir einen Stein in die Hand gedrückt und dazu aufgefordert, mir die Wolken genau anzusehen. Ich war bestens vorbereitet; denn zuvor war ich bereits dem ausdrücklichen Wunsch nachgekommen, auf einem jener Tücher, die mir zu Hause als Tischdecke dienen und die im Regelfall die Grazie junger und älterer vornehmlich weiblicher Mitmenschen beim Ausdruckstanz aufs Vornehmste unterstreichen, mittels

Kastanien, Federn, Ästchen, Rindenstücken, Gewürzstängel-
chen und ähnlich weihnachtlich anmutenden Tischdekomate-
rialien, Steinchen, Wollfädchen und diversen anderen Fusseln
unbestimmter Provenienz „mein Leben", wie es hieß, materi-
alorientiert-gestaltend nachzubilden. Ich kam dem gerne nach
und veranstaltete große Unordnung. Nachdem die überwiegend weibliche Klientel der Fortbildungsveranstaltung meine
Anstrengungen gebührend gewertschätzt und belobigt hatte,
hieß man mich allerdings, das Durcheinander wieder zu beseitigen und in die bereitgestellten Döschen ordentlich zurückzu-
sortieren. Da geht es hin, mein Leben, dachte ich bei mir, Fussel für Fussel, in kleine Ikeadosen, aber ich wagte freilich nicht,
diese so symbolträchtige Bemerkung auch tatsächlich laut in
die Runde zu werfen. Schon da hätte ich stutzig werden müssen, da ich doch sonst so wenige Schwierigkeiten damit habe,
irgendwelche symbolträchtigen Bemerkungen laut in irgendwelche Runden zu werfen. Aber diese Runden tragen für gewöhnlich auch keine lila Schultertücher.

Die Wolke, ach die Wolke. Schwarz und drohend beherrschte
sie die Postkarte, nur hinten kam schon ein bisschen die Sonne
raus. Dass ich diese Karte gewählt hatte und keine andere, veranlasste die Fortbildungswilligen sofort, bei mir eine bis dahin
wohl noch nicht ausgesprochene Beschwernis zu vermuten. In
Wahrheit, sage ich euch, hatte keine Beschwernis zur Wahl des
Bildmotivs geführt, sondern allein der Umstand, dass die
Karte oben auf dem Stapel lag und ich wenig Lust verspürte,
die Aufforderung zu erhalten, den ganzen Stapel, wenn ich
dort nach einem Vogel, Baum, Jesuskopf, Bergmassiv, einer
Streuobstwiese, einem stillen Gewässer oder einem pausbäcki-
gen dicken Kind, mithin einer probaten Alternative zum Wol-
kenfoto, gesucht hätte, den ganzen Stapel hernach wieder zu
sortieren. Also die Wolke, aber die Wolke meinte Beschwernis.
Ich hatte, zumal mein Gesicht an diesem Nachmittag immer

länger zu werden drohte, meinen Stempel weg. Das ist der mit der Beschwernis. Dem müssen wir helfen.

„Alles schwarz", sagte ich, „die Wolken sind so schwarz." „Aber hinten", wurde ich freundlich belehrt, „schau doch mal nach hinten? Was kommt denn da hervor?" „Die… Sonne?" „Ja", jubelt die Runde, „die Sonne! Die Sonne kommt hervor! Und was heißt das?" „Dass es… heller wird?" (Heute schäme ich mich fast ein wenig, mich so doof gestellt zu haben.) „Ja, heller! Heller! Und was heißt das?" Ich überlegte kurz, und mir fiel, obgleich ich die gewünschte Antwort ja schon kannte, trotzdem der alte Witz von der Nonnenlehrerin ein, die die im Biounterricht zu erziehenden Kinder mit der Frage nach dem, was klein und braun, mit einem buschigen Schwanz versehen von Ast zu Ast hüpfe, zu ködern versucht, und vom schlauen Kind eine Antwort erhält, die besagt, dass es sich normalerweise, in der Welt draußen, wohl um ein Eichhörnchen handele, dass aber hier, in dieser Welt, sicher wieder das liebe Jesulein gemeint sein dürfte, und so antwortete ich „…Hoffnung?"

Bingo. Jackpot. Ich hatte verstanden. Sie hatten mich in der Spur. Die Beschwernis würde schon von mir abfallen. Welche Beschwernis ich da eigentlich hätte. „Beziehung?" Die Frau, nicht unansehnlich, vom Umlegetuch abgesehen, sah mir tief in die Augen und mir wurde es etwas unbehaglich. „Ja, vielleicht." Es ist blöd, wenn in solchen Runden nur zwei Männer sitzen, dachte ich. Der andere, Harald, war eine echte Schnarchnase, Harry Rowohlt hätte ihn „Hippie Harald, die Sofaschnute" genannt. Er hatte eine Karte mit einem Kreuz vor sich liegen und glotze es an. Keine Phantasie, die Runde interessierte sich nur für mich. Kreuz? Das ist vollkommen in Ordnung. Gerade während einer solchen Fortbildung. Aber es ist halt nichts wirklich Besonderes. Aber Wolke? Beschwernis? Dem müssen wir helfen. Die nicht Unansehnliche lächelte mich an. Sie versuchte wohl, mit ihrem Lächeln die Sonne auf der Karte nachzumachen. Der sich nähernde Busen bildete die Massigkeit der sich türmenden Kumuluswolken eins zu eins ab. Ich verstand auch dieses Bild sogleich.

In einem kurzen Moment der Solidarität hatte ich zuvor versucht, mit Harald Kontakt herzustellen. Er, der aus ökologischer Verantwortung heraus nichtmotorisierte Zeitgenosse, hatte mir die Geschichte erzählt, wie er, um zum Tagungsort zu gelangen, auf den Öffentlichen Personennahverkehr zurückgegriffen habend, mit seinem als Fußgänger immer in der Rucksacktasche befindlichen Navigationssystem den Busfahrer, direkt hinter ihm sitzend, durch die ständigen Ansagen des nicht ausgeschalteten mobilen Kompasses mit Sprachsteuerung durch Ansagen wie „bitte rechts fahren" oder „bei nächster Gelegenheit bitte wenden" in die tiefste Verzweiflung gestürzt hätte, um sich in der Folge bitterlich in der lokaltypischen deftigen Ausdrucksweise ausgeschimpft sehend frustriert fußläufig auf den Weg zum Tagungszentrum aufmachen musste. Er widmete sich fürderhin dem Kreuz. Aber diese Geschichte war freilich nichts gegen meine Beschwernis.

Der Rest ist schnell erzählt. Die Dünne der beiden Seminarleiterinnen erlitt am anderen Tag einen Weinkrampf, nachdem sie sich wohl bei der in der Freiluftzone stattfindenden morgendlichen tibetischen Sonnenbegrüßung schwer veratmet haben musste, und wälzte sich in der Runde. Alle kümmerten sich, sorgten und tupften sie ab, das vorgesehene Sich-gegenseitig-zart-an-den-Füßen-Massieren wurde kurzerhand abgesagt, meine Beschwernis war wie durch Zauberhand von den Teilnehmerinnen genommen und ich reiste, die Teilnahmebestätigung empfangen habend, noch vor dem Mittagessen ab. Die Karte durfte ich mitnehmen.

Natürlich. Diese Erinnerung geht eine Weile zurück. Heute, wo ich sie niederschreibe, denke ich, dass es einmal mehr an der Zeit sein könnte, eine Fortbildung zu suchen. Nicht, um das schöne Fach Religion, aber das hatten wir schon, sondern um mich selbst wieder auf einen, sagen wir: spirituellen, soliden Boden zu stellen. Denn ich fürchte, dass mir diese Grundlage im Zeitgeläufe doch ein wenig abhandengekommen scheint und ich mich, auch wegen dieser dergestalt erfahrenen Fortbildungen und der in der Folge entstandenen Texte, mittlerweile in der Grauzone eines Denkens über wohlmeinende Mitmenschen bewege, die unser HERR mit Sicherheit für einen Religionslehrer als wenig statthaft empfinden dürfte. Aber dann denke ich, ich müsste ihm nur zurufen: „HERR! Mach auch Du eine Fortbildung unter den Lilabetuchten, lege Du doch einmal Deine Vita auf ein buntes Tuch, betrachte Postkarten, krabbele die Füße von kurzhaarigen Mittfünfzigerinnen und grüße die von Dir so schön geschaffene Sonne morgens in aller HERRgottsfrühe auf einer feuchten Streuobstwiese - spätestens dann, HERR, wirst auch Du eine Beschwernis haben und Dir wünschen, das Leben Deiner Religionslehrenden möge doch ein Leichteres sein."

Ach ja. Zum Schluss vielleicht noch das eine: Meine Beschwernis hatte die Seminarleiterinnen auf die schöne Idee gebracht, wir alle sollten doch einmal über unsere Beschwernis nachdenken, denn jeder von uns würde so etwas doch kennen, auch wenn wir sie nicht alle so offensiv vor uns hertragen würden wie der Herr mit der Wolkenkarte. Die vollbusige Seminarleiterin zwinkerte mir in der abendlichen Runde bei diesen Worten verschwörerisch zu. Also mussten wir alle unsere Beschwernis auf einen Zettel schreiben, der hernach in einer Feuerschale im Außenbereich der Tagungseinrichtung symbolisch verbrannt wurde. Wir standen im Kreis, hielten uns an den Händen, sangen „Herr, Deine Liebe" und stellten rechte betroffene Mienen zur Schau. Ich hatte auf meinen Zettel – aber so, dass es niemand sehen konnte – das Wort „Religionslehrerfortbildung" geschrieben. Harald hatte sich gleich drei

Zettel geben lassen. Ich wüsste zu gerne, was er alles drauf geschrieben hat.

Wie ich einmal nicht Romeo war.

Ich war auf Malta unterwegs und genoss das Wandern Irgendwann saß ich in Valletta in der Fußgängerzone, trank Espresso und hing diversen Gedanken nach. Am Nebentisch beobachtete mich schon längere Zeit ein Touristenpaar, um die 60. Offensichtlich unterhielten sie sich über mich, denn wenn ich vorsichtig hinüber schaute, dann taten sie ganz schnell so, als seien sie allein an ihren Kaffeetassen interessiert. Nach einer Weile fasste sich der Mann wohl doch ein Herz, trat an meinen Tisch und fragte, um Entschuldigung bittend, in bestem italienischem Englisch, ob ich ein Schauspieler sei. Ich verneinte höflich – musste aber doch nachfragen, so neugierig war ich schon, in welchem Film er mich denn gesehen hätte. Es sei schon eine Weile her, aber es sei eine Romeo-und-Julia-Verfilmung gewesen, er und seine Frau erinnerten sich genau. Die Signora hatte sich zwischenzeitlich zu uns gesellt. Und welche Rolle ich gehabt hätte, wollte ich weiter, ein wenig scheinheilig, wissen. Romeo doch eher nicht. Er lachte mich so etwas von offen & herzhaft an und sagte „*Oh no. Not Romeo. Mercutio.*" Mercutio also. Das Großmaul. Der Schwätzer. Na dankeschön. Ein Zyniker, der noch im Angesicht seines Todes Witze reißt und im dritten Akt den Abgang macht. Keine ganz unwichtige Figur – aber trotzdem; Mercutio. Also wirklich.

Das Problem für mich war, dass ich mit dieser Rolle etwas anfangen konnte (andere hätten vielleicht „Juchuh!" gerufen, ich sehe aus wie ein Star! Und noch gefragt: „Wie war ich eigentlich?"). Ich sagte dem Italiener das und er meinte, er habe es nicht böse gemeint. Schließlich ginge es ja ums Aussehen und nicht um den Charakter; ich hätte ja nur da gesessen und die

Welt betrachtet und nichts gesagt, also könne er über meinen Charakter überhaupt keine Aussage treffen, außer vielleicht, dass ich ein Weltbetrachter sein könnte. Ich sähe halt nur so aus wie dieser Schauspieler, und er trenne sorgfältig zwischen Aussehen und Charakter... Wir verließen uns in allerbester Stimmung.

Es kommt immer wieder vor und gibt mir zu denken; entweder habe ich dieses Allerweltsgesicht, von dem natürlich jeder mit allergrößtem Recht annehmen kann, er habe so etwas schon mal gesehen (meistens im Fernsehen, die Köpfe bleiben länger haften), oder es ist etwas anderes. Ich hoffe auf letzteres. Jürgen Goertz, der Erschaffer des wunderbaren Europabrunnens im Städtchen. ein Bildhauer, hatte mich vor einigen Jahren mal gefragt, ob ich ihm Modell sitzen würde – für ein Melanchthon-Denkmal im Schwäbischen. Der wäre allerdings, bei aller Blitzgescheitheit, doch ein recht hässlicher Vogel gewesen, sagte ich damals. Goertz lachte und meine, es ginge ihm doch *„um etwas anderes"*. Das Projekt hat sich zwischenzeitlich erledigt, ich saß nicht Modell, weder für Melanchthon noch für sonst jemanden, für die ein anderer den Kopf hinhalten musste. Weitere Erinnerungen betreffen die Autogramme, die ich 1979 für Mark Knopfler, den Kopf der damals nicht wenig erfolgreichen Band „Dire Straits" vor der Frankfurter Festhalle gegeben habe, nur, weil mich junge Frauen inständig darum gebeten hatten, oder das ständige Angeguckwerden, vor allem im Urlaub, über italienische Paare in Valletta hinaus, von wildfremden Menschen, die ich an etwas erinnern muss. Sie trauen sich bei mir offensichtlich wenigstens, zu gucken. Und bisweilen zu fragen. Damit tröste ich mich.

Denn so sehe ich wohl aus. Wie Mercutio. Eine komische Figur also. Nicht Romeo.

Mr. und Mrs. Noodle sind angekommen.

Ich weiß nicht, wer sie sind, aber ich lese die Namen beiläufig auf der nachlässig mit der Hand geschriebenen Liste, Appartement 11 steht daneben. Ich weiß allerdings, dass sie passen werden, diese Noodles. Passen werden zu all den anderen Gästen, die Kostas hier beherbergt, ein, zwei Wochen lang, bevor sie zurückfliegen, am späten Abend, nach Luton, nach Stanstead, nach Manchester. Tätowierte englische Paare, die Männer mit Glatzen, die Frauen bunt gekleidet, übergewichtig allesamt, nur die dünnen jungen Paare nicht. Bei denen stelle ich mir vor, wie sie wohl in zehn Jahren aussehen werden, kahlköpfig, bunt gekleidet, übergewichtig. Die Noodles werden passen, denke ich, während ich mir bei den Jüngeren schon den Bauchansatz und den rasierten Kopf zurechtphantasiere, und dann muss ich lächeln und wende mich anderen Dingen zu.

Wenn ich an mein Kätzchen denke, sagt Kostas, beschleicht mich ein fürchterlicher Verdacht. Es gibt zwei Menschen hier, und er dreht den Kopf im Halbkreis, die sind mir namentlich bekannt, von denen ich weiß, dass sie Katzen vergiften oder ertränken. Aber ihnen ist, wie sagt man, nichts nachzuweisen. Nichts nachzuweisen ist ihnen. Er schüttelt den Kopf.

Dann trinkt er einen Schluck Milchkaffee. Es ist noch früh, wir sitzen an der kleinen Bar, die Gäste sind noch nicht zum Frühstück erschienen. Für mich mir hat er Kaffee gekocht wie jeden Morgen, wir trinken jeden Morgen einen Kaffee zusammen, bevor er sich um sein Geschäft kümmert. Den besten Kaffee seit der Entdeckung Brasiliens. Und obgleich ich keiner seiner Gäste in den Appartements bin, kocht er mir Kaffee, den ich nicht bezahlen darf. Es wäre nicht recht, sagt er, sich von einem Freund den Kaffee bezahlen zu lassen.

Ich weiß nicht genau, wie viele Appartements Kostas hat, um sie an die Noodles und andere zu vermieten, oder an die dünnen Jungen. Zwanzig vielleicht, und er bekommt von seiner englischen Agentur nur wenig Geld für die Zimmer. Aber immer ist er belegt, im Sommer, manchmal überbelegt. Aber er regelt das. Manchmal räumt er nachts sein eigenes Zimmer für eine Familie, deren lautes Kofferrollen ihn aus dem ohnehin viel zu kurzen Schlaf scheucht. Eine Familie, die bei ihm gestrandet ist, obwohl sie bei ihm nicht gebucht hat, und die sich am nächsten Morgen, freilich ohne etwas zu bezahlen, auf den Weg zum eigentlichen Domizil macht, das nur knapp verfehlt wurde. Ich bin ein Gutmensch, sagt er, ein Gutmensch. Und er lacht sein leises, ernstes Lachen.

Manche Menschen sind krank. Es gibt Perverse, sagt man so?, ja Perverse. Sie töten Tiere, nur zur eigenen Freude. Sie haben in ihrer Kindheit Schreckliches erlebt, und das verarbeiten sie später. Und töten Tiere. Da wiederholt sich etwas. Aber das ist Psychologie. Das verschwundene Kätzchen geht ihm nach, er ist traurig. Und trotzdem hat er Verständnis für den Täter, für den Perversen. Ja, da wiederholt sich etwas. Er trinkt ein wenig Kaffee.

Noch keiner da, die Gäste schlafen noch. Hinten am Pool liegt eine einsame Engländerin. Sie hat kein Frühstück bei ihm bestellt. Viele frühstücken in ihren Appartements, sparen, wo sie können, trinken am Pool den mitgebrachten Eistee oder die Dose Bier aus dem Supermarkt. Kostas muss sie mit einem handgeschriebenen Schild darauf hinweisen, das doch bitte zu unterlassen. Sie sollen, wenn sie den Pool benutzen, sich doch bitte in der Bar verköstigen. Und trotzdem geht er nicht hin, wenn sie seiner Bitte nicht nachkommen. Und ihr Lager-Bier und ihre Chips am Pool konsumieren. So weit geht er nicht. Das Schild muss reichen.

Meinetwegen können sie alle bis ein Uhr im Bett liegen bleiben. Um ein Uhr ist er nicht mehr zuständig. Dimitra, seine Frau, und die junge, freundliche Bedienung aus Albanien übernehmen die Mittagsschicht. Und versorgen die Gäste, die sich rund um den Pool niedergelassen haben, mit Getränken und Snacks. Kostas' Nächte sind kurz, mittags hat er Siesta, wie er sagt. Hat er einmal keine Siesta, weil etwas zu reparieren, einzukaufen oder sonst wie zu regeln ist, schläft er abends um zehn Uhr im Sitzen am Tisch ein. Und der Ouzo wird warm.

Kostas ist Europäer, Grieche, Korfiot. In dieser Reihenfolge. Ein abgebrochenes Physikstudium, dreißig Jahre Gastronomie in Berlin, dann zurück in die alte Heimat, wo er sich gelegentlich die Sprüche seiner Gäste über die Griechen anhören muss. Die Appartements, der Pool, das Frühstück, die Noodles, das Kätzchen. Ja, so ist das Leben. So ist es eben. Vorherbestimmt. Wer würde sich da besser auskennen als die Griechen? Wenn es einem vorherbestimmt ist, dass man seinen Vater totschlägt und seine Mutter beschläft, muss man das eben tun, da gibt es kein Ausweichen. Das ist wohl eine zutiefst europäische Haltung zum Leben. In Griechenland erfunden. Das unterscheidet uns von der Neuen Welt. Die Amerikaner? Die erfinden das Leben täglich neu. Aber sie kommen ja auch nicht hierher.

Andreas setzt sich an den Tisch. Efcharistó eis tó theó. Dank sei Gott für alles Wunderbare hier. Er hat die Nacht durchgemacht, kommt gerade aus dem letzten Club. Geile Musik, geile Leute. Andreas ist angetrunken, Schlagzeuger, Esoteriker. In dieser Reihenfolge. Alles ist Rhythmus. Die Insel voller Kraftfelder. Berlin auch. Berlin ist ein Kraftfeld. Ob Kostas das gespürt hat? Warum er dann weggegangen ist von dieser geilen Stadt? Gott ist großartig. Die Menschen hier auch, die Natur, all das. Er hat die Liebe gefunden, erst bei den anderen, dann bei sich. Seit er sie bei sich gefunden hat ist er im Reinen. Mit allem. Er muss weinen, so sehr überkommen ihn wertvolle

Gefühle. Kostas hört zu, sieht mich das eine oder andere Mal fragend an. Dann spricht er. Ob Andreas' Familie noch schlafe, ob sie wisse, dass er die ganze Nacht unterwegs war, dass die beiden Kinder reizend seien. Ob es jetzt nicht Ärger gebe. Den gebe es, lacht Andreas, klar gebe es den. Aber das gehört dazu. Gehört zum Leben dazu. Und alles ist doch Leben. Gerade hier. Kostas atmet tief durch. Später wird er ihn mir gegenüber Heulsuse nennen. Sagt man so? Heulsuse.

Die ersten Frühstücksgäste erscheinen. Kostas erhebt sich, beinahe entschuldigend, dass er jetzt arbeiten muss. Die ersten Stunden des Tages sind die schönsten. Dann ist der Kopf noch sorgenfrei. Wenigstens so lange, bis seine Frau erscheint. Dann ziehen die Sorgenwolken auf. Er lacht. Und er freut sich, wenn ihm ein schönes, ein treffendes Wort einfällt. Sorgenwolken. Sein Deutsch ist außergewöhnlich gut, ganz präzise, und er besitzt einen Wortschatz, von dem die meisten seiner Gäste nur träumen können. Irgendwie habe ich das Gefühl, dass er in das Leben, das er führt und mit dem sich arrangieren zu müssen er wohl seinen Frieden geschlossen hat, nicht so recht hineinpassen will. Er mag die meisten seiner Gäste, die wiederkommen, Jahr für Jahr, die oft nicht mehr Geld ausgeben können für einen besseren oder repräsentativeren Urlaub als bei ihm, die zufrieden sind und gar nicht mehr wünschen als die Sonne und den Pool, die kleinen Appartements, die Verköstigung in der Bar und dafür die fürchterliche Endlosschleife, in der sich die Unterhaltungsmusik dort bewegt, in Kauf nehmen. Oder sogar mögen. Hin und wieder verfassen sie ihm, wenn sie wieder zu Hause sind, eine positive Review im Internet, was ihn sehr freut, er zeigt sie dann herum. Nur ganz selten gibt ihm jemand wenige Sterne.

Einmal habe ich von Sisyphos geträumt. Nicht auf Korfu, weit weg davon, zu Hause. Ich wanderte im Traum durch eine schöne Gegend, und mich überholte auf meinem Weg ein Wanderer. Ein alter Mann, trotzdem schneller als ich gehend, der mir freundlich zulächelte. Er hatte Sandalen an, trug das Hemd über der Hose, einen Rucksack hatte er nicht. In der Hand hielt er einen kleinen Kieselstein. Die Götter haben mich vergessen, sagte er, seitdem bin ich glücklich. Er erklärte mir, der ich das nicht verstand, dass der Stein, den er zu Beginn noch unter so großer Mühe den Weg nach oben wälzen musste, im Laufe der Zeit durch das ständige Herabrollen sich immer mehr abgenutzt hätte und somit immer kleiner geworden sei – und die Götter es schlicht versäumt hätten, ihn irgendwann durch einen adäquat großen, ihm erneute Mühe verursachenden zu ersetzen. Heute könne er ihn bequem in der Tasche seiner Hose mit sich tragen; der Stein sei mithin mehr Erinnerung als Aufgabe geworden. Er dürfe nun den ganzen Tag wandern, einfach so, ohne Anstrengung. Ich bin glücklich, sagte er, weil die Götter mich vergessen haben. Der alte Mann, merkte ich beim Aufwachen, trug die vertrauten Züge Kostas'. Worin seine Verfehlung bestanden haben mag, die ihn vor Zeiten zur endlosen, mühevollen Arbeit verurteilte, davon sprach er nicht. Manchmal ist es wohl gut, vergessen zu werden.

Omar Sharif ist ein Arschloch.
Von der Ungeduld.

Als ich noch das Vergnügen hatte, in Diensten einer Zeitung zu stehen, um manierliche Berichte über das lokale Geschehen zu verfassen, und dieses Vergnügen liegt nun auch schon wieder eine geraume Zeit zurück, trug es sich zu, dass ich eines Tages den erbosten Anruf einer Dame erhielt; es habe einen schweren Unfall in der Stadt gegeben, ein Auto brenne, es sei wahrscheinlich noch einer drin, der Krankenwagen sei vor Ort – ein großer Andrang, nur ich, der Redakteur, habe wohl kein Interesse darüber zu berichten, wenigstens sitze ich faul in der Redaktionsstube herum, anstatt meinen dokumentarischen

Pflichten nachzukommen. Mich verließ sofort die Geduld. Ich dachte kurz nach und versprach der Dame, dass ich, wenn sie mir die Nachricht zukommen lasse, dass beispielsweise ihr Gatte gerade in einen schweren Unfall verwickelt sei und möglicherweise in seinem Wagen verbrenne, ich sofort alles stehen und liegen lassen würde, an den Unfallort eilte und dort in Wort und Bild ausführlich über das Geschehene berichtete. Die Dame war von meinem Vorschlag nicht angetan und beschwerte sich an höherer Stelle über mich. Den Ärger, den ich mir hier einhandelte, führe ich darauf zurück, dass ich ein im Grunde unduldsamer Mensch bin und einen gewissen Hang zur Bösartigkeit habe.

Ich erzähle das nur, weil es endlich einmal an der Zeit ist, endlich einmal einzugestehen, dass ich mich selbst zu jenen Menschen rechne, die weit davon entfernt sind, dass ihnen jemand die nicht zu unterschätzende Tugend der Duldsamkeit zu den vortrefflichen Eigenschaften rechnen würde. Nein, von dieser Tugend bin ich weit entfernt, und wenn ich im Café sitze und den Text des Einwickelpapiers meines Zuckerwürfelchens studiere, dann lese ich bei den günstigen Eigenschaften immer nur „ernst, schweigsam, klug", bei den ungünstigen hingegen „hartherzig, starrköpfig, pessimistisch" – wobei ich mich frage, warum gerade diese drei „ungünstige" Eigenschaften sein sollen –, aber in keinem Fall hat mein Sternzeichen diese vortreffliche Eigenschaft der Duldsamkeit für mich vorgesehen. Ich halte es im Übrigen für eine großartige Idee, in Cafés Zuckerwürfelchen auszulegen, die mit negativen Charakterzuschreibungen bedruckt sind; denn sogar einer wie ich, der an diese Charakterzuschreibungen überhaupt nicht glauben kann, wird trotzdem, wenn er „hartherzig" liest, der freundlichen Kaffeefachverkäuferin ein kleines Trinkgeld offerieren, nur um es dem Zuckerwürfelchen und seinen elenden Zuschreibungen zu zeigen. Aber vielleicht überbewerten wir Dinge einfach, denke ich, und tun ihnen damit einfach zu viel der Ehre an. Sensationsgierigen Damen etwa. Oder Zucker-würfelchen.

Überbewertung, das ist doch einmal ein gutes Stichwort, merke ich gerade. Zu den am meisten überbewerteten Geistern neben Pablo Picasso und Boris Becker zählt für mich der Schauspieler Omar Sharif. Dieser Omar Sharif war ein sehr schlechter Schauspieler, der in der Regel in sehr schlechten Filmen mitwirkte, die sich zu allem Überdruss noch durch ihre exorbitante Länge auszeichneten, die ihre Schlechtigkeit noch besser zur Entfaltung brachte. Meines Wissens hat er nur ein-mal in einem guten Film mitgespielt, aber da wurde er von sei-nen Schauspielerkollegen David Hemmings und Richard Har-ris dermaßen an die Wand gespielt, dass er froh sein konnte, seine Nebenrolle mehr oder minder unauffällig herunterspie-len zu dürfen; er fiel letztlich nicht weiter auf. Sein Anwesen, das er sich auf der Kanareninsel Lanzarote bauen und einrich-ten ließ, fiel hingegen auf; er hat es, da er es als Spieleinsatz missbrauchte, vor Jahren am Kartentisch verloren. Das Schild am Tor wirbt denn dennoch mit seinem Namen. Wenn ich nun aber lese, dass er zu Lebzeiten als einer der besten Bridgespie-ler innerhalb Gottes guter Schöpfung galt, kommen mir doch so leicht meine Zweifel, ob diese gute Schöpfung tatsächlich als so gut eingerichtet anzusehen ist.

Als nun die gute Gefährtin und ich urlaubsbedingt justament genau vor diesem Anwesen standen und dort in Erfahrung bringen mussten, dass ein Betreten des gepflegten Außenbe-reichs die Entrichtung eines Obolus' von 6 Euro fünfzig von uns erfordert hätte – um im Garten zu lustwandeln und her-nach einen überteuerten Café solo zu uns zu nehmen –, blieben wir vor dem Tor stehen; diesen Gefallen wollten wir nun doch niemandem erweisen, erst recht nicht Omar Sharif. Zumal wir kurz zuvor, nur wenige Kilometer entfernt, während eines Besuchs seiner Wohnung einem anderen verstorbenen alten Herren die höchste Zuvorkommenheit und Hochachtung, die es seit den Phöniziern gegeben haben mag, hatten angedeihen lassen, aber der war eben auch kein schlechter Schauspieler, sondern ein ausgezeichneter Schriftsteller, was auch die Stockholmer Akademie, die ihm 1998 den Nobelpreis zugesprochen hatte, lobend im Text der Urkunde erwähnte. Von solchen Urkunden war Omar Sharif weit entfernt; allenfalls konnte er eine vorweisen, in der bestätigt wurde, dass er vor Jahren vom Christentum zum Islam konvertiert war, was an und für sich nicht zwangsläufig eine schlechte Sache sein muss, wenn nicht der Wechsel der religiösen Denomination weniger Glaubensdingen denn dem banalen Umstand geschuldet sein dürfte, in seinem Heimatland damit anfangen zu können, schlechte und langatmige Filme zu drehen, die für das Publikum offensichtlich dadurch erträglicher wurden, dass ein Moslem in ihnen die jeweilige Haupt- oder eher Nebenrolle ausfüllte und kein Ungläubiger, was sicher sofort zu einem wilden Bannspruch über den betreffenden Streifen geführt hätte.

Bei uns sind diese Filme gottlob auch im ausgesuchtesten Filmhandel nicht mehr käuflich zu erstehen, während die Bücher des Schriftstellers durchaus noch gelesen und diskutiert werden, zumindest von mir. Sein Haus und seine Bibliothek zu besichtigen hatten zwar ein wenig mehr als die von Omar Sharif verlangten 6 Euro fünfzig gekostet, dafür gab es aber nicht nur einen inkludierten portugiesischen Café solo auf seiner Terrasse zu trinken, sondern obendrein eine Führung mit einer ansehnlichen jungen spanischen Führerin, die sich ernsthaft für diesen von Portugal aus auf die Kanaren emigrierten Nobelpreisträger zu interessieren schien und Erhellendes zu Leben und Werk zu berichten hatte.

Kurz darauf, noch war ich ganz gefangen vom Erlebten und bereits in die Lektüre eines seiner Bücher vertieft, musste ich andernorts lesen, dass der ehemalige sehr gute Tennisspieler und heute dafür sehr dumme Mensch Boris Becker es geschafft hat, in wenigen Jahren Schulden in Höhe von 60 Millionen Euro zusammenzutragen. Das scheint mir sehr viel Geld zu sein – um im Bild zu bleiben, könnten dafür 9 Millionen zweihunderteinunddreißigtausend weniger filmkritisch als ich eingestellte Besucherinnen und Besucher beispielsweise das Anwesen von Omar Sharif auf Lanzarote besuchen, durch die Gärten spazieren und hernach einen überteuerten Café solo zu sich nehmen. Der Kommentar, der der Meldung über diese Schulden angefügt war, schlug vor, einen Boris-Becker-Fonds zu gründen, in den jeder Bundesbürger, jede Bundesbürgerin einen Euro investieren sollte, um der Sportikone zu helfen, diese Schulden zu beseitigen. Dieser Vorschlag findet meine volle Zustimmung. Ich wäre sogar bereit, sagen wir: 6 Euro fünfzig zu investieren, wenn Boris Becker mir dafür schriftlich garantieren würde, danach nie wieder im Fernsehen oder irgendwelchen Illustrierten aufzutreten und mir seinen Kopf entgegenzustrecken. Denn auch Boris Beckers Auftritte in der Öffentlichkeit verfolge ich seit Jahren mit wachsender Ungeduld.

Auch Filme mit Omar Sharif – vielleicht mit Ausnahme dieses einen, in dem ihn Harris und Hemmings an die Wand spielten, und jetzt erinnere ich mich: Anthony Hopkins war auch noch dabei, und wahrscheinlich noch viele andere, die besser waren als er –, auch Filme mit Omar Sharif also sollten komplett aus dem Verkehr gezogen, falls das noch nicht geschehen sein sollte, wenigstens aber mit einem wilden Bannspruch belegt und vielleicht sogar ganz verboten werden. Denn auch in diesem Fall bin ich mit all meiner Geduld so was vom am Ende.

Wie ich einmal guckte.
Von den Gewohnheiten.

„Entschuldische Sie, abber derf ich Sie mal was fraache…" Der ältere Herr, der plötzlich neben meinem Milchkaffee aufgetaucht ist, ist mir nicht unbekannt. Einmal in der Woche begegnen wir uns in meinem Offenbacher Stammcafé, wo ich Milchkaffee trinke, lese und Leute begucke. Manchmal lese ich auch nur und begucke keine Leute, manchmal komme ich vor lauter Guckerei nicht zum Lesen, aber egal, was auch geschieht, immer geschieht es hinter einer Tasse Milchkaffee, eine – in gewisser Weise – conditio sine qua non im Stammcafé, also ein Muss, eine Grundbedingung für das Lesen und Gucken also, oder, wenn Ihnen das lieber ist, eine Gewohnheit. Dabei mache ich üblicherweise ein Gesicht. Mit ein wenig Vorstellungskraft und gutem Willen sehen Sie mich also jetzt in meinem Stammcafé sitzen und lesen; vor mir steht ein Milchkaffee, daneben steht ein älterer Herr und ich mache ein Gesicht.

Gesichter zu machen ist auch so eine Gewohnheit. Es gibt ein Gesicht, das ich mache, wenn ich Leute begucke, sicher auch eines, das ich eben mache, wenn ich vorlese, und, nicht zu vergessen, das, was ich mache, wenn ich still vor mich hin lese, wenn wie beim Fade-out auf der Leinwand beim Lesen die Außenwelt ganz allmählich um mich herum versinkt und ich ganz allein in die Landschaft eintauche, die sich mir zwischen den Seiten entfaltet, und dabei den vagen, eigentümlichen Geruch vergangener Zeiten in mich aufnehme, der so vielen Büchern entströmt, den Duft profunden Wissens und starker Gefühle, die so lange zwischen den Buchdeckeln geschlummert haben, bis ich sie in eine zweifelhafte Freiheit entlasse. Auch dabei mache ich freilich ein Gesicht.

„Entschuldische Sie, abber derf ich Sie mal was fraache…", spricht der ältere freundliche Herr also zu mir. Diese Frage stellt sich allerdings als längerer, im ortstypischen Dialekt formulierter Prosabericht heraus, den ich kurz in einem Satz zusammenfassen möchte. Er habe bei sich zu Hause beim Aufräumen im Keller eine Schallplattenkassette gefunden, mit Opern, von der Maria Callas, auch all die großen Tenöre seien dabei, aber er habe gar keinen Plattenspieler, außerdem sei das nicht so seine Musik, also die Opern, und die Kassette sei fast noch neuwertig, sogar das Cellophan sei noch drum, ob ich die haben wollte, er wolle sie mir schenken, ich guckte doch wie einer, der sowas hört, er würde sie mir überlassen, kostenlos natürlich, es sei doch besser, sie mir zu schenken als jemand anderem, oder sie gar wegzuwerfen, das sei doch schad drum, die Callas, und ich guckte doch wie einer, der so etwas hörte, er sähe mich ja nicht zum ersten Mal in diesem Café, also er höre lieber was Leichteres, also wie neu, nicht zerkratzt, ich würde die doch hören, ich guckte wenigstens so..

Ich dankte ihm freundlich für das Angebot und den Umstand, mich beschenken zu wollen und versprach, die Kassette an mich zu nehmen. Als Übergabezeitpunkt wurde unsere absehbare nächste Begegnung in der kommenden Woche ausgemacht, er käme sicher, und für den Fall, dass ich nicht käme, würde er sie im Café bei der ansehnlichen Serviertochter serbokroatischer Provenienz, die er, wie mir schon aufgefallen war, gerne als Schätzchen titulierte und zu der ein gewisses Vertrauensverhältnis bestehen mochte, deponieren, die sollte ich dann danach fragen, wenn ich das nächste Mal käme, aber er wollte die Kassette jetzt nicht jedes Mal durch Offenbach tragen, in der Hoffnung, mich zu treffen, und dann träfe er mich vielleicht gar nicht, das würde ich doch verstehen, aber das hat doch keinen Wert. Ich dankte noch einmal, gab mich zuversichtlich, dass die Übergabe schon ohne Zwischenfälle vonstattengehen würde – und wir schieden freundlich voneinander.

Später am Tag, ich war auf dem Nachhauseweg und guckte dabei sicher wieder, fragte mich eine freundliche ältere Dame nach dem Weg zu einer bestimmten Schule; da ich diese auf dem Nachhauseweg passieren würde, bot ich ihr an, das kleine Stück Weges mit mir zu gehen, dann würde sie ihr Ziel sicher erreichen. Dankbar nahm sie an; allerdings erzählte sie mir – und wenn ich nur eine Ahnung davon gehabt hätte, mit welcher Gehgeschwindigkeit diese freundliche ältere Dame sich fortzubewegen pflegt, hätte ich mich nach Auskunft sofort aus dem Staube gemacht und hätte mich nicht von ihr begleiten lassen; so also hatte ich aufgrund meiner Fehleinschätzung ihres Gehvermögens meine persönliche Gehgeschwindigkeit auf das deutlichste zu reduzieren, wollte ich nicht unhöflich erscheinen –, erzählte sie mir also eine umständliche, komplizierte Geschichte, die ich aus Gründen der Übersichtlichkeit in nur wenigen Stichworten zusammenfassen möchte: Enkelkind, Eltern, Trennung, neue Schule, sie guckt schon mal. Solcherlei Dinge berührte unser Gespräch, an dem ich nur wenig Anteil hatte; an der Schule angekommen, dankte sie mir herzlich und entschuldigte sich, aber einem hätte sie die Geschichte doch einmal erzählen müssen und ich sähe aus wie einer, dem sie sie hätte erzählen können, wenigstens hätte ich so geguckt, ich wollte bitte noch einmal entschuldigen, aber einem müsse sie diese Geschichte doch erzählen, jetzt sei es heraus, jetzt gehe es ihr besser, das verstehe ich sicher, jedenfalls guckte ich so, als ob ich dafür Verständnis hätte. Wir schieden in Freundschaft voneinander.

Wie Sie sich denken können, war das nicht alles; zwischen das Präludium mit Maria Callas und das Postludium der Familientragödie fügte sich in die kleine Suite dieses Tages noch ein kleines Interludium ein; der ungehobelt wirkende Mensch nämlich, der mit Glatze und Bierflasche bewaffnet das bourgeoise Erste-Klasse-Abteil, das ich im öffentlichen Personennahverkehr zu nutzen pflege, betrat – offensichtlich ein Verehrer eines großen Frankfurter Fußballbundesligavereins und, wie ich als vorurteilsbehafteter Mensch gleich mutmaßte, sicher ohne im Vorfeld das nötige Entgelt dafür entrichtet zu haben –, sein Bier dort verschüttete und auf meinen sorgenvollen Blick hin freundlich nachfragte, warum ich ihn so anguckte und ob er mich verhauen sollte. Er brachte doch nolens volens noch einen dritten Aspekt meines gewohnheitsmäßigen Guckens mit ins fröhliche Spiel. Auf den ich jetzt, da ich mir fest vorgenommen habe, diese Geschichte nicht über Gebühr aufzublähen und mich in Abschweifungen zu verlieren, wie mir das allerdings nicht bei jeder Geschichte gelingt, da mir das Talent des Bei-der-Sache-Bleibens doch offensichtlich nicht gegeben ist, auf den ich jetzt also beim besten Willen nicht näher eingehen kann. Nur so viel: Ich zog es vor, mich nicht verhauen zu lassen und lieber in die zweite Klasse zu den ehrlichen Menschen zu wechseln, die mich auch ohne Murren und vorurteilsfrei bei sich aufnahmen und mir Asyl gewährten.

Es ging eben also, lassen wir die letzten Minuten noch einmal gedanklich Revue passieren, um die unschöne Gewohnheit des Guckens. Was mir durch bittere Erfahrungen wie die eben geschilderten im Laufe der Zeit bewusst geworden ist, ist, dass die allerschönste aller Gewohnheiten, die der Mensch sich zulegen kann, doch die des Schenkens ist. Und so möchte ich den kleinen Ausflug dieser Geschichte damit abschließen, dass ich jemandem von Ihnen heute etwas schenke. Sie beschenken uns beide, den Herrn Heizenreder und mich, mit Ihrer Anwesenheit, und nebenbei gesagt, bewundere ich Sie dafür, denn so lange sitzen und zuhören könnte ich gar nicht, und also habe ich mir beim Lesen heimlich jemanden unter Ihnen ausgesucht, der so geguckt hat, als würde er das hören wollen, weil wegwerfen möchte ich es nicht, es ist noch ziemlich ungebraucht, nur das Cellophan ist ab, aber es steckt noch in der Original-Märklin-Plastiktüte, in der es mir seinerzeit ein freundlicher älterer Herr in Offenbach überreicht hat, nur, weil ich so geguckt habe. Aber ich weiß, ehrlich gesagt, gar nicht, warum ich so geguckt habe, denn ich habe nicht nur keinen Plattenspieler, es ist auch nicht wirklich so meine Musik.

Und also: Bitteschön. Das haben Sie jetzt davon. Warum gucken Sie denn auch so. [Es folgt das Überreichen einer Schallplattenkassette an einen freundlichen Herrn im Publikum.]

Wie ich einmal gute Laune hatte.
Vom Beleidigtsein.

Ich hatte den Mann an der Tankstelle angeknurrt, weil ich schlechte Laune hatte. Immer, wenn ich schlechte Laune habe, knurre ich jemanden an. Das geht ganz einfach: Ich höre, was mein Gegenüber zu mir sagt, nehme es zum Anlass, mich beleidigt zu fühlen und knurre los. Der Tankstellenmann, der Zettel zusammenlegte und mich deshalb nicht sofort bedienen konnte oder wollte, hatte „Einen Moment, junger Mann" zu mir gesagt, dabei auf seine Zettel geguckt und sich von meiner wartenden Anwesenheit nicht irritieren lassen. Das kam meiner schlechten Laune gerade entgegen, und also knurrte ich ihn an. „Bitte lassen Sie das", knurrte ich, „ich bin kein junger Mann." Er wirkte irritiert und schob nach: „Man ist immer so alt, wie man sich fühlt." Ich knurrte zurück: „Das macht die Sache nicht besser." Da gab er es auf, wendete sich endlich beleidigt von seinen Zetteln ab und mir zu; der Rest des Gesprächs und der Zahlungsvorgang verliefen in angenehmem Schweigen. Ich hatte ihn so aus der Fassung gebracht, dass er mir noch ein schönes Wochenende wünschte, obgleich es erst Dienstag war. „Ein schönes langes Wochenende", knurrte ich und machte mich aus seinem Blickfeld. Ich war zufrieden.

Aber ich will doch gar nicht von meiner schlechten Laune berichten, sondern von der guten, die sich bei mir, obwohl ich mich für einen recht wohlinformierten Menschen halte, doch auch gelegentlich einmal einstellt. Was mir in diesem Sommer ganz besonders gute Laune machte, war der Fußball. Es gab eine Fußballweltmeisterschaft, und da der große Harry Rowohlt nun leider verstorben ist, sehe ich mich in der heiligen Verantwortung, die von ihm als irlandfreundlichem Ex-Zeitgenossen begründete Tradition, jede Niederlage der deutschen Fußballnationalmannschaft mit diversen Pints of Guinness zu begießen, fortzuführen. Immerhin mag ich die deutsche Fußballnationalmannschaft auch nicht besonders, und so macht das Sinn. Leider gab es nur zwei Niederlagen zu begießen, und da reisten die Spieler, wie wir alle wissen, auch schon wieder ab. Leider, muss ich sagen, denn ich mag das Guinness-Bier sehr. Aber damit war der Auftakt zu Entwicklungen gegeben, die meinem Verständnis von Humor und dem gelegentlich vorhandenen Wunsch nach guter Laune so richtig entgegenkamen.

Während meines Urlaubs, den die gute Gefährtin und ich zwar auf einer schönen kanarischen Insel, nichtsdestotrotz dort aber auch stundenlang in einem echten Irish Pub und einem schwedischen Möbelhaus verbrachten, hatte ich Zeit, meine diesbezüglichen Beobachtungen zu machen. Im Möbelhaus etwa dachte ich darüber nach, wie die Betreuer der deutschen Fußballnationalmannschaft nach deren einzigem Sieg gegen Schweden – kein guter Tag für mich, es gab kein Guinness zu trinken – den Vertretern unserer freundlichen Nachbarn den schlimmen Finger zeigten; noch peinlicher als die Geste allerdings war der Umstand, dass diese Betreuer kurz danach gemeinsam mit der deutschen Fußballnationalmannschaft ihre Koffer packen, die Schweden hingegen noch ein wenig weiterspielen durften. Das freute uns beide, die gute Gefährtin und mich, und so kauften wir den Schweden quasi als Entschuldigung für 26 Euro lebensnotwendige Haushaltsaccesoires ab.

Vor dem Irish Pub hingegen hatte ich ausführlich Gelegenheit, kleine deppe Jungs zu studieren, die, gewandet in die Fußballtrikots ihrer Fußballidole, schreiend hintereinander herliefen. Die Namen fast aller Fußballidole der großen Vereine und Fußballnationen waren auf diesen Trikots vertreten, nur einer fehlte hartnäckig. Es war jener verdiente Mittelfeldspieler der deutschen Fußballnationalmannschaft, der – sicher als Opfer eines ungewissen Gefühls, was seine Heimatzugehörigkeit anbelangt – vor kurzem auf einem Foto neben einem türkischen Staatspräsidenten auftauchte, der momentan nicht allzu gut gelitten ist und darüber hinaus permanent beleidigt wirkt. Dafür bezog unser verdienter Mittelfeldspieler viel Schelte, und viele vor allem in Zeiten einer Fußballweltmeisterschaft national begeisterte Menschen waren der Ansicht, er sollte nicht im Trikot der deutschen, sondern in dem der Fußballnationalmannschaft seines Herzens auflaufen, zumal er Fallerslebens schöne Hymne weder im Textbereich noch Haydns schöne Melodie darauf in musikalischer Hinsicht so recht beherrschte. Mir bereiten, ich wiederhole das gerne, solche Diskussionen große Freude.

Nach dieser Weltmeisterschaft nun ist nun unser verdienter Mittelfeldspieler, der zum gemeinsamen Erinnerungsbild mit dem Staatspräsidenten seines anderen Heimat- – genauer wohl Mutterlandes – geschwiegen hatte, beleidigt und unter vielen Verwünschungen dann aus der deutschen Fußballnationalmannschaft zurückgetreten. Das böse Wort Rassismus fiel dabei mehrmals, wogegen sich die Verantwortlichen seines Fußballdachverbandes, gleichfalls beleidigt, entschiedenst verwahrten. Ein wahres Sommerlochthema, ich bekam sofort wieder gute Laune. Am besten gefiel mir dabei, dass der verdiente Mittelfeldspieler den Vergleich mit zwei ehemaligen Mannschaftskollegen anstellte, die – obgleich sie doch polnischen Migrationshintergrund hätten – niemals so rassistisch beleidigt und kritisiert worden wären wie er. Ich musste dabei sogleich an den guten Dr. Heinrich Hoffmann und seinen

„Struwwelpeter" denken, in dem der große Niklas bekanntermaßen die beiden kleinen Rassisten dadurch bestraft, dass sie nach dem Tunken in sein großes Tintenfass noch schwärzer als der kleine Dunkelhäutige, Ziel ihres Spotts, durch die Welt laufen mussten.

Einmal in den wilden Strudel des Konversationsmachens mit mir selbst hineingezogen, bezweifelte ich allerdings alsbald das eben Gesagte – hat doch eine richtige Idee, die schwierig ist, so fragte ich mich, in aller Regel nicht immer weniger Erfolg als eine einfache, die falsch ist? Vielleicht liegt der tiefere Grund des Beleidigtseins ja ganz woanders – schließlich machte dieser Fußballer ja immer, wenn er den Rasen betrat oder verließ, einen mehr oder minder beleidigten Eindruck –, was freilich auch den lustigen Augen geschuldet sein mochte. Und da hatte ich ihn auf einmal, den wahren Grund seines Beleidigtseins, und ich sage euch und Ihnen: es ist ein guter Grund, und es ist ein offensichtlicher Grund. Alle diskutierten Rassismus und so, also falsche Ideen, die einfach waren, so dass niemand mehr auf die richtige Idee kam (die allerdings auch nicht so furchtbar schwierig war), worin das eigentliche Gemobbtwerden des armen und ehemaligen Nationalspielers wirklich bestand – in der sublimsten Form des Mobbings, die sich denken lässt: Er war der einzige, wirklich der einzige, den der Deutsche Fußballbund nicht nur während der Weltmeisterschaft in einem Mesut-Özil-Trikot herumlaufen ließ. Alle trugen Ronaldo, nur er lief als Özil herum.

Ich weiß das genau, denn ich habe viel Zeit im Urlaub bei Ikea und vor einem Irish Pub verbracht. Und auch mein Tankstellenmann, der mit flotten Sprüchen von seiner Kundenferne und hinmit Kundenfeindlichkeit ablenken wollte, trug kein Özil-, sondern ein Messi-Shirt.

Die Welt ist gemein, aber wie gesagt, mir macht das gute Laune.

Die freundliche Bäckereifachverkäuferin.
Von den Vorurteilen.

Die mir immer wieder gerne gestellte Frage, ob die in meinen kleinen Texten geschilderten Erlebnisse und Ereignisse wohl der Wahrheit entsprächen, lässt für mich nur eine einzige Erklärung zu: Die Menschen bezweifeln, dass einer wie ich ein so reichhaltiges Leben geführt haben rsp. führen könnte, wie die in den Geschichten festgehaltenen Erlebnisse und Ereignisse es andeuten. „Aber ja", kann ich den Zweiflern nur zurufen, „aber ja." Sicherheitshalber rufe ich zweimal. Das Leben ist nicht nur reich für den, der sich ständig in es hineinstürzen muss, sondern auch für den am Rande, der sich weniger bewegt und – in Cafés, im Garten, an anderen anregenden Orten – herumsitzt und guckt, die Augen und Ohren offen, und es zulässt, dass Erinnerungen sich den Raum sichern, der ihnen zusteht…

Ich kaute missmutig auf meinem belegten Brötchen herum, genauer gesagt auf einem Käse-Salami-Spitz; wie es in der Auslage der ehemaligen Bäckerei meines Vertrauens genannt wurde, und dachte angesichts der Textur des soeben gekaut Werdenden, die eine Anmutung von Pappe hatte und nur wenig wirkliche angenehme Aromen im Mundraum zur Entfaltung kommen lassen wollte, ich dachte also: Was für einen Mist hat sie mir da wieder verkauft? Mit „sie" meinte ich keine Geringere als die dort beschäftigte freundliche Bäckereifachverkäuferin. Einmal hatte ich sie heimlich dabei beobachtet, wie sie die Rosinenbrötchen in der Auslage mit der Hand hinter der Glasscheibe drapierte; ich beschloss, die Probe zu machen und kaufte ihr zwei ab. Da nahm sie dann allerdings eine Gebäckzange, um sie in eine viel zu kleine Papiertüte zu fummeln, was keinen sonderlich guten Eindruck bei mir hervorrief. Ich fürchte auch, dass sie wusste, dass ich sie beobachtet hatte, und somit hinter hier Geheimnis gekommen war.

Wie dem auch sei. Ich beschloss, die Bäckerei fortan nur noch die ehemalige Bäckerei meines Vertrauens zu nennen und keinesfalls mehr hinzugehen, um mein gutes Geld dort in illustres Backwerk oder zweifelhafte Naschereien zu investieren. Der Beschluss war kaum gefasst, da fragte ich mich, warum von der Papierserviette, in die die nichtsdestotrotz immer freundliche Bäckereifachverkäuferin das Brötchen umsichtig eingewickelt hatte, bevor es auf ein Pommes-frites-Schälchen gesetzt und in einer Papiertüte verpackt wurde, nur noch so wenig übrig war; beim Einwickelvorgang wenigstens war mir das Zellstoffblättchen noch größer, ja voluminöser erschienen. Aber ich suche bei Dingen, die sich der Vernunft auf den ersten Blick nicht gleich erschließen mögen, nach naheliegenden Erklärungen, Wunder nehme ich nur im äußersten Notfall an. Und also ging ich davon aus, mein Sehvermögen habe mir einmal mehr einen kleinen Streich gespielt. So wie vor kurzem in Offenbach, da mir ein Mann entgegenkam, von dem ich dachte: Was trägt er da für ein wundersames Hörgerät? Oder sind es Kopfhörer? Als wir auf gleicher Höhe waren und aneinander vorbeigingen, musste ich feststellen, dass es gar kein Hörgerät war, auch kein Kopfhörer, sondern dass es sich bei dem Wundersamen um nichts Geringeres als die Ohren dieses Mannes gehandelt hatte. Da sieht man mal, dachte ich, wie schnell der Mensch seine Vorurteile entwickelt, in diesem Fall gegenüber ganzen Industriezweigen, die Hörgeräte und Kopfhörer produzieren. Kopfhörer sind gut und wichtig, und ich selbst benutze, das gebe ich gerne zu, neben der segensreichen Erfindung der Firma Ohropax gelegentlich auch einen kleinen, sehr unauffälligen kabellosen Kopfhörer, um mir mittels des Stimmengeflechts eines Schostakowitsch-Streichquartetts den Lärm der Welt vom Hals und vom Ohr zu halten und von einer Stille in einer Welt außerhalb meiner selbst zu träumen, die es schlicht und einfach nicht gibt.

Dergestalt plätscherte mein Bewusstseinsstrom vor sich hin. Ich hatte der freundlichen Bäckereifachverkäuferin gegenüber, von der ich mir nach dem damaligen Vorfall nicht mehr sicher sein konnte, ob sie nicht eigentlich doch etwas gegen mich hätte, übrigens in einem plötzlichen Anfall von guter Laune heraus einmal den Fehler gemacht, auf ihre freundlich-neugierige Frage hin, wo der anstehende verdiente Sommerurlaub wohl verbracht werden würde, wahrheitsgemäß mit „Korfu" zu antworten. Das löste bei ihr sogleich einen Schwung freier Assoziationen aus, die sich um den Gedankenkern „Wir haben eine Ferienwohnung und fliegen ständig dahin" rankten. Im Gedächtnis geblieben ist mir vor allem, dass sich diese Ferienwohnung vis-a-vis des Flughafens befindet, und sie, der Gatte und die freundliche Bäckereifachverkäuferin, gerne auf der Terrasse säßen, um startende und landende Flugzeuge zu beobachten. Hm.

Natürlich gibt es Fragwürdigeres, als das zu tun. Man kann zum Beispiel seine auf den schönen Ferieninseln verbrachten Tage dazu nutzen, sich mit Gleichgesinnten zu alkoholisieren, weil Alkohol günstig ist und einen dort keiner kennt. Und schon bauten sich bei mir die nächsten Vorurteile auf; als die freundliche Bäckereifachverkäuferin dann auch noch meinte, sie und der Gatte passten wegen ihrer besonderen Urlaubsgepflogenheiten „in keine Schublade", dachte ich sogleich daran, dass in meinem persönlichen Ordnungs- und Ablagesystem diejenigen Leute die größte Schublade füllten, die von sich sagten, dass sie in keine Schublade passten. Sie passen aber wunderbar rein, die Aussage der freundlichen Bäckereifachverkäuferin stimmt also nicht. Aber langsam wird es dort ein wenig eng, und jetzt liegt auch noch die freundliche Bäckereifachverkäuferin darin, und sie ist, sage ich euch, nicht das unstämmigste Wesen unter den Frauen meines erweiterten Bekanntenkreises.

Vorurteile, musste ich irgendwo lesen, entständen aus Mangel an Information und Kommunikation, und sogleich entwickelte ich gegenüber dem Gelesenen und dem, der den Text verfasst hatte, ein gewisses Vorurteil. Denn bei mir wenigstens ist es genau anders herum: Je informierter ich bin, je kommunikativer ich mich verhalte, desto mehr blüht der Strauß der sich entwickelnden Vorurteile den Dingen gegenüber auf. Ich merkte nämlich so langsam beim Nachdenken, um auf den unsäglichen Käse-Salami-Spitz zurückzukommen, an dem ich noch immer nagte, dass das Pappige der Textur und die sich nicht recht einstellen wollenden geschmacklichen Aromen dem Umstand geschuldet waren, dass ich die Papierserviette mitaß, in die das Gebäck eingeschlungen worden war; das erkläre mir auch auf das Zuverlässigste das Immer-kleiner-Werden dieses an und für sich nützlichen Accessoires.

Und trotzdem bezeichne ich die ehemalige Bäckerei meines Vertrauens mit dem Attribut „ehemalig", weil ich in der freundlichen Bäckereifachverkäuferin heute nur mehr eine zweifelhafte Person erkennen kann. Jemand, der im Urlaub Freude daran hat, startenden und landenden Flugzeugen zuzugucken, kaufe ich kein Brötchen mehr ab, das sie nur aus Alibigründen mit der Gebäckzange in die Papiertüte schiebt. Ich, der ich Schostakowitsch aufbieten muss, um mich vor dem akustischen Beworfenwerden aus dieser Welt heraus zu schützen, kann gar nicht anders, als solchen Vorlieben mit den schärfsten Vorurteilen zu begegnen. Außerdem gibt es schmackhaftere Papierservietten als die von der freundlichen Bäckereifachverkäuferin verwendete – wahrscheinlich hat sie doch etwas gegen mich, weil ich ihr Geheimnis kenne. Ich gehe da jedenfalls nicht mehr hin.

Wie ich einmal in Griechenland Urlaub machte.
Vom Status.

Als wir in Griechenland ankamen, war es sehr heiß, was die gute Gefährtin zu der Bemerkung veranlasste, dass es hier doch ziemlich heiß sei. Aber genau aus diesem Grund hatten wir Griechenland ja als Urlaubsziel gewählt, wir wollten ja beide das Heiße. Jetzt, wo wir es erlebten, überraschte es uns aber doch, diese heftige Hitze. Alles hatte die gute Gefährtin im Vorfeld organisiert, das hübsche Ferienhaus, die umständlichen Flüge, das Mietfahrzeug; die gute Gefährtin kennt sich eben in vielem gut aus, viel besser als ich, ich wüsste kaum zu benennen, wo sie sich nicht gut auskennt, aber in einem, sage ich euch, kennt sie sich überhaupt nicht gut aus, und auch das sage ich euch, in einem kennt sie sich zum großen Glück überhaupt nicht gut aus, und das eine ist die Topographie Griechenlands.

Wir erhielten nämlich, kaum, da wir uns in unserem hübschen Ferienhäuschen am Rande der Zivilisation eingerichtet hatten und kommunikationstechnisch nur über unsere Mobiltelefone mit der Außenwelt in Verbindung bleiben konnten, nach wenigen Tagen, die wir in großer Hitze verbrachten, besorgte Nachfragen aus dieser Außenwelt über diese besagten Mobiltelefone, ob wir überhaupt noch lebten. Schwere Unwetter hätte es doch gegeben, sogar Touristen und Touristinnen seien dahingerafft worden, das hätten wir doch mitbekommen müssen, warum wir das nicht mitbekommen hätten, aber das einzige, das wir mitbekommen hatten, war tatsächlich nur die erstaunliche Hitze, die uns umfangen hielt. Die Unwetter wenigstens, das ergaben gezielte Nachfragen, hatten im Nordosten des schönen Landes gewütet, wir aber hielten uns im Südwesten auf; eigentlich, gab die gute Gefährtin zu, wollte sie diesen Urlaub, den wir im Südwesten verbrachten, da gebucht haben, wo die schweren Unwetter gewütet hatten, also im Nordosten, nur hatte sie die Halbinsel Chalkidiki – ich erwähne dies nur kurz am Rande für die Kenner und Kennerinnen der griechischen Topographie – mit ihren drei fingerartigen Landzungen im Nordosten des Landes mit der wesentlich größeren Halbinsel Peloponnes, dem klassischen Arkadien, mit ihren gleichfalls drei fingerartigen Landzungen, die den südlichen Teil des Landes abbildet, verwechselt. Also saßen wir im Südwesten, wo es sehr heiß war, während im Nordosten die Unwetter tobten; unter Umständen hatte die gute Gefährtin dadurch, dass sie eben keine Kennerin der griechischen Topographie ist, uns das Leben gerettet. Aber was noch nicht ist konnte ja noch kommen, dachte ich, immerhin teilt sich diese Peloponnes mit Italien und Kreta den Spitzenplatz in Europa, was die Wahrscheinlichkeit eines Erdbebens anbelangt.

Wie dem auch sei. Munter noch am Leben, gingen wir unseren Lieblingsbeschäftigungen nach; zu meinen größeren Vergnügen im Urlaub zählt es, diejenigen Kerbtiere zu fotografieren, mit denen wir uns den zumeist Außenbereich als gemeinsamen Lebensraum friedlich teilen, und ansonsten, nur mit dem Allernötigsten bekleidet, in der Natur herumzulaufen, wobei sich dieses Allernötigste auf Brille und Hut beschränkt; alles andere erscheint mir, gerade bei großer Hitze, doch recht entbehrlich zu sein. Und so konnte ich wie weiland Hermann Hesse, nur mit Brille und Strohhut angetan, im Garten des hübschen Domizils stehen und die heimische Fauna wenigstens mit einem Minimum an Wasser versorgen, denn auch die heimische Fauna litt, wie nicht schwer zu erraten sein dürfte, unter der großen Hitze, und dabei noch hübsche Insekten aufstöbern, die ich fotografierte.

Ich erwähnte bereits das Mobiltelefon als einzige Verbindung zur Außenwelt, und das Mobiltelefon lässt den – in diesem Falle segensreichen – Kommunikationsdienst WhatsApp zu. Dieser Kommunikationsdienst nun ermöglicht es den Bekannten und Freunden in unserem Umfeld, die ihn gleichfalls nutzen, sich in einer Art & Weise zu präsentieren, die Status genannt wird. Das meint, dass die Bekannten und Freunde unseres Umfelds, die in der Ferienzeit ja fast auch alle in Gottes oft so gut gemachter Welt unterwegs sind, die Möglichkeit eröffnet bekommen, über diesen Status, der für die anderen sichtbar ist, in Bild und kurzem Text zu dokumentieren, was sie gerade an Tollem erleben, dass das, was sie da gerade erleben, sich in geschmacks- und vielleicht auch finanztechnischer Hinsicht von dem unterscheidet und abzuheben vermag, was die anderen gerade so machen, und dass sie letztlich also die Möglichkeit eröffnet bekommen, darzulegen, dass ihr Urlaub doch der allerbeste sei. Der Hintergrund ist natürlich, Neid zu schüren, aber so etwas, sage ich euch, läuft bei der guten Gefährtin und mir vollkommen ins Leere, zumal wir ja gerade den besten aller Urlaube gemeinsam verbrachten.

Andererseits hatte aber auch ich Lust darauf bekommen, meinen Status auch einmal zu kommunizieren, und im Gesellschaftsspiel „Guck-nur-was-ich-für-einen-tollen-Urlaub-mache-ich-hoffe-das-macht-euch-neidisch" mitzutun, zumal ich wenig Lust darauf verspürte, Urlaubspostkarten zu schreiben und zu versenden, auf denen verlogene Sätze stehen würden, unter denen der verlogenste aber wäre: „Ich wünschte, ihr könntet auch hier sein." Ich konnte nun aber schlecht Fotos meiner Nacktgärtneraktivitäten präsentieren, obgleich ich der festen Überzeugung bin, dass es besser für den Menschen ist, nackt und mit Strohhut denn mit Sandalen und weißen Socken, kurzen Hosen und falsch herum aufgesetzter Baseballmütze die Sukkulenten zu wässern, auf jeden Fall ist das besser, und, wenn der Körper noch halbwegs in Form und nicht tattooverziert ist, sogar auch noch ästhetischer.

Ich sah also davon ab, diesen meinen Status per Kommunikationsdienst in Mitteleuropa zu verbreiten, aber ich sah nicht davon ab, meine Insektenkollektion, also die Fotos jener Kerbtiere, mit denen wir in vertrauter Symbiose gemeinsam unsere

Zeit verbrachten, der Allgemeinheit zur Verfügung zu stellen. Begeisterte Reaktionen der neidisch gewordenen Bekannten und Freunde in unserem Umfeld blieben nicht aus; seitens der Verwandtschaft blieben allerdings auch einige, gewiss gut gemeinte fürsorglich-besorgte Kommentare nicht aus, dass es sich bei den präsentierten Tieren um gefährliche Schnaken handeln müsse, deren Biss, den es unbedingt zu vermeiden gelte, unweigerlich zu einem längeren Krankenhausaufenthalt führen würde. Aufklärungs- und Beruhigungsversuche unserseits, dass die Tiere nur deswegen so groß auf den Fotos erschienen, weil ich Nahaufnahmen gemacht hatte, in Wirklichkeit seien sie viel kleiner, und dass unsere Mitbewohner weniger bissen denn stächen, wenn sie in dieser großen Hitze denn überhaupt etwas täten, zeitigten allerdings nur marginalen Erfolg.

„Segensreich" nannte ich diesen Kommunikationsdienst weiter oben, und ich sehe ihn wirklich so, denn der Blick in den Status unser Freunde und Bekannten erspart ihnen und mir, später so genannte Urlaubsfotos zeigen oder begucken zu müssen, zu denen mir dann erklärt würde, wer da wieder gerade wie, wo oder warum herumsteht. So etwas interessiert mich nämlich nicht, ich empfand schon früher, als dieser Status noch Diaabend genannt wurde, die oft langwierige Präsentation von persönlich Erlebtem als eine Form von Zumutung, der man sich kaum höflich entziehen konnte. Heute kann ich mir diesen Status ansehen und ihn schnell wieder vergessen, oder, noch besser, ich gucke ihn mir gar nicht erst an. Wenn doch, dann denke ich mir, um wie viel schöner es doch ist, nur mit Hut und Brille bekleidet in der Hitze bei den Pflanzen zu stehen, als im Poloshirt unter Julias falschem Balkon mit Abertausenden zu schwitzen und zu posieren oder irgendwelche exotischen Landschaften zu präsentieren, in denen sich der seinen Status Kommunizierende niemals unbekleidet hineinbegeben könnte, ohne ein empfindliches Ordnungsgeld zu riskieren, um den moralisch-ästhetischen Aspekt jetzt einmal auszuklammern.

Während ich all dies still notierte, ein Gläschen Wein neben und den Messinischen Golf vor mir, fühlte ich mich, um das stark strapazierte Wort endlich auch einmal zu benutzen, glücklich, und ich dachte daran, dass das Glück doch auch damit zu tun haben muss, einfach wenig zu erwarten, weil dann die Enttäuschungen keinen so durchschlagenden Erfolg verbuchen können. Ich meine das nicht nur in beruflicher Hinsicht, sondern generell, und der Urlaub, in dem man mit so wenigem auskommt, ist vielleicht die beste Zeit, sich diese wichtigen Dinge einmal so richtig klarzumachen. Und weiterhin dachte ich, dass der wahre Status doch wohl der ist, den man der Außenwelt gerade nicht mitteilt, den man für sich behält, über den man am besten gar nicht spricht, und wenn doch, dann nur still und ganz privat, auf keinen Fall in Kommunikationsnetzwerken, mögen sie noch so segensreich sein. Und während ich all dies notierte, lag die gute Gefährtin, ein Lichtbad nehmend, spärlichst bekleidet zwischen den Sukkulenten in der Hitze, die wirklich außergewöhnlich war, um sich entspannen und zu bräunen; nur manchmal gab sie ein Geräusch von sich, aber nur, wenn ihr gerade wieder einmal ein großer Käfer an der Nase vorbeiflog.

Wie ich einmal ein Leben hatte.
Vom beruflichen Fortkommen.

„Du hast ein Leben", höre ich gelegentlich von der wohlmeinenden Zeitgenossin, „Du hast ein Leben." Und dann denke ich: „Ja, genau, das habe ich, ein Leben", und wenn ich alt werden sollte, dann werde ich die Hälfte davon in einem Jahrhundert zugebracht haben, von dem der Literaturnobelpreisträger Octavio Paz meinte, er habe es „überlebt", und das genüge ihm. In diesem Jahrhundert also, in dem der mexikanische Dichter augenscheinlich damit beschäftigt war, es schreibend zu überleben, war ich damit beschäftigt, es, auch wenn es heute danach nicht mehr aussehen mag, auf meine Weise zu überleben und sportlichen Erfolg zu generieren.

Ich begann mit dem Schwimmen. Allerdings bin ich immer nur am Rande mitgeschwommen, im Nichtschwimmerbecken, dabei die stolzen Kopfsprünge der anderen vom Zehnmeter- brett aus der Ferne bewundernd; nur einmal bin ich selbst auf Siebenmeterfünfzig hinauf, ein erstes und letztes Mal, wo ich mir den Unterschied zwischen Vertikale und Horizontale gründlich beibrachte. Ein trostloses Erlebnis, zumal niemand guckte. Im Handball guckte ich nicht – ich scheiterte an einem schwachen Auge, das räumliches Sehen nur eingeschränkt zu- lassen wollte. Was in der Folge dazu führte, dass ich nie auf- gestellt wurde, wenn die Mannschaft ein Spiel hatte; unfähig, die Arme im rechten Moment emporzureißen, bekam ich den mir zugespielten Ball immer an den Kopf oder ins Gesicht, was auf Dauer auch keine rechte Freude machte. Nur mitzutrainie- ren und mir den Ball an den Kopf werfen zu lassen – das war mir zu wenig. Auch der Sportunterricht in der Schule war ver- drießlich; hier wurden Sachen geturnt, bei denen man sich die Genitalien verletzen konnte. Und so begann ich damit, zu ren- nen. Beim Rennen hatte ich meine Ruhe, ich musste nirgendwo herunterspringen, und es war auch sonst nicht gefährlich, we- der für den Kopf noch für die Genitalien. Hier feierte ich nicht unbedeutende Erfolge – denn ich hatte die seltene Gabe, jeden zu überholen der vor mir lief. Eine Gabe, die mir später, vor allem in beruflicher Hinsicht, gründlich abhandengekommen ist.

Ich rede mir nun ja selbst seit Jahren gerne ein, dass Begabung und berufliches Fortkommen nichts, aber auch gar nichts mit- einander zu tun haben müssen; und so empfand ich es als rich- tiggehend tröstlich, während eines Symposions, an dem ich teilnahm und bei dem es um Fragen besonderer Begabung ging, einem Professor begegnet zu sein, der, selbst in fortge-schrittenem Alter, mit dem er unentwegt kokettierte, der also während seines powerpointgestützten Vortrags den schönen Satz in das Auditorium entließ, bei manchen begabten Men-schen stellte sich der Erfolg, den mancherlei Faktoren beein-trächtigen, erst im Alter ein. Er benannte diese Faktoren auch ausführlichst und legte dar, dass der Mensch wenig dazu bei-tragen könnte, diese Faktoren zu beeinflussen, am besten sei es daher, mit den Achseln zu zucken, auszusitzen, bis die Fak-toren im Berufsleben etwa keine Rolle mehr spielten und aufs Alter zu warten. Was für mich dann ja wohl, sollte in dieser Richtung noch etwas zu erwarten sein, auf die andere Hälfte des Lebens und mithin auf das aktuelle Jahrhundert bezogen sein dürfte, sollte, könnte oder müsste. Und so tröstete mich der Professorenvortrag über alle Maßen und über mancherlei hinweg, obwohl mir doch diese powerpointgestützten Vor-träge in aller Regel gar nicht sonderlich behagen und ich sie mehr als einmal als Formen des betreuten Lesens denunziert habe. Nichtsdestotrotz wurde mir, während der Professor seine Folien interpretierte, klar, dass es eine Parallelwelt be-gabter Menschen gibt, die letztlich weder in den Führungs- noch in den Facheliten landen, und dass sich ein Leben in durchaus erträglichen Bahnen neben Beruf und beruflicher Anerkennung führen lässt, ja, dass man auf berufliche Aner-kennung durchaus bewusst verzichten und in der kompensa-torischen Beschäftigung mit Kunst, Kultur und anderen schö-nen Dingen mehr - durchaus auch Lebenssinn, wenn nicht so-gar -glück, finden kann.

So verliehen diese Professorenausführungen meinem Innen-gerüst neue Spannung und mir einen neuen Schwung an Sta-bilisierung, hinmit die nötige Stärke, mich auf die Mittags-pause dieser Veranstaltung einlassen zu können, in der die – falls nicht hochbegabte, so doch wenigstens hochtalentierte – Sabine Fischmann einen kurzen musikalischen Auftritt haben würde, um thematisch zum Gegenstand des Fachtages passende Lieder zum allerbesten zu geben. Leider hatte sie, wie sie mir erklärte, Zahnschmerzen, was unseren kleinen Flirt, der sich alsbald zu entwickeln begann, auf das Notwendigste reduzierte. Allerdings, und das muss ich der Ehrlichkeit halber einräumen, damit niemand auf die grundlegend falsche Idee käme, dieses Feld nun sei eines, auf dem ich persönlich irgendwie geartete Begabung problemlos zur Entfaltung bringen könnte, allerdings war auch ihr Gatte zugegen, der nicht weniger talentierte Albrecht Neander, den alle Welt nur als Ali kennt, ein Mensch, der nicht nur in der vor allem regional bekannten Band Rodgau Monotones die Gitarre spielt, sondern auch während der Mittagspause des Symposions die singende Gattin begleitend zu unterstützen sich vorgenommen hatte. Wir hatten im vorigen Jahrhundert einmal zusammen Musikwissenschaft studiert und in gewissen Veranstaltungen nebeneinander gesessen, was gut für ihn war, da ich, der ich nicht bei den Rodgau Monotones mitmachte und abends Erbarme, die Hesse komme zu singen hatte, morgens ausgeruht den interessanten Erklärungen interessanter Lehrkräfte folgen konnte, um ihm, dem erschöpft neben mir Schlafenden, meine Exzerpte und Mitschriften kopieren und unentgeltlich zur Verfügung stellen konnte, aber das ist, merke ich gerade, ja doch wieder eine vollkommen andere Geschichte. Dieser Gatte jedenfalls war da, und der Flirt hielt sich, wie eben mitgeteilt, in den schicklich-gebotenen Grenzen einer notwendig gewordenen Reduzierung. Außerdem war dieser Gatte wesentlich erfolgreicher als ich.

Der Zufall wollte es, dass der Professor und ich diese in vielerlei Hinsicht anregende Veranstaltung gemeinsam verließen; auf dem Weg zum Bahnhof entspann sich ein Gespräch, das unsere gemeinsamen literarischen Vorlieben zum Aufhänger nahm und sich in Richtung seiner Universität entwickelte. Im Verweben unserer Gesprächsfäden präsentierte ich mich als ein dermaßen Kenner Bielefelds, wobei ich mir Peter

Sloterdijks Bonmot vom Weimar des 20. Jahrhunderts auslieh, dass es den Professor so sehr freute und beeindruckte, sodass er mich am Ende, da wir den Hauptbahnhof erreichten, fragte, an welcher Universität ich denn eigentlich lehren würde. Als ich ihm, so geschmeichelt wie peinlich berührt, offenbarte, dass ich kein Kollege wäre, wirkte er fast ein wenig enttäuscht. Wir schieden dennoch in herzlichem Einvernehmen voneinander. „Ach Professor!" dachte ich im Gehen da bei mir, „ach, mein lieber Professor. Ich bin doch der aus Deinem Vortrag eben, Du hast mir doch gerade Mut gemacht, dass es mir nichts ausmachen sollte, die prächtig illuminierte Vitrine meines Gehirns dazu zu nutzen, die Büros irgendwelcher Führungs- und Facheliten zu beleuchten und erklärt, warum das wohl so sein mag. Dank Deiner powerpointgestützten Präsentation weiß ich jetzt, dass am Ende des Labyrinths die Wahrheit wie eine nackte Göttin auf mich wartet."

Auf dem Heimweg hatte ich viel Stoff zum Nachdenken; ich dachte an Frau Fischmanns Zahnschmerzen und wünschte ihr baldige Besserung, ich dachte an einen verzweifelten Sprung von Siebenmeterfünfzig, der kein Publikum fand, ich dachte an die Universität von Bielefeld und an Handbälle, die mir meine Mitspieler an den Kopf warfen, aber ich dachte auch daran, wie sich die Sehschärfe zugunsten innerer Bilder verschoben hat und natürlich an große Mittelstreckenrennen, bei denen ich meine Gabe unter Beweis stellen konnte, jeden zu überholen, der vor mir lief, manchmal freilich erst kurz vor der Ziellinie – aber es funktionierte. Irgendwie, das dachte ich auch, musste ich das nur wollen, und manches andere funktionierte vielleicht deshalb nicht, weil ich es eben nicht wollte; auch das wird seine Gründe haben. Und dann hörte ich auf zu denken und guckte in ein Buch.

Man soll bekanntlich nur so viel erleben, wie man hinterher auch aufschreiben kann.

Wie ich einmal nicht verreiste.
Von der kulturellen Prägung.

In der Beilage der Wochenzeitschrift meines Vertrauens wurde ich dazu aufgefordert, eine Reise zu unternehmen. Offensichtlich sprachen mich die Verantwortlichen an, weil ich doch sicher ein kulturinteressierter, wenn nicht -affiner Zeitgenosse sei, immerhin lese ich diese Wochenzeitschrift, was für die Prospektbeileger nur bedeuten könne, dass ich genau Teil jener Zielgruppe sein würde, auf den die offerierte Reise allergrößten Eindruck machen würde, ja machen müsste, da sie doch für Menschen wie mich maßgeschneidert worden sein.

Es war vorgesehen, nach Almaty zu fliegen, in die „Stadt der Äpfel", wo ich in der Nacht ankäme; ich hatte von dieser „Stadt der Äpfel" noch nie etwas gehört und ich konnte erst recht nicht von ihr annehmen, dass sie überhaupt über einen Verkehrslandeplatz verfügte, aber das musste wohl so sein. Von hier aus ginge es 14 Tage lang mit der Bahn durch attraktive Länder wie Kasachstan, Usbekistan und Turkmenistan, bis man, in Aschbagat, dem einstigen Nisa, angelangt, wieder den Flieger Richtung Heimat nehmen würde – auch dies eine Stadt, von der ich bis dato weder etwas gehört hatte noch annehmen durfte, dass auch sie überhaupt über so etwas wie einen Verkehrslandeplatz verfügen dürfte, aber der Prospekt gab sich auch da zuversichtlich. Die bereisten Länder lagen alle in Zentralasien und man bot mir die Möglichkeit an, zwischen verschiedenen Arrangements zu wählen, wobei die günstigste Kategorie, „Ali Baba" genannt, mit rund 5.000 Euro, die exclusivste, „Kalif", mit rund 9.000 Euro Reisekosten zu Buche schlagen sollte; dazwischen tummelten sich, preislich entsprechend aufsteigend, noch die Arrangements „Aladin" und „Sultan", was einen dezenten Hinweis darauf gab, dass wir mit dieser Reise die Grenzen des christlichen Abendlandes wohl überschreiten würden.

Ich habe eben „exclusiv" eben ganz bewusst mit „c" geschrieben, und die brave Rechtschreibprüfung unterschlängelt das Wort auch sofort, weil in diesen Reisearrangementzusammenhängen der rechte Platz ist, dieses Wort, das exklusiv zum Beispiel genau hier zu finden ist, gerne, um der Exklusivität Ausdruck zu verleihen, falsch geschrieben wird. Der langen Rede kurzer Sinn: Man bot mir an, zwei Wochen lang mit der Eisenbahn durch Zentralasien zu fahren und würde m Gegenzug dafür nur ein paar Tausend Euro von mir einfordern.

Nun muss ich sagen, dass ich gar nicht so gerne verreise und daher auch nicht der rechte Ansprechpartner rsp. Teil der Zielgruppe für solche Arrangements bin; schon gar nicht unternehme ich Fernreisen oder bin tagelang in fahrenden oder schwimmenden Hotels unterwegs. Die gute Gefährtin stellt mich deswegen gerne und regelmäßig zur Rede, und diese Rede ist nicht immer freundlich. „Du", sagt sie dann zum Beispiel, „Du interessierst Dich doch immer nur für das Gleiche." Womit sie auf meine Eigenart anspielt, und dies nicht ganz zu Unrecht, gerne den Besuch bestimmter Gegenden, in denen es mir einmal gefallen hat, zu wiederholen, und diese Gegenden liegen nun einmal allesamt und ausnahmslos in Europa und keinesfalls woanders, schon gar nicht in Zentralasien. Aber ich habe eine gute Freundin, wir alle kennen sie als die Gewohnheit, und bisweilen lasse ich mich gerne von ihr in den Arm nehmen, und wenn sie mir dann mit verführerischer Stimme leise ins Ohr flüstert „Du, wir könnten doch mal wieder…", dann schiege ich mich glücklich an sie und gebe ihr in jedem Vorschlag, den sie mir da unterbreitet, Recht. Von Zentralasien war in diesen intimen Momenten übrigens noch nie die Rede.

Der Grund, mich immer nur für das Gleiche zu interessieren, ist natürlich tiefer verborgen, als dass er sich nur mit den gelegentlichen Besuchen meiner Freundin erklären ließe. Da wären zum Beispiel diese zwei Listen, die mich täglich begleiten. Die eine ist umfangreich und wächst tagtäglich, die andere ist kurz, knapp und humorbefreit. Die umfangreiche Liste enthält all die Dinge, die ich nicht mag oder sonderlich schätze. Ein kleiner Ausschnitt: Ich finde bunte Bekleidung aufdringlich, esse nicht gerne Hirsebrei, schon gar nicht mit den Fingern, ich mag kein feuchtwarmes Klima, die Vorstellung, einen menschenüberfüllten Markt zu besuchen, dessen gerne so betitelte Buntheit in den Kleidungsgewohnheiten und der Lautstärke sich durch feuchtwarmes Klima drängelnder Besucher zu sehen ist, wobei sie achten müssen, dass ihnen der Hirsebrei nicht aus der Hand fällt, ist mir ein Gräuel, ich sitze auch nicht länger als vier Stunden in einem Flugzeug und ich schlafe am liebsten in meinem eigenen Bett. Mein Interesse an Volksbrauchtum, das kommt noch hinzu, hält sich gleichfalls in Grenzen, und in aller Regel reicht der Besuch eines österreichischen Stille-Nacht-Museums, um meine Sehnsucht danach für zwei bis drei Jahre nachhaltig zu befriedigen. Diese Liste, aus der ich nur einen kleinen Auszug wiedergegeben habe, ist umfangreich, und umso mehr ich mir wünschte, sie fände irgendwo ein Ende, umso länger scheint sie tagtäglich zu werden.

Zur zweiten Liste. Sie ist, ich deutete auch das eben an, kürzer. Sie umfasst auch nur vier Punkte, und ich nenne sie gerne meine Welchen-Luxus-kann-sich-der-Mensch-heute-eigentlich-überhaupt-noch-leisten?-Liste. Auf Platz vier rangiert hier der Satz „Ich erlaube mir, mich nicht für alles zu interessieren", davor findet sich „Ich erlaube mir ebenfalls, nicht zu allem eine Meinung zu haben". Platz zwei ist reserviert für „Ich schaffe mir Möglichkeiten, Zeit und meine Ruhe zu haben", und ganz oben rundet die Selbstverpflichtung „Ich halte mich möglichst oft an Orten auf, an denen ich keine, wenige oder ausgewählte Menschen sehe" diesen kleinen Kanon harmonisch ab.

Apropos harmonisch. Die Kunst, das Alltagtägliche für mich gut und angenehm herumzubringen, liegt in den Möglich-

142

keiten, diese beiden so grundverschiedenen Listen zu harmonisieren. Und da wäre ich doch schon wieder bei der Bahnreise durch Zentralasien. Der Hintergedanke der Reiseveranstalter ist ja wohl, dass es für den kulturinteressierten, wenn nicht kulturaffinen Zeitgenossen, für den sie mich halten, nicht nur eine Kultur geben kann, die Anerkennung verdient. Es gibt viele Kulturen, und das Dogma von der Pluralität der Kulturen soll wohl den Übermut im Zaum halten, nur in der eigenen Kultur immer das Höchste sehen zu wollen. Darin zeige sich die höchste Humanität – die Vielheit anzuerkennen und zu wertschätzen. So weit, so gut – aber eine befriedigende Antwort auf die Frage, warum ich deswegen von der Apfelstadt Almaty zwei Wochen lang durch Zentralasien nach Aschgabat, das einstige Nisa, fahren sollte, um im Arrangement Ali Baba 4.820 Euro dafür im Doppelzimmer zahlen sollte, immerhin 344 Euro 29 pro Reisetag, gaben mir diese Mutmaßungen nicht. Ich schätze meine westlich-europäische Kultur, die mich stark geprägt hat, sehr, aber ich bin weit davon entfernt, in ihr das Höchste sehen zu wollen. Und dass es andere Kulturen gibt, ist ja gut & schön, aber sie – hier bemühe ich Satz vier aus Liste zwei – interessieren mich einfach nicht besonders. Und es ist keine darunter, das muss ich an dieser Stelle ehrlich anmerken, die ich trotz der eben vorgebrachten Einschränkung – höher schätzen würde als die eigene. Warum das so ist, siehe Satz drei aus Liste zwei, dazu erlaube ich mir, keine Meinung zu haben. Ich weiß nur, dass, säße ich irgendwo zwischen Turkestan und Taschkent, ich es zutiefst bedauern würde, die Sätze eins und zwei meiner zweiten Liste nicht beachtet zu haben. Und säße wider Erwarten meine alte Freundin mit in diesem Zug, und säße sie mir gegenüber, sie würde mich gewiss süffisant anlächeln, die Schultern zucken und zu mir sagen: „Siehste". In den Arm nehmen würde sie mich wohl sicher nicht.

Wie ich einmal mit John Lennon rauchte.
Eine Pressemitteilung.

Um einen Auftritt mit Herrn Heizenreder und mir anzukündigen, bat mich der so freundliche wie honorarzahlungswillige Veranstalter, doch bitte eine kleine Pressenotiz zur Vorankündigung seiner Veranstaltung zu verfassen; wir beide, also der Herr Heizenreder und ich, wüssten doch wohl am allerbesten, was wir da veranstalten wollten und würden, und also sei ich doch geradezu prädestiniert, diesen kleinen Text zu verfassen. Ich verfasste also das Folgende und begann mit einem Zitat.

***

„Wenn es um Abschweifungen geht und der große Harry Rowohlt selig den Titel ‚Paganini der Abschweifung' für sich – zu Recht! – in Anspruch nehmen durfte, so bleibt uns wenig anderes übrig, als Herrn Neuner den ‚André Rieu der Abschweifung' zu nennen." Zitat Ende. Im Urteil des wohlmeinenden Zeitgenossen (seine Initialen sind der Redaktion bekannt) schwingen viel Wahres und auch Schönes mit: Herrn Neuners Texte bewegen nicht nur die Herzen, sondern sich selbst auch in der Grauzone zwischen E- und U-Literatur, bringen Prominentenbegegnung und Heimatbetrachtung zusammen, klammern die Hoch- und die Trivialkultur aneinander und bieten überhaupt erhellende Einblicke in dunkle Alltagsbeobachtungen. „Du hast ein Leben", wird Herr Neuner gerne von anderen wohlmeinenden Zeitgenossen angesprochen, „in Dreieich lesen und in Wien veröffentlichen, das müsste wohl schön sein." Und so darf sich das Publikum freuen auf stille Momente wie „Weihnachten mit Bata Ilic" oder Träumereien mit Montserrat Caballé, auf nicht unternommene Bahnreisen durch Zentralasien, Eindrücke von Hochbegabungssymposien, Erlebnisse beim Walnussknacken oder Bewerbungsgespräche, bei der die Position eines Hausmeisters im Tierfuttergroßmarkt auf dem Spiel steht. Daneben finden sich noch

Begegnungen mit Marcel Reich-Ranicki oder Josef Hader auf dem Programmzettel, und es wird auch laut über den ÖPNV nachgedacht, zu dem Herrn Neuner nur noch schulterzuckend einfällt ‚Da ist Godot ja pünktlicher'.

Wie schön, dass auch wie in den Vorjahren ein Elektroklavier auf der Bühne steht, an nichts hat der so freundliche wie honorarzahlungswillige Veranstalter gespart, an dem wieder Herr Heizenreder Platz nehmen wird. Er kennt sich sowohl mit Schwingungen als auch mit Herrn Neuner aus, denn er ist Physiker, und aus diesem Grund ist diesmal er wie kein anderer prädestiniert, die Schwingungen der Texte aufzunehmen und in Musik zu verwandeln, die beim Publikum in der Regel so gut ankommt, weil sie direkten Bezug auf die Texte nimmt und sie bisweilen ironisch kommentierend weiterführt. Und das, mag da mancher denken, geschieht den Texten vom Herrn Neuner ganz Recht. Dass nämlich so manche Überschrift dieser zu kommentierenden Texte in die Irre führt, liegt in der Natur dieses abschweifenden Schreibens. So hat beispielsweise die – wahllos herausgepickte – Geschichte „Wie ich einmal mit John Lennon rauchte" nichts, wenigstens kaum etwas mit dem großen Musiker zu tun, der in die irreführende Überschrift zitiert wird. Hierin verhält es sich nämlich folgendermaßen: Herr Neuner durfte an einer Veranstaltung der so genannten Erlebnisgastronomie teilnehmen; und also beginnt er auf diese Weise:

‚Es gibt Plätze auf Gottes in vielerlei Hinsicht so gut eingerichteter Welt, die sucht einer wie ich nur selten, um nicht zu sagen: nur im Notfall auf. Nun aber war dieser Notfall eingetreten, und er war in Form einer Einladung eingetreten. Auch ich habe gelegentlich Geburtstag, und der sorgt in aller Regel im engsten Freundes- und Familienkreise für Kopfzerbrechen, was einem wir mir schon wieder geschenkt werden sollte, und da liegen Gutscheine, die Einladungen versprechen, nahe. So hatte die gute Gefährtin mich dazu eingeladen, an einer

Veranstaltung der so genannten Erlebnisgastronomie teilzunehmen, und gute Freunde, ein Ehepaar, hatte sie gleich mit dazu eingeladen, auf dass wir den Abend zu viert genössen, was mich sogleich zu der nahe liegenden Vermutung führte, das Ganze sei nur inszeniert worden, um mich aus der Behausung zu locken. Allerdings war der Gutschein gar kein Gutschein, der über Jahre hinweg in einer Schublade vermodern würde, sondern ein vorab bezahltes Ticket, und es wurde kurz darauf tatsächlich eingelöst. Die Veranstaltung sollte als Vier-Gänge-Menü inklusive aller Weine und musikalischer Unterhaltung in einem Frankfurter Hotel stattfinden, das sich, als Teil einer ganzen Kette, im Besitz der Herrscherfamilie von Dubai befindet, und für dessen Neubau, fast noch schmerzlicher, seinerzeit damals das alte Frankfurter-Rundschau-Gebäude abgerissen wurde.

Dieses Hotel – nennen wir es ruhig ein Luxushotel, denn es gibt mit fünf Sternen an und bietet, wie ich einem der zahlreichen Hochglanzprospekte entnehmen konnte, die im Entree überall herumlagen, im großkotzigen Rahmenprogramm, also dem, was über das Zur-Verfügung-Stellen von Betten für müde Hotelgäste und das Anbieten gesunder Cerealien in der Morgenstunde hinausging, auch sonst noch allerlei Schauriges und unbedingt Entbehrliches. Beispielsweise Babyarrangements, bei denen werdende Väter die von ihnen Geschwängerten in ihrer Suite mit Blubberbad, Blumen am Bett, Massagen und alkoholfreien Cocktails überraschen und bei Laune halten sollten, was einen Zimmerpreis von 880 Euro aufwärts wohl rechtfertigen dürfte, denn schließlich liegen ja da drei im Doppelbett. Oder zumindest fragwürdige Dinge wie die Wahl zwischen zwölf unterschiedlichen Kopfkissen, vor die sich die übernachten wollende zahlungskräftige Klientel gestellt sieht. Dass der zimmerschlüsselchipgesteuerte Aufzug fast ins Zimmer, wenn nicht gleich ins Bett fährt, versteht sich vor diesen zweifelhaften Hintergründen fast von selbst.

Im Foyer dieser Wohlfühlmaschine, wo die gute Gefährtin und ich lange auf die Freunde warteten, tummelten sich reiche Menschen, das Personal trug weiße Handschuhe und war überaus beflissen; die Freunde aber warteten schon seit geraumer Zeit vor dem zum Speisesaal umfunktionierten 364 m² großen Ballsaal im dritten Stock, was schon vor Beginn der Veranstaltung ein großes Hallo hervorrief. Der Saal selbst, obgleich hübsch dekoriert, besaß die triste Anmutung jener Räume auf Schiffen, in denen die zeitgenössischen Kreuzfahrer verköstigt werden; ich habe einen solchen Raum zwar noch nie betreten, erhielt dessen ungeachtet aber das höchste Lob für eine Bemerkung, die sich meinerseits von keinerlei persönlicher Erfahrung ableiten ließ. Am Tisch wartete bereits ein Ehepäärchen, das sich später als in der Nachbarschaft wohnhaft herausstellte und das sich gleichfalls aus Gründen einer Gutscheinverwertung in dieses Etablissement begeben hatte und beobachtete unser Näherkommen ängstlich; welche Erleichterung in ihren Mienen, als wir uns als passable, höfliche und kommunikationsfähige Tischnachbarinnen und -nachbarn erwiesen, und wir brauchten nicht lange dazu. Obgleich der gute Freund und ich sofort, kaum, da wir Platz genommen hatten und das Menü mit der Vorspeise eröffnet werden konnte, vier Gläser des köstlichen Weißweins zu uns genommen hatten; wollten wir doch herausfinden, ob es tatsächlich stimmte, dass das Weintrinken an diesem Abend komplett inkludiert war. Und es war, sage ich euch, und die formgewandten Weinreinbringerinnen und Weinreinbringer liefen sich unseretwegen wohl Blasen an die Füße, was die etwas peinlich berührte gute Gefährtin hernach durch die Gabe eines nicht unerheblichen Trinkgeldes zu kompensieren versuchte. Das Essen war gut, aber nicht spektakulär; wenigstens lernte ich, dass eine Zanderpraline, die in einer Karottencremesuppe schwimmt, nicht unbedingt süß schmecken muss. Die Unterhaltung am Tisch verlief freundlich und anregend, der Wein floss die Kehlen herab, und da traten auch schon die Musiker in Aktion.

Paul, George und John hatten sich Perücken aufgesetzt, was gerade bei George nicht unbedingt vorteilhaft wirkte; dafür sah John gut aus und Ringo zeigte die Glatze, die er heute wohl tatsächlich hat. Sie machten Musik, die den Namen verdiente, und ich habe in meinem Leben auch schon wesentlich dümmere Conférencen gehört als die, mit denen die falschen Beatles ihr Publikum in den Pausen zwischen ihren Songs, die wiederum die Pausen zwischen den kulinarischen Gängen füllten, unterhielten. Während gegessen wurde, verließen sie diskret die Bühne, um rechtzeitig wieder an Ort und Stelle zu sein, für den Fall, dass die Gäste, befreit von Messer und Gabel, für eine halbe Stunde nicht gewusst hätten, was sie miteinander am Tisch tun sollten. Für unseren Tisch galt das freilich nicht, aber unser freundlicher Weinreinbringer hatte ja schon, wie eben erwähnt, Blasen an den Füßen. Irgendwann ging ich rauchen, und da stand John Lennon. Und so rauchten wir beide zusammen. Ich ging dann wieder hoch, setzte mich an den Tisch und aß und trank weiter; er ging wieder auf die Bühne, hängte sich die Rhythmusgitarre um den Hals und machte weiter Musik. Wir alle hatten einen richtig schönen Abend. Und mehr ist dazu eigentlich nicht zu sagen.'

Wie wohl deutlich wurde, hat diese – wahllos herausgepickte – Geschichte „Wie ich einmal mit John Lennon rauchte" tatsächlich nichts, wenigstens kaum etwas mit dem großen Musiker zu tun, der in die irreführende Überschrift zitiert wird. Eine Abschweifung hängt an der nächsten, und so trifft die Bezeichnung ‚André Rieu der Abschweifung' für Herrn Neuner den Nagel wohl auf den Kopf. Eine Veranstaltung also, die man sich keineswegs entgehen lassen sollte; da bleibt nur die Frage offen: Wie wird es Herrn Heizenreder diesmal gelingen, ironisch zu kommentieren und zu retten, was zu retten ist? Die Antwort bekommt natürlich nur, wer sich die Veranstaltung nicht entgehen lässt. Kostet auch nur fünf Euro Eintritt, da ist also noch ein Gläschen Wein drin."

***

Soweit meine Pressenotiz, die ich, um einen Auftritt mit Herrn Heizenreder und mir anzukündigen, für den so freundlichen wie honorarzahlungswilligen Veranstalter zur Vorankündigung seiner Veranstaltung verfasste. Leider reduzierten die Zeitungen den Text, wie ich später betroffen zur Kenntnis nehmen musste, letztlich auf einen schmalen Einspalter und ein schlichtes „Neuner liest und Heizenreder spielt dazu". Über die Qualität der Texte wurde kein Wort verloren, aber so sind sie bekanntlich, diese undankbaren Presseleute. Aber möglicherweise frage ich mich da so selbstkritisch, wie ich bin, war ihnen diese Notiz ja auch nicht informativ genug; vielleicht sollte ich das nächste Mal doch ein wenig mehr ins Detail gehen.

Die Geschichte von der Tasse.
Vom schlechten Gewissen.

Und ich traf einen Mann. Der Mann kam mir sehr dumm vor.

Es war wieder einmal auf die Weihnacht zugegangen, aber bevor wir sie im schönen Zuhause feiern dürfen, müssen wir in den Tagen und Wochen zuvor den Besuch verschiedener Weihnachtsfeiern mit Anstand hinter uns bringen. Und so traf ich diesen Mann, der mir sehr dumm vorkam. Wir unterhielten uns eine Weile miteinander, und dabei kam er mir, von Satz zu Satz, immer dümmer vor. Ich fragte zunächst mich und dann ihn, was er auf dieser Weihnachtsfeier, die ich da zu besuchen hatte, wohl tat – und es stellte sich heraus, dass er als Partner einer eingeladenen Angestellten, die in der Kultureinrichtung, die zur Weihnachtsfeier gebeten hatte, mit von der

Partie sein durfte. Irgendwann trat ein guter Bekannter zu uns und begrüßte meinen dummen Gesprächspartner recht herzlich. Das sei Gregor, meinte der gute Bekannte an meine Adresse gesprochen, und nun zitiere ich wörtlich, so gut ich kann, „er hat mir einmal einen wunderbaren Kaffeebecher gemacht, er steht in meinem Büro, es sind verschiedene Noten und Bücher darauf, natürlich auch mein Name, ganz, ganz toll!" Sofort stand mein schlechtes Gewissen neben mir und blickte mich vorwurfsvoll an. „Da hast Du es nun wieder", sprach es so leise wie vernehmlich, „Du und Deine elenden Vorurteile. Du bist so vorschnell mit Deinen Wertungen. Der Mann ist dumm, sagst Du, er ist doof, Du wunderst Dich, was er auf einer Veranstaltung zu suchen hat, zu der großartige Menschen wie Du eingeladen wurden, aber er scheint doch etwas zu können! Du beurteilst Menschen immer nach dem ersten Eindruck, urteilst sie ab, legst sie in Deinem Gehirnfach da ab, wo die Dummen liegen, das größte Fach, wenn Du mich fragst, und bist hernach überrascht, wenn sie etwas können, was Du selbst nicht vermagst. Schäme Dich." So raunte mir mein schlechtes Gewissen ins Ohr, und ich kam nicht umhin, ihm kleinlaut in allem Recht zu geben, was es mir vorwarf. Als der gute Bekannte wieder gegangen war, um andere Menschen zu begrüßen, fragte ich den Dummen, der mir mit einem Mal gar nicht mehr so dumm vorkam, ob er wohl ein Keramiker oder Töpfer wäre, da er solche, die grenzenlose Bewunderung des guten Bekannten herausfordernde Kaffeebecher gestalten könnte.

Er kam mit einem Mal gar nicht mehr so dumm vor, sagte ich eben, und in der Tat: War das laute, ein wenig ungehobelte Wesen nicht eigentlich Ausdruck einer gefestigten, selbstsicheren Persönlichkeit? Meinten die ein wenig zu eng zusammenstehenden Augen nicht eigentlich Entschlossenheit? Spiegelte sich in dem vordergründig etwas tumben Gesichtsausdruck nicht eigentlich die Verachtung wider, die er der Welt entgegenbringen mochte, einer Welt, die seine handwerklichkünstlerische Tätigkeit möglicherweise nicht angemessen zu würdigen imstande war? Deutete die schlichte, dialektal gefärbte Sprache nicht eigentlich auf ein gewisses Maß an Weltabgewandtheit hin, eine auf eine im Für-sich-sein-Wollen begründete Rückzugshaltung, die so vielen kreativ tätigen Menschen eigen ist? Friedrich Rückert kam mir sogleich in den Sinn, sein „Ich bin der Welt abhandengekommen"; keine schlechte Haltung, dachte ich anerkennend, die mein Gegenüber da möglicherweise eingenommen hatte, ein Gegenüber, das langsam, da der gute Bekannte so begeistert von dem Kaffeebecher geschwärmt hatte, das sich also langsam in einer schmetterlingsgleichen Metamorphose vom Dummen zum Künstler verwandelte, der meinen Respekt herausforderte. Ich schämte mich nun wirklich vor meinem inneren Selbst, mein Gegenüber noch vor wenigen Minuten verachtet und mit den Dummen und Doofen dieser Welt in einen Topf geworfen rsp. in ein relativ großes Gehirnfach gelegt zu haben.

Ob er also Keramiker oder Töpfer wäre. Eine gute Frage, eine einfache Frage, eine Frage auch, die in diesem Moment durchaus angemessen schien. Er aber blickte mich einen – wie ich sogleich dachte – ein wenig zu langen Moment lang sowohl ausdrucks- als verständnislos an. Dann aber huschte der Schatten der Erkenntnis über sein Gesicht und er schien den tieferen Sinn meiner Frage zu verstehen. Er lachte – ein wenig zu laut und ein wenig zu dümmlich, wie ich sogleich dachte -, und mit diesem Lachen, sage ich euch, setzte die schlagartige Rückverwandlung ein. Hatte Kafkas Gregor Samsa noch eine Nacht gebraucht, um vom Menschen zum Käfer zu werden, so verwandelte sich mein Gregor binnen Sekundenbruchteilen vor meinem inneren Auge, während er da lachte, vom eben zum Künstler erhobenen Zeitgenossen zurück zu einem Dummen, um nicht zu sagen zu einem dummem Käfer. „Nein", sprach er zu mir, „neinneinnein. Ich bin viel im Internet unterwegs. Ich habe bestellt." Ich musste ihn entgeistert angeschaut haben; dankbar nahm ich zur Kenntnis, dass der gute Bekannte plötzlich neben mir aufgetaucht war, mich am Ärmel ziehend, er müsste mir jemanden vorstellen, und mich aus dieser unangenehmen Situation herauszog. Aber er wollte mir gar niemanden vorstellen, gestand er ein paar Schritte weiter, er wollte mich nur aus dieser unangenehmen Situation herausziehen. „Was", fragte er mich, „wollte der denn von Dir? Das ist doch ein Blödmann."

Ich hatte später am Abend noch ein paar ernsthafte Worte mit meinem schlechten Gewissen zu wechseln. Am Ende des Gesprächs hielten wir eine so genannte Zielvereinbarung fest: Es versprach mir, nicht bei jeder Kleinigkeit bei mir unaufgefordert vorstellig zu werden, wenn ich mir Meinungen über Mitmenschen gestattete, ehe ich sie sozusagen verifiziert hatte. Mein schlechtes Gewissen musste nämlich kleinlaut, wie ich heraushörte, zugeben, dass bei diesen Meinungsbildungen der erste Eindruck doch oft genau der richtige ist, wie vorhin bei diesem Künstler, der sich genau als der Blödmann outete, der er war, was offensichtlich auch andere wussten; des Gesprächs, des Gedenkens an große Geister wie Friedrich Rückert oder Franz Kafka, hätte es zur Verifizierung gar nicht bedurft. Ich versprach im Gegenzug, klar und deutlich zu sagen, wenn und wann ich seine Gegenwart wünschte. Und mich mit dem vorschnellen Urteilen künftig ein wenig zurückzuhalten. Auch wenn… – aber an dieser Stelle des Gesprächs unterbrach mich mein schlechtes Gewissen freundlich und erinnerte daran, dass es doch gerade auf die Weihnacht zuginge, und da sei ein wenig Milde im Urteil doch angebracht, nicht nur den Dummen gegenüber, auch den Zumutungen der so genannten Weihnachtsmärkte, der so genannten Weihnachtsmusik und dem ganzen anderen Kram, der mir so gerne und ausführlich auf die Nerven geht. Freilich versprach ich das alles.

Natürlich war das gelogen. Ich mache nämlich genau da weiter, wo ich während der Weihnachtsfeier in der Kultureinrichtung aufgehört habe – dazu laufen einfach zu viele Dumme in der Welt herum, als dass ich mich da zurückhalten könnte. Ich sage meinem schlechten Gewissen einfach bloß nicht mehr Bescheid, dass ich es brauchen würde.

Seitdem kommen wir zwei prima miteinander aus.

Der chinesische Pferdemaler.
Von den Lobreden.

Als ich kürzlich dem wunderbaren deutschen Regisseur Wim Wenders dabei zuhören durfte, wie er während einer wichtigen Preisverleihung den ausgezeichneten portugiesischen Künstler in einer Laudatio lobte, dachte ich, wie schön es doch sein müsste, selbst loben und eine solche Laudatio halten zu dürfen – bis mir einfiel, dass ich vor Zeiten selbst die eine oder andere Laudatio halten durfte und dies nicht immer schön gewesen war. Denn wirklich: Eine der unerfreulichsten Geschichten, die ich während meiner journalistischen Tätigkeit erleben musste, ist die, über die, wäre es eine Sherlock-Holmes-Geschichte, Arthur C. Doyle seinen Watson sicher hätte „Der chinesische Pferdemaler" schreiben lassen, was tatsächlich sofort nach einer Sherlock-Holmes-Geschichte klingt, obwohl Sherlock Holmes in dieser Geschichte überhaupt nicht vorkommt. Stattdessen kommt der chinesische Pferdemaler vor.

Wir sollten uns in einem Café treffen, und ich war vor der Zeit angekommen. Ich bestellte ein warmes Getränk und überlegte, wie ich dieses Interview zweckmäßigerweise führen sollte, um das ich da gebeten worden war. Der Künstler würde seine Arbeiten schon in der kommenden Woche ausstellen, und die Presse benötigte nicht nur Vorabmaterial, sondern der Veranstalter auch eine Eröffnungsrede, möglichst eine Laudatio, für die Vernissage; da der Künstler hierzulande wenig bekannt sei und es kaum Informationen über ihn gebe, immerhin sei dies seine erste Ausstellung in Europa, darüber hinaus bediene er ein seltenes Sujet; so sei also ein Interview wohl das Beste, ein Interview, in dem ich ihm alles aufs Schönste aus der Nase ziehen könnte, wie der Veranstalter sich ausdrückte, was für das Abfassen von Presseinformationen und Lobreden so nötig sei. Ich hatte dem Veranstalter zugesagt, vielleicht ein wenig zu schnell, wie ich dachte, da ich in meinem Kaffee herumrührte und überlegte, dass ich selbst – außer der Information, es handele sich bei ihm um einen bekannten chinesischen Pferdemaler, so nichts, aber auch gar nichts über das große Thema der chinesischen Pferdemalerei wusste.

Niemand, war mir in dieser Anfrage allerdings ehrlicherweis mitgeteilt worden, würde sich mit dem Sujet chinesische Pferdemalerei auskennen, aber einer müsste sich auskennen, es wäre nicht hinzunehmen, die Ausstellung ohne Laudatio zu eröffnen, ganz unmöglich wäre das, und ich wäre genau der Richtige, allerdings auch der Einzige, dem es seitens des Veranstalters zuzutrauen wär, zum Thema zu sprechen, so, dass mir mein Sprechen von den Gästen der Vernissage auch abgenommen würde, hätte ich doch bei anderer Gelegenheit schon zu ganz anderen Themen gesprochen, da sei die chinesische Pferdemalerei doch im Vergleich gar nichts dagegen. So oder so ähnlich war ich gelockt worden, und also hatte ich mich auf das Unternehmen eingelassen.

Ein auf Anhieb unsympathischeres Interviewgegenüber war mir bis dahin nicht untergekommen. Er war hässlich, er war laut, er war unhöflich und er roch merkwürdig. Das Café hatte er, wild gestikulierend, betreten, dabei ständig auf seine Begleitung, eine grauhaarige ältere Dame mit Pagenschnitt und kummervoller Miene, an der er sich noch in der Tür vorbeidrängelte, einredend. Ich erhob mich, und beide kamen auf mich zu; sofort sprach er mich auf Chinesisch an, aber was heißt schon sprach – er schrie mich auf Chinesisch an. Meine angebotene Hand ignorierte er, im Gegensatz zu der Dame, die sich als seine deutsche Lebensgefährtin vorstellte und ankündigte, die Rede des Professors, der kein Deutsch spreche, zu übersetzen, aber was heißt schon spreche, der kein Deutsch schrie wäre auch hier die treffendere Ansage gewesen. Beide nahmen Platz und er blickte mich abschätzig an.

Die Konversation verlief unerfreulich; ich hatte mir vorgenommen, meine Fragen aus dem Gespräch heraus zu entwickeln, aber was heißt schon Gespräch. Ich fragte, die Dame übersetzte, in gewissermaßen moderatem, fast entschuldigenden Ton, er schrie, im besten Fall: raunzte irgendwelche Antworten, die die Dame wieder moderat-entschuldigend übersetzte. Dabei machte ich einmal mehr die Erfahrung, dass mein Zeitempfinden sich im umgekehrten Verhältnis zur Geschwindigkeit verhält, mit der die Dinge sich entwickeln. Die Zeit schien nämlich still zu stehen; und so fragte ich mich mit zunehmender Gesprächsdauer, womit sich die offenkundige Unhöflichkeit seinerseits wohl begründen ließe, und gab letztlich meinen Fragen die Schuld, die sicher wenig kenntnisreich waren und in seinen Ohren banal und ignorant, wenn nicht sogar seine Kunst beleidigend klingen mochten. Allerdings war er ja schon unfreundlich aufgetreten, da er im Café erschienen war und noch gar nicht wissen konnte, dass er in mir möglicherweise keinen adäquaten Gesprächspartner finden würde. Ich tröstete mich mit dem Gedanken, dass er generell ein grober Mensch sein mochte, der, wenn er nicht gerade Pferde malte, sicher seine Lebensgefährtin schlug oder anderweitig Unheil im privaten Umfeld anrichtete.

Irgendwann griff er unvermittelt in eine abgegriffene braune Aktentasche, die er mitgeführt hatte, und zog ein flaches Päckchen heraus. Er löste eine rote Kordel, schlug das braune Packpapier auseinander und beförderte eine Zeichnung zutage – eine cellophanumhüllte Darstellung eines schwarzen Pferdes.

Er drehte das Blatt auf dem Tisch um, damit ich es betrachten konnte, und schrie mich sofort wieder an. Das Pferd war ein hässliches Ungetüm, das mit emporgerissenen Vorderhufen dem Betrachter geradewegs ins Gesicht zu springen schien, mit flatternder Mähne und weit aufgerissenen, rot kolorierten Glubschaugen. Kleine rote Stempel am Rand des Bambuspapiers und einige chinesische Schriftzeichen wiesen die Zeichnung als das aus, was sie war – ich hatte in der Tat ein Beispiel seiner Kunst, der gegenwärtigen chinesischen Pferdemalerei, vor mir liegen. Ich heuchelte Erstaunen und Ergriffenheit.

Am Ende des Interviews, das durch die Präsentation dieses Beispiels nicht angenehmer geworden war, und nachdem er die Zeichnung wieder verpackt hatte, drückte er sie mir wortlos in die Hand. Die Dame erklärte, sie wäre ein Geschenk des Künstlers für meine zu erwartenden Bemühungen – sicher hätte ich die Tiefe seiner Arbeiten erfasst und sei durch die detaillierten Ausführungen des Professors nun in der Lage, den Künstler als den weltweit führenden Vertreter der kontemporären chinesischen Pferdemalerei, vulgo: den besten Pferdemaler der Welt zu würdigen, dem als einzigem gelänge, die schwarze Tusche in kontemplativer Weise so zügig und mit dem rechten Druck des Pinsels auf das Bambuspapier aufzutragen, ohne dass sie auf der Rückseite wieder zum Vorschein käme, wie es mir ginge, würde ich es nur probieren, dem es also als einzigem gelänge, was sich die anderen nicht trauten, weshalb er, der Professor, der einzige und der beste Vertreter seines Faches wäre. Dass sie und der Professor meinen Text vorab bekämen, das verstehe sich ja von selbst. Ich schluckte, dankte und versprach, mein Bestes zu geben.

Ich verfasste meine Texte; letztlich wurde es eine würdige Vernissage, während der sich das Publikums allerdings eher fragend denn begeistert anblickte, da es vor den schwarzweißen Pferdebildern stand. Wie gut, wurde mir versichert, dass ich zuvor diese kenntnisreiche und Wesentliches erläuternde

Laudatio gehalten hätte, nun sei doch einiges viel besser zu verstehen von dem, was da ausgehängt worden wäre. Ohne diese meine Laudatio wäre vieles unklar geblieben und der Kunstgenuss hätte sich nicht so ungetrübt einstellen können. Die Texte allerdings hatte ich mehr oder weniger bei Wikipedia abgeschrieben und kreativ umgedeutet und die Pferdezeichnung bald an einen mehr oder minder unsympathischen Bekannten verschenkt, der für meine Begriffe immer etwas zu laut sprach.

Ich gelte seitdem in gewissen als ausgewiesener Kenner der gegenwärtigen chinesischen Pferdemalerei. Wenn man allerdings heute die Begriffe chinesische Pferdemalerei und den Namen des Städtchens, in dem der Künstler ausstellte, in die Suchmaschinen des segensreichen Internets eingibt, taucht keinerlei Hinweis auf diese meine Kennerschaft oder gar meine Laudatio auf; stattdessen finden wir viele interessante Hinweise auf das kulinarische Angebot der regionalen chinesischen Gastronomie.

Wie ich einmal ein kostengünstiges Vergnügen offerierte.
Von der Verhältnismäßigkeit.

Mein Füllfederhalter ist, wenn ich ihn mir so betrachte, schon ziemlich abgegriffen, der schwarze Lack ist da, wo die Finger ihn vorzugsweise greifen, verschwunden, der Korpus scheint, deute ich den hervortretenden Farbton nur richtig, aus Messing zu bestehen. Das liegt daran, dass ich das liebe Schreibgerät tagtäglich zur Hand nehme, um damit in meinen Notizbüchern zu notieren, zum Beispiel die kleinen Geschichten, die ich hernach vorlese. Lesungen sind etwas Schönes, öffentliche sowieso, auch wenn Teile davon, wie neulich geschehen, im Pfeifgeräusch der Hörgeräte unterzugehen drohen – aber mein Publikum besteht eben zum guten Teil auch aus braven, älteren Menschen, denen ich diese Lesungen auf gar keinen Fall vorenthalten mag, zumal diese Veranstaltungen nicht dazu angetan sind, im Saal ein lebensgefährliches Gedränge zu verursachen, was gerade in diesen Zeiten ja nicht ganz unwichtig ist.

Lesungen sind etwas Schönes und zumeist auch Erinnernswertes, wollte ich eben sagen, nur manchmal scheint mit der Verhältnismäßigkeit etwas nicht zu stimmen. Neulich zum Beispiel hatte das Publikum, um sich diese Geschichten, die ich da öffentlich in einem gut zweistündigen Programm vortrug, als Eintrittspreis, um sie sich anzuhören, fünf Euro zu bezahlen. Da bei dieser Veranstaltung noch ein Pianist zugegen war, der aus Gründen der Programmdramaturgie kurzweilige musikalische Einsprengsel zu gestalten und Kommentare beizusteuern hatte, auf die auf keinen Fall verzichtet werden durfte, hatte das Publikum für meinen Anteil an dieser Veranstaltung 2,50 Euro zu entrichten, was – bei zehn gelesenen Geschichten – einem Gegenwert von 25 Cent pro Geschichte entsprach. Das ist, man mag mir ja vieles vorwerfen, nicht viel, es ist ein kostengünstiges Vergnügen, gerade auch für die Älteren, das ich da offerierte, niemand kann mir ernsthaft vorwerfen, ich würde dem Publikum zu viel für das Vorlesen meiner Geschichten abnehmen, da gibt es sicher andere, die das tun, aber auf keinen Fall bin ich das. Immerhin mussten diese Geschichten ja vorher geschrieben werden, was auch eine gewisse Zeit in Anspruch genommen haben dürfte, diese Zeit ist in dem Vierteleuro enthalten, dann der Einsatz materieller Werte, die Notizbücher, die Tinte, die Abnutzung des Schreibgerätes, das alles will bezahlt sein, das fällt ja nicht einfach so vom Himmel, und dann freilich das Vorlesen und Präsentieren selbst, auch dafür sollte es, meine ich, etwas geben. Und, nicht zu vergessen, die Aufwendungen des Veranstalters, die darf ich natürlich auch nicht unterschlagen.

25 Cent also.

In der Pause war es dem Publikum gestattet, Erfrischungen zu sich zu nehmen, was es auch angesichts der herrschenden Außentemperaturen gerne tat und worum es man nicht zweimal bitten musste. Ein kostengünstiges Vergnügen, bemerkte ich eben, aber nun muss ich doch die Einschränkung machen: nur für denjenigen, den der Durst nicht überfiel. Denn eine kleine Flasche Wasser kostete, und nun halten Sie sich am besten aneinander fest, kostete drei Euro. Was, wie jedem arithmetisch nur halbwegs begabtem Menschen sofort einleuchten dürfte, ungefähr genau so viel war (wenn wir großzügig die 50 Cent, die zu den drei Euro fehlen, beiseitelassen), wie für meine zehn Texte gezahlt wurde, Sie erinnern sich. Meine Geschichten und ihr mehr oder minder kurzweiliger Vortrag, bis zu diesem Zeitpunkt noch ein kostengünstiges Vergnügen, besaßen also in diesem Fall den Gegenwert einer kleinen Flaschen Wasser, jede einzelne Geschichte entsprach damit – wenn das Publikum nicht gierig war und die Flasche zehnmal an den Hals setzte, um ihren Inhalt auf zehn Schlucke zu verteilten, den Gegenwert eines Schluckes Wasser ohne Kohlensäure.

Vielleicht doch noch eine kleine andere Rechnung zur Verdeutlichung der Verhältnismäßigkeit. Für einen Auftritt der – sagen wir: Geigerin Anne Sophie Mutter anlässlich eines größeren, in der Region angesiedelten Musikfestivals zahlt das Publikum in den vorderen Reihen, wo die meisten Hörgeräte pfeifen, ohne mit der Wimperextension oder sonst etwas zu zucken, 180 Euro. Sicher, auch sie hat aus musikdramaturgischen Erwägungen heraus einen Pianisten mitgebracht; um der Fairness willen rechnen wir jetzt auch hier einmal halbehalbe, dann kommen 90 Euro Eintritt auf jede und jeden. Ohne mit der Wimper oder sonst etwas, sagte ich eben, aber mit allem anderen würde das Publikum zucken, sollte es in der Pause, wenn die Erfrischungen angeboten werden, die auch nach jeweils drei Sätzen Haydn und drei Sätzen Beethoven vonnöten sein sollten, bevor sich noch drei Sätze Brahms anschließen, für ein – sagen wir: kleines Fläschchen Wasser 90

Euro bezahlen. Da würde sogar das Wiesbadener Publikum im Kurhaus, das sonst bekanntermaßen ja nur herzlich wenig mitbekommt, doch einmal mit leichter Irritation reagieren.

Aber keine Sorge, das große Fläschchen kostet hier tatsächlich nur den Gegenwert von zweieinhalb kleinen Fläschchen, die in der näheren Umgebung meiner Veranstaltung angeboten wurden. Diese Art von Verhältnismäßigkeit aber kann ich auf keinen Fall gutheißen, denn da müssen Gründe eine Rolle spielen, dunkle Gründe, will ich sie jetzt einmal nennen, die von mir schwer zu durchschauen sind. Aber doch kommt mir die gute Schrift in den Sinn, die da sagt: Wer hat, dem wird gegeben werden, und wer wenig hat, dem wird auch nichts geschenkt. Oder so ähnlich wenigstens.

Ich fasse noch einmal zusammen. Ich lese zehn Texte, Frau Mutter spielt neun Sätze; bei mir zahlen Sie 25 Cent pro Text, bei ihr ihr zehn Euro (ich lasse in beiden Fällen jetzt einmal die kostenintensiven Pianisten weg); das bedeutet, dass ich Ihnen 40 Texte vorlesen müsste, um den Gegenwert eines Satzes einer Brahms-Violinsonate zu erreichen, oder sie 40mal in eine Lesung mit mir locken müsste, bis Sie das Geld ausgegeben hätten, das sie ein einziger Abend mit der Dame im Wiesbadener Kurhaus kostet. Ich habe es oben schon erwähnt – es sind recht kostengünstige Vergnügungen, die ich da anbiete, nicht nur für die Älteren, und es ist bei mir auch gar nicht so schlimm, wenn einmal ein Hörgerät pfeift oder wenn Sie zu spät kommen – in Wiesbaden, sage ich Ihnen, ist das ein, wie es jetzt so hübsch heißt, NoGo. Sicher, Frau Mutter ist wohl vierzigmal so gut wie ich, in künstlerischer Hinsicht wohlgemerkt, denn über das Moralische wollen wir in diesem Zusammenhang einmal nicht sprechen, aber dafür müssen Sie, wenn Sie mir zuhören, auch nicht nach Wiesbaden. Es ist ein kostengünstiges Vergnügen, ich wiederhole mich jetzt ein letztes Mal, das da auf sie wartet, aber nur dann, wenn Sie in der

Pause kein Wasser trinken. Dann kann es doch, wie Sie eben gelernt haben sollten, so richtig, richtig teuer werden.

Wie mir einmal Hildegard Knef im Genick saß.
Vom Wahren, Schönen und Guten.

Wohlstandsverletzungen sind etwas Unangenehmes, aber sie bleiben nicht aus, wenn man im Wohlstand lebt, denn nur, und das wusste schon Brecht, nur wer im Wohlstand lebt, lebt angenehm, und das wünschen wir und doch alle, angenehm zu leben, wer wünschte sich das nicht, und da kommt dann bisweilen eben zu der einen oder anderen Wohlstandsverletzung. Sie ist, bei allem Ungemach, das mit ihr verbunden sein mag, Hand aufs Herz, trotzdem viel besser als eine sagen wir: Armutsverletzung, die es sicher ja auch gibt. Ich hörte von Champagnerkorken, die einem ins Auge fuhren, auch von Golfbällen, die teure Sonnenbrillen durchschlugen, einer war gar mit dem Ärmels seines Kaschmirpullovers in der Krone seiner teuren Armbanduhr hängengeblieben, und ein ehemaliger Bekannter, der für sein exzessives Tafeln im privaten Ambiente berüchtigt war, hatte sich mit dem Austernmesser so tief in die Finger geschnitten, dass er mehrere Tage dienstunfähig geschrieben werden musste, denn er brauchte die Finger zum Reden. Wie ich auf diese Dinge komme? So komme ich auf diese Dinge:

Einmal mehr hatte die gute Gefährtin Kultur verordnet, gemeinsam mit den guten Freunden, mit denen es, da mir das letzte Mal Kultur verordnet worden war und sie dabei waren, doch so schön gewesen wäre und ich das Ganze doch hernach noch in einer kleinen, feinen Geschichte verewigt hätte, warum also nicht eine Wiederholung wagen? Der Nachteil dieser Verordnung für mich lag aber auf der Hand; wir hatten uns in die nahe gelegene Landeshauptstadt zu bewegen, und ich hege – das gebe ich offen und ohne Scham zu – größere Vorurteile nicht nur gegen die nahe gelegene Landeshauptstadt selbst, sondern auch und gerade gegen ihre Bewohnerinnen und Bewohner, die den größten Teil des Publikums stellen würden, das bei dieser verordneten Kulturveranstaltung wohl anzutreffen wäre. Das Vorurteil beruht auf schlicht & einfach praktischen Erfahrungswerten und speist sich aus dem Umstand, dass ich vor Jahren, da ich noch regelmäßig manierliche Konzertkritiken für den Kultursender meines Vertrauens habe sprechen dürfen, dass ich also vor Jahren viel zu oft in den Kultureinrichtungen der nahe gelegenen Landeshauptstadt habe sitzen müssen, um Kulturveranstaltungen unterschiedlichster Qualitätsgrade auf mich einwirken zu lassen. Da bin ich ihnen dann oft begegnet, den Bewohnerinnen und Bewohnern der Landeshauptstadt, und wahrlich, sage ich euch, waren es nicht immer nur freundliche Umstände, unter denen wir uns begegnet sind, denn in ihrer Rolle, Publikum zu spielen, ließen es die Bewohnerinnen und Bewohner der Landeshauptstadt es doch oft genug vermissen, so etwas wie Fingerspitzengefühl zu entwickeln, wo es um die Aufführung von Werken ging, die ihrem konservativ-bräsigen Temperament nicht entsprachen, oder, kurz gesagt, was sie kannten, bejubelten sie ohne Rücksicht auf den Qualitätsgrad des Dargebotenen, was ihnen neu und fremd war, pfiffen sie gnadenlos aus. Das muss jetzt genügen, aber das Vorurteil, es besteht immer noch.

Drehten sich die eben angesprochenen Kulturveranstaltungen in erster Linie um das, was wir gerne und immer noch und immer wieder als „Ernste Musik" bezeichnen, so sollte es diesmal um den Auftritt eines beliebten Kabarettisten aus dem Osten unserer schönen Republik gehen, worin eine nicht zu unterschätzende Differenz zu den früheren Besuchen liegen mochte. Der Abend begann, wie üblich, wenn die guten Freunde zugegen sind, mit einem gemeinsamen Abendessen – diesmal in dem der Kultureinrichtung angegliederten gastronomischen Betrieb. Er unterschied sich auf das Vornehmste

von den Abspeisungsstätten, in denen ich normalerweise ver-
kehre, was wir – die gute Gefährtin und ich hatten, wie üblich,
auf die guten Freunde zu warten – beim Studium des Ge-
tränke- und Speisenangebotes sowie den damit verbundenen
verbindlichen Preisempfehlungen recht schnell realisieren
mussten. Die Veranstaltungsstätte in der Landeshauptstadt ist
zwar eine jener Kultureinrichtungen, die sich offiziell dem
Wahren, Schönen und selbstverständlich auch Guten ver-
pflichtet fühlen, die Küche ihres angegliederten gastromischen Betriebs aber bietet ihr Business Lunch für 28,50 Euro an.
Das ist wahr, schön und gut ist es deswegen aber noch lange
nicht.

Was da im Angebot der Verzehrkarte mit „festem Fleischan-
teil" und „perfekter süß-salziger Balance" sowie „lang anhal-
tendem Geschmack" zum Stückpreis von 5,80 Euro angeboten
wurde, war, Sie ahnen es bereits längst, die berühmte Auster
Fines des Claires – Pléiade Poget, die 2016 gar mit einer Gold-
medaille für ihr Sosein ausgezeichnet worden war; immerhin
wurde sie, entnahm ich dem Kleingedruckten, mit Zitrone,
Austernessig, Austernbrot und wenigstens in der englischen
Übersetzung, denn selbstredend waren die Schmankerlbe-
schreibungen der angegliederten gastromischen Einrich-
tung auch in eine Weltsprache übersetzt worden, sogar mit
frisch gemahlenem schwarzen Pfeffer offeriert. Sie schied als
Vorspeise für mich sofort aus, weil ich nicht einsehen mochte,
eine über drei Jahre alte Muschel zu bestellen, nur weil ihr einmal eine Medaille an die Schale geheftet worden war. Außerdem wünschte ich nicht, eine Wohlstandsverletzung zu riskieren.

Irgendwann tauchten die guten Freunde dann auf und es
wurde geredet & getafelt, dass es eine rechte Freude war. Das
Angebot der freundlichen Serviertochter, mir ein im Rhein-
land so beliebtes Kölsch zu servieren, lehnte ich mit Hinweis
auf die Größe des zu erwartenden Glases ab. Leider entsprach

die Speise, die ich unbegreiflicherweise geordert hatte, nicht ganz meinen Erwartungen, die ich dieser feinen Lokalität – manche mehr denn ich zu beeindruckende Zeitgenossen würden vielleicht sogar von einem Gourmettempel sprechen – gegenüber gehegt hatte. Aber gut – dafür hing mir, während ich saß, ständig ein handsigniertes Foto von Hildegard Knef im Genick, gleich neben O.W. Fischer, und ein solches Ambiente, dachte ich, will ja irgendwie auch bezahlt sein.

Der beliebte Kabarettist aus dem Osten unserer schönen Republik präsentierte hernach ein anständiges Programm, wenngleich für mich persönlich ein wenig zu viele Andeutungen und Anspielungen Platz genommen hatten, die unter die sagen wir einmal: Gürtellinie zielten. Aber wir waren ja, wie erwähnt, in der nahe gelegenen Landeshauptstadt auf, und das schien dies ein probates Mittel, die Menschen positiv für sich einzunehmen. Daneben glich der kleine komische Mann mögliche unbeträchtliche Schwächen durch skurrile musikalische Einlagen aus, bei denen er einen seiner Kollegen auf der Bühne – einen gewissen Jochen – tüchtig auf den Arm nahm und verhöhnte.

Ja, so war das. Als die Veranstaltung dann herum war und wir noch kurz erste Eindrücke untereinander getauscht hatten, fuhren wir auch schon wieder nach Hause. Bald sehen wir uns wieder, wieder zur Kultur im noch exquisiteren Ambiente, wieder zum Essen – ich bin schon sehr aufgeregt. Aber so geht es zu mit den Dingen – sind sie gut und wahr, sind sie in der Regel nicht schön, sind sie schön, sind sie nicht gut, und sind sie wahr, dann rufen wir zwar „gut und schön!", bezweifeln wir das aber meistens doch zugleich. Das ist das Schicksal so vieler Geschichten. Dieser sicher auch.

Wie ich einmal an einem Quiz teilnahm.
Von der Ungerechtigkeit.

Eigentlich hasse ich Spiele mit Wettbewerbscharakter, und es ist mir ein Graus, mit ansehen zu müssen, wie Menschen mit vom Ehrgeiz zerfressenen und verunstalteten Mienen diese Spiele mit Wettbewerbscharakter zu spielen versuchen und sich ärgern und herumschreien, wenn sie auf die Verliererstraße geraten. Nein, für mich sind diese Spiele wirklich nichts, weil das Spiel für mich ein Spiel ist und der Wettbewerb ein Wettbewerb; ich finde, dass man diese Dinge nicht vermischen sollte, wie bei der Musik, da sollte man die E- und die die U-Musik auch nicht vermischen, weil dann am Ende ja auch nur Eueueu-Musik herauskommt.

Nun begab es sich aber, dass Herr Leicht Geburtstag hatte und seinen Kolleginnen nichts Besseres einfiel, als ihm Karten für die Teilnahme an einem Quizabend im örtlichen kleinen Theater zu schenken; dieser Quizabend findet hier alle paar Wochen statt und es sind vornehmlich kleine Seniorengruppen, die dieses attraktive Freizeitangebot im Städtchen regelmäßig nutzen. Herr Leicht nun wollte es sich nicht nehmen lassen, einmal gegen diese Seniorengruppen anzutreten und ihnen Paroli zu bieten; dazu musste er aber – Herr Leicht geht beim besten Willen allein noch nicht als Seniorengruppe durch – ein schlagkräftiges Team zusammenstellen, das in der Lage sein könnte, möglichst viele Wissensgebiete abzudecken, die ein solcher Quizabend auf die Tagesordnung setzen würde. Dieses schlagkräftige Team nun sollte neben ihm selbst aus Herrn Heizenreder und mir bestehen; dazu hatte er seinen Freund, den Betonkünstler, und dessen Begleitung, die nicht unansehnliche Tätowierte mit der Latzhose, angefragt. Die Wissensgebiete waren dabei (zum Teil wenigstens) klar verteilt; Herr Heizenreder sollte für die Beantwortung naturwissenschaftlicher und musikalischer Fragen verantwortlich zeichnen, sofern sich die musikalischen Fragestellungen auf diejenigen Arten von Musik beziehen würden, die ohne Bedenken in den ARD-Radionachtkonzerten gespielt werden könnten, ich für den Bereich Literatur, Kultur- und Kulturgeschichte, Herr Leicht als ausgewiesener Kenner der nicht nur heimischen Flora und Fauna für den Bereich Natur; womit sich die Einladung des Betonkünstlers und der nicht unansehnlichen Tätowierten mit der Latzhose rechtfertigen ließ, verschwieg Herr Leicht allerdings. An der Nicht-Unansehnlichkeit der Tätowierten mit der Latzhose allein kann es nicht gelegen haben, denn wir kannten sie alle nicht, da sie uns, zum Team stoßend, vorgestellt wurde. Da ich vermutete, und dies nicht ganz zu Unrecht, dass die Themen Betonkunst oder Tattoo an diesem Abend wissenstechnisch keine Rolle spielen würden, ging ich einfach einmal davon aus, dass Herr Leicht die beiden überzähligen Karten, die er zu vergeben hatte, nicht anderweitig loswerden konnte, als sie unseren beiden Mitstreitern anzubieten, ohne sich darüber Gedanken gemacht zu haben, welche Quizkompetenz die beiden wohl mitbringen mochten.

Als Herr Heizenreder und ich die Lokalität, das kleine Theater, in dem gequizzt werden sollte, erreichten, saßen Herr Leicht und der Betonkünstler, der eine verbundene Hand hatte, schon da und hatten in Sachen Bier und Apfelwein ein wenig vorgelegt, aber dass wir an einem solchen Abend freilich auch ein wenig Bier und Apfelwein zu uns nehmen würden, das war uns allen natürlich klar. Allein die nicht unansehnliche Tätowierte mit der Latzhose ließ noch auf sich warten. Als sie eintraf und wir einander vorgestellt hatten, da saßen die Seniorengruppen schon längst im kleinen Theater an den ihnen zugewiesenen Tischen und machten Radau. Der Moderator der Veranstaltung fragte uns, da wir Platz genommen und uns gesammelt hatten, sogleich nach unserem Gruppennamen; jede Gruppe bräuchte einen Namen, die anderen Gruppen nannten sich „Die sechs Siebengescheiten", „Die gestörten Prinzen" oder einfach nur „Die Besten", diese Namen waren dem

Moderator schon bekannt, die Gruppen nähmen schließlich – im Gegensatz zu uns – regelmäßig am Quizabend teil, also bräuchten wir bitte auch einen Namen, und so nannten wir uns „Muppet Show". Nicht grundlos, waren doch Herr Leicht und ich bei anderer Gelegenheit daraufhin angesprochen worden, ob wir uns unserer Ähnlichkeit mit den beiden grantelnden Alten, die in dieser einstmals so beliebten wie populären Puppenshow ihre regelmäßigen, unvergesslichen Auftritte hatten, die ein jedes Mal zu den Höhepunkten dieser Show zählten, ob wir uns also unserer Ähnlichkeit mit Waldorf & Statler, wie die beiden Alten hießen, bewusst wären; ja, waren wir, und also „Muppet Show".

Es wurden Zettel ausgeteilt, und dann ging das Quiz auch schon los. Unterbrochen allein von gelegentlichem Bier- und Apfelweinholen beantworteten wir so munter wie tapfer die gestellten Fragen; kaum eine, auf die wir nicht die Antwort schnell und sicher gewusst hätten, aber das meiste war auch wirklich einfach zu beantworten, da ungefähr in der Mitte eines durchschnittlichen Allgemeinwissens angesiedelt. Ausflüge in die Peripherie abseitiger Wissensgebiete gab es so gut wie nicht, was ich persönlich etwas bedauerte, da gerade mit richtigen Antworten auf Fragen aus der Nischenkultur sich so mancher Punkt sicher einfahren lassen würde, gerade Seniorengruppen gegenüber, die sich „siebengescheit" nennen und permanent siegessichere Bemerkungen unserem Tisch gegenüber in die Welt hinausposaunten; aber wir waren ja auch die Neuen, mit denen man so etwas wohl ungestraft machen durfte, ohne sich deswegen Schelte seitens der Spielleitung einzuhandeln. Unsere Kombattanten beteiligten sich wacker und warfen gelegentlich ein „Achja", ein „Was ihr alles wisst" oder ein „Du hast aber eine schöne Schrift" in die muntere Runde.

Vor dem letzten Teil des Quiz' gaben der Moderator und seine vom Vorlesen der Fragen leicht überforderte Assistentin – zu ihrer Entlastung muss angemerkt werden, dass einige so genannte Fremdwörter erklärt werden mussten, die nicht ganz leicht auszusprechen waren –, gaben die beiden also bekannt, welche die richtigen Antworten auf die bislang im ersten Teil gestellten Fragen waren. Wir, die wir unsere Antworten nicht separat außerhalb unserer abgegebenen Zettel noch einmal notiert hatten, konnten also noch einmal raten, ob wir uns für diese – also die richtigen – Antworten entschieden hatten, während die anderen Seniorentische, die die Antworten zur Überprüfung sehr wohl noch einmal notiert hatten, bald in ein „Ja!"-, oder ein „Ach!"- oder ein „Ich hab's euch doch gleich gesagt!"-Geheule ausbrachen. Leider mussten wir an dieser Stelle der Veranstaltung feststellen, dass wir bei der Beantwortung mancher Fragen von der Spielleitung regelrecht benachteiligt, wenn nicht sogar betrogen worden waren.

Da wurde doch zum Beispiel frech behauptet, dass in der Aufzählung Katze, Kuh, Pferd, Esel, Reh das Reh aus der Reihe fiele und mithin die richtige Antwort gewesen wäre, weil es sich beim Reh um „kein Haustier" handelte, was gewisse Rehhaustierbesitzer sicher nicht unterschreiben würden, während unsere richtige Antwort – natürlich Katze, da sie bekanntlich keine Hufe hat – verworfen wurde. Die „Sechs Siebengescheiten" am Nebentisch heulten vor Schadenfreude auf. Oder die Antwort auf die Frage, welcher Begriff in der Reihe Wolle, Eier, Milch, Honig, Fleisch wohl fehl am Platze sei; wir antworteten korrekt natürlich mit Fleisch, da die anderen guten Gaben unseren tierischen Freunden abgenommen werden können, ohne ihnen ein Leid antun zu müssen. Leider mussten wir eine Belehrung über uns ergehen lassen, die sich gewaschen hatte und den einfältigen „Prinzen" am Nebentisch Recht gab, es handele sich „natürlich" um die Wolle, die man ja schlecht essen könnte. Die Prinzen wieherten vor Glück, ihre eigne Ignoranz dabei laut feiernd; mir aber sind solche Ausbrüche suspekt, wittere ich aufgrund meiner Sensibilität doch da schon Gewalt, wo die anderen noch schunkeln.

168

Auch Herrn Leichts ausgesprochen intellektueller Erklärungs-versuch, dass der Begriff Ruhr in einer Reihe mit Flüssen der Gesuchte sein müsse, weil andere Flüsse zweimal mit L oder M anfingen (oder so, vielleicht auch mit N, hinterher war sich Herr Leicht seiner Sache nicht mehr so ganz sicher), die Ruhr aber einzig und allein mit einem R, wurde verworfen und der Lächerlichkeit anheimgestellt. Stattdessen hielt man uns einen Vortrag über links- und rechtsrheinisch fließende Gewässer, dem ich, der ich seit geraumer Zeit der Spielleitung schon Ma-nipulationsversuche zu unseren Ungunsten unterstellte, aber schon nicht mehr folgen konnte oder wollte. Herr Heizenreder und ich blickten uns mit wachsender Verzweiflung an.

An dieser Stelle jubelten die anderen Seniorentische gleicher-maßen auf unhöflichste Weise. Nichtsdestotrotz musste die Spielleitung, ob sie wollte oder nicht, nachdem sie die so ge-nannten Auflösungen des ersten Teils öffentlich gemacht hatte – nur einmal musste ich noch intervenieren, weil die Spiellei-tung die Begriffe Synopse und Synode verwechselt hatte, ein Lapsus, den sie denn auch nach eingehender Überprüfung meiner Worte coram publico zähneknirschend eingestand, was zu unwilligem Murren an den Nachbartischen führte –, nichtsdestotrotz also musste die Spielleitung zugeben, dass die Muppet Show am Ende der ersten Spielrunde knapp in Füh-rung lag, was diesmal zu unfreundlich-vorgeblich anerken-nenden Kommentaren an den Seniorentischen der näheren Umgebung führte. Nach einer weiteren kurzen Alkoholpause ging es in die Schlussrunde, die sich für uns als arche kakón herausstellen sollte, als der, wie der Altphilologe auch gerne sagt, als Anfang allen Übels. Denn die Schlussrunde beschäf-tigte sich mit den Abgründen des deutschen Schlagers. Und spätestens hier ahnten wir, dass es Herr Leicht im Vorfeld ver-säumt hatte, bei der Zusammenstellung unserer munteren Gruppe darauf zu achten, dass wenigstens eine Person unter uns wäre, die sich in den Niederungen der U-Musik deutscher Provenienz wenigstens halbwegs auskannte.

Kurze Toneinspielungen im Mikrosekundenbereich, die sich dazu noch auf die Eröffnungstakte der jeweiligen Musikstücke bezogen, sorgten dafür, dass sich unser Team zunehmend ratlos anblickte; allein die nicht unansehnliche Tätowierte mit der Latzhose, die sich Zettel und Stift genommen hatte, notierte gelegentlich etwas. Das zustimmende Grunzen an den Nachbartischen aber signalisierte nicht nur mir, dass wir unseren knappen Vorsprung würden weder halten noch ausbauen können – wir rechneten damit, in der Wertung nach hinten durchgereicht zu werden. Genau so kam es: Wir resignierten und wurden am Ende Letzte.

Es hatte sich, wie so oft im Leben, für das dieses Spiel mit Wettbewerbscharakter ein schönes Abbild sein mochte, das Niedere gegen das Hohe, das Rohe gegen das Feine, die Ungerechtigkeit gegen Anmut und Kultur durchgesetzt. Wir lernten, dass es in dieser Welt wichtiger und mithin belohnungswürdiger ist, die Texte von Ballermann-Schlagern mitsingen zu können, als über den – sagen wir mal: Aufbau von Tripelfugen, spätromantische Naturlyrik, die Tragzeit von Blauwalkühen, vielleicht sogar die Statik von Betonkunst oder das Tattoo an sich Bescheid zu wissen. Belohnt wird nur das Schlichte, weswegen sich das Geschrei an den Nachbartischen, die uns besiegt hatten, auch ins Unermessliche steigerte, als die Gewinne – Präsentkörbe mit guten Gaben aus dem Rewe – gereicht wurden. Unser Tisch erhielt einen Schnaps auf Kosten des Hauses und die freundliche Ermunterung, es doch bald wieder zu probieren, mit uns sei es so lustig gewesen. Der Schnaps schmeckte grausig, und da wäre ich doch schon wieder beim Anfang angelangt, der schließlich die Grausigkeit der Spiele mit Wettbewerbscharakter zum Gegenstand hatte.

Wir verabschiedeten uns herzlich, aber betroffen voneinander; Herr Leicht orderte noch ein Bier, und ich, bestärkt in meiner Haltung, die ich gegen diese Spiele ohnehin einnehme, behauptete dennoch trotzig, der Abend hätte Freude bereitet. In ähnlicher Weise äußerte sich Herr Heizenreder, aber Herr Heizenreder ist, wie allgemein bekannt sein dürfte, auch ein ausgesprochen freundlicher Mensch.

Seinen Schnaps hat übrigens Herr Leicht ausgetrunken.

Wie ich mich einmal ärgerte.
Vom Sich-Wehren.

Immer wieder muss ich die Erfahrung machen, dass das, was mir Freude bereitet und was ich komisch finde, bei anderen Menschen nur Unverständnis hervorruft. Im umgekehrten Fall, der wahrscheinlich häufiger eintritt, bin ich es, der den Freuden der anderen mit Skepsis, wenn nicht tiefster Ablehnung begegnet. Da ist zum Beispiel die mitleidlose Stimme der Durchsagefrau im Öffentlichen Personennahverkehr, die den schönen Satz durchsagt: Next stop Offenbach Ost. Exit to the right in the direction of travel. Ich finde diesen Satz vor dem Hintergrund, das international so beliebte Reiseziel Offenbach Ost auch auf Englisch anzukündigen, komisch; aber ich bin wohl der Einzige, der ihn komisch findet, wenigstens verziehen die Mitreisenden keine Miene, aber sie schneiden ohnehin Gesichter, für die sie in den meisten zivilisierten Ländern wohl einen Waffenschein benötigten. Ich sammele solche Erfahrungen in meinem gusseisernen Gedächtnis und revanchiere mich bei passender Gelegenheit auf das Heftigste – zum Beispiel freue ich mich einfach mal nicht mit, wenn andere sich freuen. Auf diese Weise zeige ich den anderen dann einmal so richtig, was ich von ihnen halte, auch, wenn ihnen das dann entgehen sollte. Als der kleine Kammermusikverein, dessen Vorstand anzugehören ich über 20 Jahre lang die Ehre und das Vergnügen hatte, mit einem Preis ausgezeichnet werden sollte und alle sich freuten, da habe ich mich zum Beispiel nicht mitgefreut, sondern geärgert.

Der kleine Kammermusikverein sollte, nach Jahren ehrenamtlichen Herumwurstelns in der Kammermusikszene, endlich einmal mit dem wenn schon nicht Kulturpreis, so doch mit dem Kulturellen Förderpreis der Stadt ausgezeichnet werden. Dotiert war dieser Preis mit ein paar Euro, kaum der Rede wert; für unseren kleinen Verein aber eröffnete sich dank des zu erwartenden kleinen finanziellen Spielraums die Möglichkeit, einen weiteren kleinen Kammermusikabend zu veranstalten. Also herrschte Freude. Man wählte mich aus, anlässlich der Preisverleihung die Dankadresse Richtung der Stadt zu sprechen, und frohen Mutes machte ich mich an die Arbeit, eine kleine, dem Anlass entsprechende Rede zu verfassen. Diese Rede entsorgte ich aber im gleichen Moment, da ich erfuhr, dass der kleine Kammermusikverein nicht allein mit dem Preis ausgezeichnet werden sollte, und warf sie in den Papierkorb. Denn der Preis, so hatte ich erfahren, sollte geteilt werden; mit uns, dem kleinen Kammermusikverein, würde eine Gruppe – ich nenne sie in politisch unkorrekter Weise jetzt einmal so – geistig behinderter Kinder ausgezeichnet werden, die sich seit geraumer Zeit in der Schule träfen, um zu trommeln. Ich fand und finde es gut, ich sage das klar und deutlich und nur einmal, wenn getrommelt wird, gerade von Menschen mit geistigen Einschränkungen sollte getrommelt werden, aber ich ärgerte mich darüber, und das sage ich genauso klar und deutlich und nur gleichfalls nur einmal, dass die Stadt diese unterschiedlichsten Formen kultureller Betätigung auf eine Stufe stellte. Letztlich sah ich die Arbeit des kleinen Kammermusikvereins, der schon auf eine wenigstens kleine Form öffentlicher Anerkennung gewartet hatte, da bei den meisten der kleinen Trommler noch überhaupt nichts ans Trommeln gedacht wurde, als nicht sonderlich gewürdigt an. Meinem Vorschlag gegenüber den Verantwortlichen, nur einen der beiden Preisträger zu küren und den anderen in zwei Jahren, wenn der Preis erneut zu vergeben sein würde, auszuzeichnen, damit jedem der Preisträger die uneingeschränkte öffentliche

Aufmerksamkeit und mithin Wertschätzung würde zukommen können, wurden Argumente um die Ohren gehauen, die sich nicht entkräften ließen. Wer wüsste schon, so hieß es, ob in zwei Jahren überhaupt noch getrommelt oder Kammermusik veranstaltet werden würde, ob es diesen Preis dann noch gäbe, ob ich Vorbehalte gegenüber Kindern mit geistigen Einschränkungen hätte, diese wenigstens würden sich im Gegensatz zu mir sehr freuen, sie wollten mit dem Preisgeld – das natürlich geteilt werde – neue Trommeln anschaffen, auf dass sie noch mehr Eindruck auf der Bühne machen könnten, und so fort. Im Übrigen mache es keinen großen Unterschied, ob getrommelt oder gegeigt werde – Musik sei doch immer etwas Schönes. Am Ende stand ich dümmlich da. Und mit meiner Freude allerdings nahm es schon wieder ein Ende.

Am Abend der Preisverleihung wurde getrommelt. Allerdings machten nur drei der Kinder hinter ihrer Trommel einen geistig eingeschränkten Eindruck; der Rest der kleinen Bande, die da im Kreis auf der Bühne saß und auf Trommeln schlug, war überhaupt nicht eingeschränkt; es sei ja auch eine integrative Gruppe, wurde mir erklärt, und die zwölf nicht eingeschränkten Trommlerinnen und Trommler würden die drei anderen auf die schönste Weise integrieren, wofür es schließlich ja auch den Kulturellen Förderpreis gäbe. Es wurde auch Kammermusik gespielt, wofür allerdings kaum jemand im Auditorium, das sich mehrheitlich aus den Familienangehörigen der kleinen Trommler zusammensetzte, die rechte Aufmerksamkeit aufzubringen imstande war. Alle warteten auf den nächsten Einsatz der Trommeln; die Menschen waren, entnahm ich ihren Gesichtern, nicht wegen irgendwelcher Geigen gekommen. Wenigstens verzogen sie keine Miene, aber sie schnitten während des Vortrags ohnehin Gesichter, für die sie in den meisten zivilisierten Ländern – aber da scheine ich mich grade zu wiederholen.

Ahja, meine Rede. Sie war kurz und launig kam deshalb gut an; später wurde ich dafür gelobt. Wenn ich mich recht entsinne, dann begann ich wohl damit, den Kulturellen Förderpreis der Stadt mit dem Bundesverdienstkreuz am Bande zu vergleichen; dieses sei, im Vergleich zum Kulturellen Förderpreis, mit seinen zwischenzeitlich sicher hunderten von Verleihungen durch den Herrn Bundespräsidenten eine nahezu volkstümliche Auszeichnung gegenüber dem Kulturellen Förderpreis, in dessen Licht sich nur alle zwei Jahre ausgewählte Kulturschaffende sonnen dürften, in diesem Jahr die Trommler und wir, wofür wir nicht genug dankbar sein dürften, erkenne die Stadt doch das große Engagement und so weiter und sofort. Ich habe ja weiter oben erwähnt, dass ich mich geärgert hatte und den Redeentwurf der blauen Altpapiertonne zugeführt hätte; das stimmt, aber ich ärgerte mich ja noch immer. Also hatte ich selbst gar keine Rede geschrieben, sondern, dem Anlass und meinem Ärger entsprechend, mir die Rede eines anderen, Besseren, ausgeborgt und noch einmal vorgelesen. Dazu musste ich nur ein paar Dinge ändern, gewiss, und ein paar Begriffe austauschen – zum Beispiel ersetzte ich den Ausdruck Goldener Möbelwagen durch Kultureller Förderpreis der Stadt. Den Goldenen Möbelwagen, eine Auszeichnung für humoristisches Schaffen, hatte die Stadt Stuttgart vor Jahren einem gewissen Herrn von Bülow zugesprochen, der sich unter seinem Pseudonym Loriot einen großen Namen gemacht und eben diese Rede zur Preisverleihung gehalten hatte. Ich hatte Loriot einmal aus der Nähe erlebt, da er als Moderator die Darbietungen eines in der benachbarten Großstadt beheimateten Sinfonieorchesters begleitete und unter anderem den wunderbaren Satz entließ, nachdem das Orchester einen Ungarischen Tanz zum Besten gegeben hatte, „Brahms – ein Name, den man sich merken muss".

Das Schöne an diesem Abend war für mich die Erkenntnis, dass niemand im Raum merkte, dass ich da gar keine persönliche Rede gehalten, sondern nur Loriot einer Zweitverwertung zugeführt hatte, wogegen er sicher nichts einzuwenden gehabt hätte. Aber da über die Verleihung von Kulturellen Förderpreisen augen- und ohrenscheinlich eher eine gewisse Beliebigkeit denn bewusstes kulturpolitisches Besinnen entschieden hatte, machte ich mir deswegen kein schlechtes Gewissen. Niemand hatte etwas gemerkt, und es war der seltene Fall eingetreten, dass etwas, das mir Freude gemacht auch zur Erheiterung anderer Menschen beigetragen hatte. Freilich aus sehr unterschiedlichen Gründen; alle waren es zufrieden und auf der Bühne wurde noch einmal getrommelt, dass einem die Ohren wegflogen.

Wie ich einmal einen Wettbewerb gewann.
Von der Ächtung.

Der örtliche Heimatverein hatte einen Wettbewerb ausgelobt und darum ersucht, Heimatgedichte einzureichen, auf dass die besten unter ihnen öffentlich ausgezeichnet und von ihren Verfassern genauso öffentlich vorgetragen werden sollten. Das Ganze war dem Umstand geschuldet, einmal etwas für den so abgenutzten wie problematisch gewordenen Begriff der Heimat zu tun und im besten Falle eine, zumindest im Städtchen, Diskussion zum Thema anzuregen. Das war doch einmal etwas, dachte ich da bei mir, etwas für die Heimat zu tun, Diskussionen anregen, das gefiel mir wohl. Hatte ich bislang doch nur einmal einen Wettbewerb gewonnen, der nichts mit Leichtathletik und Herumlauferei auf einer Tartanbahn zu tun hatte, und es war wohl wieder einmal an der Zeit, mich ins öffentliche Leben zu begeben und Selbstgeschaffenes zur Diskussion zu stellen. Das letzte Mal nämlich, da ich in einem Wettbewerb Selbstgeschaffenes zur Diskussion stellte und einen Wettbewerb gewann, war vor vielen Jahren in Berlin, wo ich mich studienhalber aufhielt; ich setzte mich beim Sommerfest meiner Kirchengemeinde im Kartoffelschälwettbewerb gegen

kartoffelschälerprobte ältere Damen durch, denen ihr siegesge-
wisses, nachsichtiges Lächeln sehr bald vergangen war, nachdem ich in gefühlten dreieinhalb Sekunden einen kindskopf-
großen Erdapfel in einen kleinen Würfel mit der Kantenlänge
von ungefähr zwei Zentimetern verwandelt hatte, während
sie, die siegesgewissen, kartoffelschälerprobten älteren Damen
in ihren Kittelschürzen noch eifrig dabei waren, von ihren Kar-
toffeln eine etwa zwei Meter lange Schale abzuraspeln, dabei
den Ehrgeiz entwickelt habend, die Kartoffelschalenschlange
ja nicht abreißen zu lassen; sie müssen etwas falsch verstanden
haben, denn es ging ja nicht darum, wer die längste Schlange
produzieren, sondern wer zuerst die Kartoffel schälen würde,
und das war ich. Ich hatte, nach den Regularien des Wettbe-
werbs, klar gewonnen, aber um welchen Preis: Ich war danach
in der Kirchengemeinde geächtet. Das nun, sagte ich mir, sollte
mir beim Heimatgedichtewettbewerb nicht noch einmal passieren, ich wollte gewinnen, ohne geächtet zu werden, im Gegenteil, ich wollte Glück, Glanz und Ruhm, aber keine Ächtung, auf keinen Fall wollte ich das.

In der Schublade hatte ich ohnehin einige Texte liegen, denen
das Attribut „Heimatlyrik" zugesprochen werden durfte, nicht
nur wegen des regionalen Dialektes, in denen ich sie verfasst
hatte, und da ich in der Heimatregion ein einigermaßen ereig-
nisreiches Leben führte, erschien es mir ein Leichtes zu sein,
diese Einzelexemplare um ein paar weitere zu ergänzen und
zu einem kleinen Zyklus zusammenzustellen, den ich hernach
einreichen würde. Dass es sich dabei um untypische, da kriti-
sche kleine Texte handelte, das verwunderte niemanden, der
mit mir zu tun oder die Gedichte vorab gelesen hatte. Nach Ab-
schluss der Arbeiten, die zügig vonstattengingen, sandte ich
das Konvolut an den veranstaltenden Heimatverein, wobei darauf geachtet werden musste, dass über den Gedichten nicht
der Name des Verfassers genannt werden durfte – unabhängig
und vorbehaltlos wollte die Jury die Arbeiten prüfen und entscheiden, und dazu gehörte auch, dass zunächst eine gewisse

Anonymität zu wahren war, die erst später, nachdem die Jury ihre Entscheidung gefällt hatte, aufgelöst werden sollte.

Ich hatte den Wettbewerb schon fast vergessen, da mich das Schreiben des Heimatvereins erreichte; ich wäre einer der drei Preisträger, man würde mir heute aber noch nicht mitteilen, auf welchem Platz ich gelandet wäre, man lade mich zur Preisverleihung ein, ob ich kommen würde, man erwarte von mir auch das Vorlesen meiner Texte, ob ich auch vorlesen würde und so weiter und so fort. Freilich sagte ich zu. Am Abend der Preisverleihung zog ich meine allerbeste Hose an und machte mich auf den Weg. Ich war schon ein wenig aufgeregt.

Zuerst wurde, nach einem kleinen musikalischen Vorspiel, der Veranstalter des Lyrikwettbewerbs gelobt; zunächst von sich selbst, dann von einem offiziellen Vertreter des Städtchens. Nach einem kleinen musikalischen Zwischenspiel erklärte der Veranstalter, wie schwer die Jury sich mit ihrer Entscheidung getan hätte, weil alle eingereichten Gedichte – ich erspare mir jetzt, was gesagt wurde, Jurys tun sich immer schwer, weil alle Dinge, über die sie zu befinden haben, immer irgendwie gut sind, immer tun sie sich schwer, niemals könnten sie gerecht sein, immer gäbe es eine Zweiten, Dritten, Ersten. Danach wurde der dritte Preis bekannt gegeben; er ging an eine ältere Dame, die nach vorne gebeten wurde. Sie setzte sich an den für die Lesung präparierten Tisch, rückte ihre Brille zurecht und begann leise, mit ein wenig zitternder Stimme, die Vorzüge des Städtchens zu preisen; sie tat dies in Reimform, manchmal holperte das Versmaß ein wenig, manchmal schlugen Silben nach, der Reim blieb gelegentlich auf der Strecke, aber das Lob fürs Städtchen, das – kurz zusammengefasst – der beste Platz auf dieser Welt sein sollte, auch der schönste, wo ein glücklicher Tag den anderen jagt und die Sonne gewissermaßen immer scheint, dieses Lob erntete viel Beifall. Die Dame wankte auf ihren Stuhl zurück. Als der zweite Platz verkündet wurde, wusste ich, dass ich gewonnen hatte. Ich aber zeigte keine

Regung. Eine weitere ältere Dame erhob sich von ihrem Platz, offensichtlich die Schwester der Drittplatzierten, setzte sich an den für die Lesung präparierten Tisch, rückte ihre Brille zurecht und begann leise, mit ein wenig zitternder Stimme, die Vorzüge der Brunnen im Städtchen zu preisen. Ich wusste gar nicht, dass es im Städtchen überhaupt so viele Brunnen gab, ich wusste auch nicht, wie schön sie sein sollten, wenn das Wasser aus ihnen hervorquoll und dabei liebliches Geräusch erzeugte, im Übrigen sei aber auch das Städtchen selbst der beste Platz auf dieser Welt, auch der schönste, wo ein glücklicher Tag den anderen jagt und die Sonne gewissermaßen immer scheint. Heftigster Beifall belohnte die Dame für ihre Darbietung; sie erhob sich und ging auf ihren Platz zurück.

In die andachtsvolle Stille, die sich im Auditorium nun breit machte, verkündete der Veranstalter nun, nachdem er noch einmal ausführlich erklärt hatte, wie schwer die Jury sich bei ihrer Entscheidung getan hätte, dass mir der erste Preis zugesprochen worden wäre. Ich stand auf, der Veranstalter drückte mir drei meiner Blätter in die Hand, ich setzte mich an den für die Lesung präparierten Tisch und begann zu lesen. Ich las zunächst das Folgende.

stadtrundfahrt

neulich
hat mers geträumt
ich lauf die bahnstraß enunner
un do fährt en bus an mir vorbei
ganz langsam
en riesegeschoss
zwei stockwerke
mit klo un fideo
und bar un allem
un an de seit von dem bus steht
in riesiger schrift

178

„langen stadtrundfahrt"
und dass des jetz en neue service wär
von de stadt fer ihr gäste
un wie de bus anhält
an de ampel vor de erkschul
da geh ich hin un guck emol
ganz vorsichtisch
dursch die getönte scheibe
un in meim traum
sitze do de böjermaaster un sein
kulturamtsleiter
ganz alaans
un schloofe

Was soll ich sagen. Totenstille. Die Stecknadel, die allerdings niemand fallen ließ, hätten wir alle hören können. Ich guckte auf die Leute. Die Leute guckten auf mich. Ich griff zum nächsten Blatt. Das erste ältere Paar verließ seine Stuhlreihe und ging Richtung Ausgang. Ich las „de mord".

also wie ich des im fernsehn gehört hab
mir is ja fast die brill von de nas gerutscht
kei ahnung hawwese, die herren journalisten
so geht's net, hab ich gesaacht, so net
da ruf ich noch emol an und stoß dene bescheid
so gehts doch werklisch net
wie de körpen den fischmann entführt
un in sein bungalow an de südlisch ringstraß versteckelt hot
un wie des alles rausgekomme is
und de fischmann dann doot war
do sinnse gekomme, die von de „hesseschau"
un hawwe en film gedreht
über uns und gesaacht
in „langen-mörfelden" wär de mord passiert
nur weil se die a5 genomme habe, die deppe

langen-mörfelden, da lach ich doch
was, fraach ich, hawwe die mörfelder mit unserm mord zu
tun
solle se doch selbst was mache
wenn se ins fernsehn wolle
die hänge sich doch bloß dran
des is alles, was se könne
dene is doch alles recht
um aach emol im fernsehn zu erscheine
da gehen die über leiche
da schrecke die
selbst vorm mord net zurück

Was soll ich sagen. Wieder nur Totenstille. Das wurde langsam
zur Gewohnheit. Ich guckte auf die Leute. Die Leute guckten
auf mich. Wieder war jemand aufgestanden, um zu gehen. Und
ich nahm das letzte Blatt.

sitz im leben

des is mein platz
seit 30 jahrn is des mein platz
do hock ich immer
immer donnerstags hock ich do
in de singstund
des is wie dehaam – da hab ich aach mein platz
wo ich immer hock
des ännert sich aach net
neulich wollte se mich umsetze
fern neue
nix, hab ich gesaacht, ich setz mich net um
bevor ich mich umsetz hör ich ganz uff
mit dere singerei
fern neue hätt ich mich umsetze solle
des gibt's doch gar net
des hawwe die annern aach gesaacht

der sitzt doch immer da
hawwe se gesaacht
daheim hock ich mich aach net um
egal wer kommt
des soll mal einer saache zu mir
mach platz
dem erzähl ich was
un so e singstund
des is doch wie dehaam
des is doch wie e familie, könnt mer saache
des versteht bloß net jeder
am wenigsten
de neue

Beifall gab es erst, als die zweite und dritte Preisträgerin noch
einmal nach vorne gebeten wurden. Sie erhielten Blumen, ich
einen gravierten Bembel. Den habe ich bis heute. Eine Diskussion zum Thema Heimat wurde auch angestoßen; es gab Le-
serbriefe an die Frankfurter Rundschau, die die „stadtrundfahrt" abgedruckt hatte, und die Briefe waren nicht so freundlich; ich entnahm ihnen, kurz zusammengefasst, dass die Texte
unwürdig seien und ich selbst dafür geächtet werden müsste.
Mit dem Dichten, dachte ich da, ist es ein wenig wie mit dem
Kartoffelschälen. Letztlich erntete ich doch wieder nur Ächtung, weil ich mich gegen ältere Damen durchgesetzt hatte.
Das nächste Mal prüfe ich, bevor ich mich wieder an einem
Wettbewerb beteilige, ob ältere Damen zugelassen sind. Falls
ja, verzichte ich auf die Teilnahme.

Später wurde noch ein Foto gemacht. Links steht die Dame, die
den dritten Platz erreichte, rechts diejenige, die zweite wurde;
sie hielten Blumensträuße im Arm. Ich bin der in Mitte, der mit
dem Bembel.

Wie ich einmal untenrum nackt war.
Vom Herumlaufen ohne Hose.

Draußen lauerte die Pandämie, aber es ist ja tatsächlich so, dass mich die großen Fragen weitaus weniger beschäftigen als die kleinen, und also verspürte ich wenig Lust, darüber etwas zu schreiben, zumal die anderen, besseren, es ja in breitester und epischster Ausführlichkeit taten. Die kleinen Fragen sind interessanter, und in diesem Zusammenhang stolperte ich über ein neues Wort, das mir gefiel. Und dieses Wort lautet moros. Es kann kein ganz unbekanntes Wort sein, denn wenigstens die Rechtschreibprüfung meiner Textverarbeitung grüßt es als alten Bekannten, da sie es sonst ja schon beim ersten Hinschreiben aufs Augenfälligste markiert hätte, was sie aber zu tun unterließ. Es leitet sich, wie meine Nachforschungen ergaben, vom griechischen Gott des Verhängnisses ab und kam mir in der Wendung, dass einer seinen morosen Gedanken nachhing, unter. Dieser Mensch, von dem ich da las, hielt sich auf einem Friedhof auf, wo sich ihm diese Gedanken aufdrängten; der Friedhof aber hieß und heißt Glasnevin. Das ist ein Stadtteil von Dublin, und schon machten sich meine Gedanken auf den Weg und reisten – das einzige, das in diesen Zeiten der Pandämie noch unbehelligt reisen darf, wie ich dachte, nach Irland. Ich bin dort einmal zum Jahreswechsel gewesen, und es war der 31. Dezember, als ich im Süden der Stadt am Strand stand, im Ortsteil Sandycove, weil es dort die berühmte Badestelle Forty foot gibt und gab, den irischen Jungbrunnen, wie ich lesen durfte, die, kunstvoll in den Fels gehauen, die Badenden vor den neugierigen Augen der Öffentlichkeit schützt und – zu diesen Zeiten jedenfalls noch – allein der männlichen Klientel zur Nutzung vorbehalten war.

Ein großer irischer Schriftsteller, den ich sehr verehre, hatte diese Badestelle zum Ausgangspunkt eines großen Romans gemacht, und da mein Aufenthalt in Dublin in erster Linie dem Zweck diente, mich an die Fersen dieses großen irischen

Schriftstellers zu heften und die Orte aufzusuchen, die in seinem Roman eine Rolle spielen, nahm es natürlich nicht Wunder, auch diesem topographisch und literaturhistorisch so wichtigen Ort einen kleinen Besuch abzustatten. In der, wie sich gleich herausstellen würde, irrigen Annahme, allein an diesem Ort zu sein – zumal an einem trüben Silvesternachmittag –, schritt ich die in den Fels geschnittenen Stufen zur eigentlichen Badestelle herunter, um dem Wasser nahe zu sein. Ich war, wie ich eben andeutete, aber nicht allein; zuerst sah ich die auf den Steinbänken abgelegten Kleidungsstücke, davor Schuhe, dann die sich im Wasser befindlichen Menschen. Ausnahmslos Männer, und ausnahmslos alte Männer. Manche trugen Badekappen, manche Bärte, und als ich da an der Leiter, die in die kalte, nur durch den Golfstrom vor der Vereisung bewahrte Irische See führte, stand und sie mich erblickten, freuten sie sich, winkten mir zu und bedeuteten gestenreich, ich sollte doch zu ihnen ins Wasser steigen. Ich zierte mich aus verständlichen Gründen und machte geltend, dass ich weder Handtuch noch Badekappe noch eine Badehose mit mir führen würde – Argumente, die die Herren nicht gelten ließen. Eine Badekappe bräuchte ich nicht, ein Handtuch hätten sie für mich und sie alle hätten ohnehin keine Badehose an. Letzteres schien zu stimmen, denn einer der Herren kam die Leiter emporgekraxelt, nickte mir aufmunternd zu und drückte mir ein raues Handtuch in die Hand. Was soll ich sagen; ich badete mit ihnen und hatte an ihrer Gemeinschaft Teil, wenn auch nur für wenige Sekunden.

Auf ein Bier sind wir hinterher nicht mehr zusammengekommen; das nahm ich, am Silvesterabend, zusammen mit einigen Whiskeys in einem Dubliner Pub ein. Die Erkältung, die sich nach diesem Bad im irischen Jungbrunnen einstellte, war veritabel; und dennoch, dachte ich, hatte sich die Sache gelohnt.

Es geht aber auch ganz anders.

Ich habe an und für sich schon Vorbehalte gegenüber vielen Menschen, aber besonders große Vorbehalte habe ich seit geraumer Zeit gegenüber jenen Menschen, die aus Heidelberg kommen. Als ich vor Jahren nämlich mit zwei damaligen Freunden in Frankreich unterwegs war und wir gemeinsam die schöne Normandie bereisten, da trug es sich doch zu, dass wir auch das Küstenörtchen Yport besuchten, um in der dortigen Jugendherberge zu übernachten. Es wurde eine erinnernswerte Nacht, in der wir irgendwann am frühen Morgen mit vereinten Kräften den jovialen Herbergsvater aus dem Bett des einen Freundes herauswuchten mussten, der es sich dort heimlich bequem gemacht hatte, um, wie wir einvernehmlich mutmaßten, mit diesem Freund auf Tuchfühlung zu gehen, was dem Freund allerdings nur wenig behagte, zumal der Herbergsvater an sich – abseits aller sexuellen Präferenzen, die er haben mochte – schon bei unserem Einchecken einen generell so wenig vertrauenerweckenden wie gepflegten Eindruck auf uns gemacht hatte und damit zu einer Personengruppe zu rechnen war, die ich persönlich gerne als „problematisch" bezeichne, und zu diesen Personengruppen rechne ich , diesmal abseits aller Gepflegtheitszustände, auch Immobilienmakler und Investmentbanker und, spätestens seit dieser Reise, eben auch Menschen aus Heidelberg.

Am nächsten Morgen stärkten wir uns auf diesen Schrecken hin, dem wir da entkommen waren, mit einem, wie wir glaubten, typisch normannischen Frühstück, das aus einem Baguette, drei großen Camemberts und einer Flasche Calvados bestand. Derart erfrischt brachen wir auf in Richtung Strand, um bei Fécamp die berühmten Felsbögen in den Falaises d'Aval zu besuchen, die von jedem großen französischen Maler des 19. Jahrhunderts mindestens einmal gemalt worden waren und zur gewissermaßen Standardausstattung eines jeden französischen Museums mit angeschlossener Impressionistenabteilung zählen. Wie schön, wie wunderbar war der Anblick, den die Natur uns da bot; wir beschlossen sogleich, diesen

Ausflug durch ein Bad in den erfrischenden Wellen an diesem ansonsten menschenleeren Strandabschnitt zu krönen. Dass wir keine Badehosen dabei hatten, das störte uns nicht, und den übergriffigen Herbergsvater hatten wir ja schmollend in seiner Herberge zurückgelassen.

Wie groß aber war unsere Überraschung, als uns nach fünf Minuten heiterster und ausgelassenster Baderei zwei französische Polizisten aus dem Wasser baten; sie waren mit ihrem Dienstfahrzeug direkt an den Strand gefahren. Der Freund, der in der Nacht zuvor den Besuch in seinem Bett abzuwehren hatte, sprach sehr gut Französisch und übersetzte für uns. Den Polizisten täte es leid, aber wir müssten uns bitteschön unten herum etwas anziehen, wenn wir baden wollten. Auf unseren Einwand, es wäre doch niemand da, den das stören könnte, meinte der eine Flic nur schulterzuckend, dass eine Beschwerde telefonisch bei ihnen eingegangen wäre und sie zum Handeln veranlasst hätte; dabei mit dem Arm auf die Spitze der Klippen weisend, wo sich in mehreren hundert Metern Entfernung zwei kaum zu erkennende Personen aufhielten. Sie hätten uns mit dem Fernglas beobachtet und es wären Landsleute von uns. Die Polizisten konnten ihre Amüsiertheit, freilich zugleich aber auch ihr Befremden, wie ich aus den Mienen herauslas, kaum unterdrücken. Wir dankten, zogen uns nicht nur unten herum etwas an und verließen ohne weitere Diskussion den Ort. Die zwei Personen aber, verrieten uns die beiden beim freundlichen Abschiednehmen, kämen, hätten sie der Polizei bei ihrem Anruf noch stolz mitgeteilt, aus Heidelberg.

Diese Erwähnungen sollten meine Aversion gegen den Homo heidelbergensis, wie ich ihn seitdem gerne nenne, hinreichend erklären; darüber hinaus brachte mich dieses Erlebnis zu der tiefen Einsicht, neben all den morosen Gedanken, die sich in der Folge bei mir einstellten, dass man sich in der unsrigen Gesellschaft in der Öffentlichkeit ohne Hose wohl kaum sehen lassen kann, ohne Hirn dagegen schon.

Wie ich einmal nicht vom Beethovenjahr profitierte.
Von den Kulturverführungen.

Irgendwie, dachte ich, da ich die Zeitung studierte und lesen durfte, was zum 250. Tauftag des großen deutschen Komponisten so an Kulturverführungen in der Republik vorgesehen war, irgendwie macht da doch jeder was, einer singt die Neunte vom Balkon oder bläst die Elise auf dem Kamm, jeder macht da was, alles, was da getutet und geblasen wird, geht als Veranstaltung zum Beethovenjahr durch, nur ich, ich mache nichts, und so dachte ich in der Folge, irgendwie wollte ich auch vom Beethovenjahr profitieren. Aber mir fiel beim besten Willen nicht ein, wie ich das bewerkstelligen sollte, mir fiel nur ein, wie die Geschichte mit der jüngsten Kulturverführung so ausging.

An dieser jüngsten Kulturverführung war ausnahmsweise einmal nicht die gute Gefährtin Schuld, sondern ich selbst war es, der den Vorschlag unterbreitet, genauer gesagt: sich hatte breitschlagen lassen, dem Aufruf der Bekannten zu folgen und die große Gemäldeausstellung zu besuchen, die ein großes Kunstinstitut in der benachbarten Metropole zu Ehren des großen niederländischen Malers veranstaltete, der wie kein zweiter gefeiert – um nicht zu sagen: gehypt wurde, wie das hübsche neudeutsche Wort dafür lautet, denn kaum jemand im näheren Bekanntenkreis, so mein Eindruck, hatte diese Ausstellung, in der auf verschiedenen Gemälden Eindrücke von Landschaften, Obstschalen und Selbstbildnissen des Künstlers – aber immer nur mit zwei Ohren – präsentiert wurden, noch nicht gesehen, oder wenigstens angegeben, dies „auf jeden Fall" noch vorhaben zu wollen. Da es mir immer aufs Neue ein Greuel ist, und da genügt mir allein die Vorstellung, mich in mehrere hundert Meter lange Menschenschlangen einzusortieren und mir ein in aller Regel teures Billet zu erstehen, um mir dafür dann Dinge ansehen zu sollen, die ich wegen der vielen Menschen, die sich dort tummeln, ohnehin nicht richtig sehen kann, hatte ich den Besuch dieser Ausstellung ohnehin nicht ernsthaft in Betracht gezogen – wenigstens so lange die Radiokulturwelle meines Vertrauens tagtäglich dazu aufrief, sich in mehrere hundert Meter lange Menschenschlangen einzusortieren, teure Billets zu erstehen, und wertvolle Eindrücke von Landschaften, Obstschalen und Selbstbildnissen des Künstlers, aber immer nur mit zwei Ohren, auf sich einwirken zu lassen.

Die Bekannte aber hatte damit gelockt, dass eine kleine Führung vereinbart worden wäre, eine Führung, die wegen des Menschenansturms einen ganz hohen Seltenheitswert beanspruchen dürfte, und die Billets im Vornehrein bestellt worden wären, was das Anstehen in der mehrere hundert Meter langen Menschenschlange obsolet machte – keinen vernünftigen Grund gab es also mehr, auf die Kulturverführung zu verzichten, schon gar nicht aus den profanen, von mir vorgeschobenen Gründen, die ich da immer vorbrächte, sagte ich mir, den für gewöhnlich bin ich es ja selbst, der diese profanen Gründe gegen sich selbst anführt. Also Ausstellung.

Wir, die gute Gefährtin und ich, erreichten sie unter Nutzung des Öffentlichen Personennahverkehrs, ein gruseliges Wort für eine gruselige Angelegenheit. Und orientierten uns, in Zielnähe angekommen, an einer mehrere hundert Meter langen Menschenschlange, die sich um den Gebäudekomplex des großen Kunstinstituts zu wickeln schien. Wir aber durften, der Weitsicht der Bekannten gedankt & geschuldet, das Anstehen vermeiden und uns direkt zur Führerin begeben, die uns bereits mit professionell-freundlichem Lächeln erwartete. Den Blick richtete sie dabei unauffällig auf die Armbanduhr; dazu musste sie den Arm verdrehen, denn sie trug ihre Armbanduhr auf der Unterseite ihres Handgelenks, wie das junge, sportive Menschen gerne tun, wenn sie im Bereich der Hochkultur unterwegs sind. Sie wartete mit der beruhigenden Auskunft auf, dass die Führung nur eine Stunde dauern würde – da könnte sie natürlich nur einen kleinen Ausschnitt, nicht alle Bilder, wir verständen schon, aber da warte schon die Anschlussführung, es sei viel los, auch sollten wir als Gruppe zusammenbleiben und den gebotenen Sicherheitsabstand zu den Bildern einhalten, wir verständen schon, und wir sollten die hässliche Hörhilfe im Ohr platzieren, auf dass wir ihre elektronisch verstärkten Erläuterungen, wir verständen schon, und wir sollten nicht auf den Knöpfen herumdrücken und den Kanal verstellen, aber das verstände sich von selbst, und im Übrigen sei sie keine Führerin, sondern der Guide. Wir stürzten uns erwartungsfroh in das Getümmel.

Ich hatte bald herausgefunden, dass es eine nur mäßige Freude bereitete, der Führerin Erläuterungen zu Bildern abzulauschen, die ich wegen der sich vor ihnen drängelnden Menschen gar nicht sehen konnte. Aber wozu, dachte ich, haben einem die Götter die Fähigkeit mitgegeben, das Schlechte in dieser Welt in Gutes umzudeuten, und also begann ich damit, die Erläuterung der Führerin, die ich längst aus den Augen verloren hatte, auf die paar wenigen Bilder zu beziehen, vor denen sich niemand drängelte und die ich deshalb gut und ungestört betrachten konnte; vermutlich waren das die uninteressanteren Bilder des großen niederländischen Malers, aber das störte mich nicht. Auffällig war jedenfalls, wie gut die Erläuterungen der Führerin hinsichtlich Farbauftrag, Farbwahl und -gestaltung oder Bildkomposition in jedem Fall zu dem Bild passten, von dem sie zwar nicht sprach, aber vor dem ich gerade stand. Dass es einmal um ein Portrait, das andere Mal um zwei Spaziergängerinnen in wilder Landschaft oder um den Blick in die südfranzösische Ferne ging, störte dabei überhaupt nicht. Darüber hinaus bereitete es große Freude, doch an den Knöpfen der elektronischen Hörhilfe herumzuspielen, die mir um den Hals baumelte, den Kanal zu wechseln und nun anderen Führerinnen und ihren Erläuterungen zu Bildern zu lauschen, die im Nebenraum hingen und die ich erst, wenn wir aufgefordert worden wären, in den Nebenraum zu wechseln, in fünf Minuten nicht würde sehen können.

Irgendwann fand sich unsere Gruppe auch einmal wieder zusammen – und so traf ich auch wieder auf die gute Gefährtin, die ein langes Gesicht machte. Sie erklärte mir, dass sich in unsere Gruppe eine Frau eingeschlichen hätte, möglicherweise Italienerin, die mit der gelben Hose und den gelben Fingernägeln, und sie, die gute Gefährtin, nun gar nicht anders könnte, als sie, die sich eingeschlichen Habende, zu beobachten, wie sie, kaum dass unsere Führerin zum nächsten Bild geeilt war, sofort losspränge, um als erste bei der Führerin zu stehen zu kommen, um den anderen, regulären Mitgliedern der Gruppe, die den Obolus für die Führung entrichtet hätten und denen allen die elektronische Hörhilfe um den Hals baumelte, woran man diese Gruppe schließlich auch leicht erkennen könnte, den Blick aufs aktuelle Bild zu verstellen. Sie, die gute Gefährtin, könnte sich seitdem überhaupt nicht mehr richtig auf die Führung und die Bilder konzentrieren. Für sie, die gute Gefährtin, war die Veranstaltung damit in gewisser Weise gelaufen. Wir gaben die elektronischen Hörhilfen frei (ich hatte zuvor noch gründlich den Kanal verstellt) und fuhren dann wieder mit dem Öffentlichen Personennahverkehr nach Hause. Draußen schob sich noch immer eine mehrere hundert Meter lange Menschenschlange dem Kassenhäuschen entgegen.

Wenn hinterher einer fragte, ob wir schon bei van Gogh gewesen wären, lächeln wir, die gute Gefährtin und ich, nur und sagen: „Klar. Das sollte man gesehen haben. Ein Must." Dass ich nur die mittelmäßigen Bilder mit den falschen Erläuterungen und die gute Gefährtin nur die Italienerin mit den gelben Fingernägeln gesehen hatte, das verschweigen wir. Ich finde, jede und jeder muss seine eigenen Erfahrungen machen – und wenn das Radio sagt, die Leute sollen irgendwo hingehen, dann sollen sie eben irgendwo hingehen. Ich denke, ich werde vom Beethovenjahr am meisten profitieren, wenn ich gar keine Veranstaltung besuche.

Wie ich mich einmal nicht mochte.
Von der Betroffenheit.

Neulich musste ich einmal Betroffenheit heucheln, und da schlich sich doch tatsächlich wieder dieses Gefühl an, an dem ich Betroffenheit festmache, ein Gefühl, von dem ich allerdings nicht so recht weiß, was es mir eigentlich bedeuten will, denn es ist kein unangenehmes Gefühl, sondern es lässt sich, ganz im Gegenteil, am ehesten noch mit Erleichterung, ja Fröhlichkeit gleichsetzen. Ich saß im Städtchen nach verrichtetem Tagewerk in meiner Lieblingsosteria hinter einem kühlen Glas Weißweins und einer so genannten Focaccia, wie der Kenner sagt, also einem gefüllten italienischen Fladenbrot. So gut sich diese äußeren Umstände auch darstellen mochten, hatte ich, gerade dem ÖPNV entkommen, die übelste Laune, und ich verspürte große Lust, sie an jemandem auszulassen und jemanden tüchtig anzuraunzen.

Der Aperol-Spritz-Hype scheint vorüber zu sein. Die jungen Mütter im Städtchen wenigstens sitzen mittags vor den neuen angesagten Getränken, während sie auf ihre sukzessive vom eingeschränkten schulischen Präsenzunterricht zurückkehrenden Jungen warten, und unterhalten sich über die ultimativen Gnocchi-Rezepte. Sie sagen aber immer Knotschi, „ultimativ" hingegen sprechen sie vorbildlich aus. Nun befanden sich um mich herum viele dieser jungen Mütter, was aber nicht weiter überrascht, wenn man das Städtchen um diese Tageszeit des frühen Nachmittags kennt; man fühlt sich dann, wenn man in der Osteria sitzt und sich ein Gläschen Wein genehmigt, wenn man also kein Kind vor dem Bauch hängen hat, vor sich herschiebt oder wenigstens beaufsichtigt, man fühlt sich dann, um an das geächtete Wort wieder einmal zu erinnern, fast ein wenig behindert. Neben meiner Focaccia grölte ein Kleinkind. Die Mutter, einige Meter von ihm und mir entfernt, kümmerte das nur wenig; sie hatte offensichtlich wichtige Dinge auf dem Mobiltelefon nachzuschauen. Ich beobachtete sie mit, meiner üblen Laune geschuldet, böser Miene. Nicht unansehnlich, ganz gute Figur, interessantes Gesicht, überwiegend geschmackssicher in Schwarz gekleidet; sie hingegen machte einen allenfalls durchschnittlichen Eindruck auf mich: blond, jung, Pferdeschwanz, quäksende Stimme, sportiv-geklont wie all die anderen Mütter, die die Fußgängerzone des Städtchens zu dieser Zeit als Abenteuerspielplatz missbrauchen und versuchen, den Nachwuchs im Griff zu behalten. [Irgendwann, fällt mir gerade ein, habe ich über diese Mütter und die dazugehörigen Väter ein kleines Gedicht geschrieben; das ist allerdings so hochgradig unanständig ausgefallen, dass ich es an dieser Stelle unmöglich zitieren kann. Die gute Gefährtin, so viel sei angedeutet, kommentierte es mit einem knappen „Gut!", während die gute Freundin, katholisch wie eine Irin, nach dem ersten zufällig erfolgten Höreindruck nur ein gehauchtes „Oh!" herausbrachte und dezent errötete. Besonders unanständig, sei noch angemerkt, klingt das Gedicht übrigens, wenn ich es mir von der elektronischen Vorlesestimme „Katja", die in meinem Computer wohnt, mit ein wenig reduzierter Geschwindigkeit vorlesen lasse, was einen leicht angetrunkenen, etwas lasziven Eindruck macht und bei mir immer ein großes Hallo hervorruft. Schluss des Vorherigen.]

Das Kind grölte also. Ich nenne es, der Einfachheit halber, wegen des wohl von der sportiven Mutter ausgewählten Freizeithemdchens, Klein-Calvin; seinen Freund, der in unmittelbarer Nähe rumorte, will ich hingegen Messi nennen. Beide trugen die jetzt schon nichts Gutes befürchten lassende ausrasierte Kurzhaarfrisur, die ihre Eltern wohl für die angemessene hielten; ein nicht selten zu beobachtendes Phänomen, dass die Eltern ihre Kinder zwar als Fetisch betrachten, deren Frisur aber pflegeleicht zu sein hat. Darin gleichen sie ihren Klonvätern, wenn die sich nicht gleich den Kopf ganz rasieren lassen, was gleichermaßen sportiv wie brutal-aggressiv, aber eben auch männlich-viril anmutet, wenigstens kommt mir das so vor. Natürlich hatte ich mich bemüht, da ich mich in den

Außenbereich der Osteria begeben hatte, meiner üblen Laune zum Trotze, freundlich zu den Kindern zu sein; schließlich bin ich stolz auf mein – auch bei schlechter Laune – recht zuverlässig funktionierendes Ästhetik- und Benimmzentrum. Gleich war ja auch dieses Kind angekommen, hielt einen Ohrring in der Hand, den es gefunden hatte, und fragte „Gehört der Dir?", womit eigentlich schon alles über dieses Kind gesagt sein sollte. Wir sprachen freundlich miteinander, freilich unter den kritischen Blicken von Klonmutter „Queen oft the world", und ich schickte es in die Gastronomie, seinen Fund dort abzugeben. Weitere freundliche Annäherungsversuche, etwa „Wie heißt Du? Was machst Du da? Guck mal, ein Marienkäfer!", wehrte ich noch halbwegs freundlich ab, aber als Klein-Calvin dann mit dem Gegröle anfing und Messi versuchte, neben meinem Tisch eine halbvolle Wasserflasche durchzubrechen, war es auch mal gut.

Ich blickte zur mobiltelefonbeschäftigten Mutter herüber und sprach laut und vernehmlich: „Könnten Sie bitte einmal dieses Kind hier wegnehmen?" Ich erinnere noch einmal an meine schlechte Laune, die sich ja nicht in Luft aufgelöst hatte – und nun bereitete ich alles vor, sie an jemandem auszulassen und jemanden einmal so richtig schön anzuraunzen. Und dieser jemand war natürlich niemand anderes als Klonmutter „Queen oft the world".

Sie blickte mich irritiert an, dann ihr Kind, dann wieder mich. Während dieser Hin- und Herblickerei die Fassung wieder gewinnend, meinte sie schließlich: „Sie mögen wohl keine Kinder?" Ich stellte so nüchtern wie beinahe wahrheitsgemäß ein hübsches, deutliches Wort in den Raum, und das Wort aber lautete: „Nö". Wieder rang die Queen oft the world-Mutter um Fassung; schließlich zischte sie mir einen Satz entgegen, dessen Wahrheitsgehalt nicht einmal ich bestreiten konnte und mochte, und dieser Satz, den sie da zischte, lautete „Aber Sie waren doch selbst einmal eines." Ein wahrer Satz, sagte ich eben, der mich betroffen machen sollte, und er machte mich auch betroffen, nur nicht in dem Sinne, in dem ich hätte betroffen sein sollen, sondern, wie ganz am Anfang schon angedeutet, er löste eine gewisse Erleichterung, ja Fröhlichkeit bei mir aus, und so antwortete ich munter: „Da habe ich mich auch nicht gemocht."

Freilich hätte ich auch antworten können „Aber da bin ich nicht mit einem dämlichen Calvin-Klein-T-Shirt und einer Hitlerjugendfrisur grölend in der Fußgängerzone herumgerannt, habe ältere Herren genervt und einen Freund im Schlepptau, der Wasserflaschen durchbrechen möchte. Nein, so einer war ich nicht." Nein, das alles unterließ ich zu sagen; meinem wenigstens gelegentlich, dafür dann umso verlässlicher funktionierendem Ästhetik- und Benimmzentrum sei Dank dafür.

Irgendwann bezahlte ich Focaccia und Weißwein; ich traf Anstalten zu gehen, nicht, ohne Klein-Calvin und dem Flaschenzerbrecher noch ein kurzes Tschüss anzubieten. Sie gingen – nach dem kurz zuvor erfolgten Dialog mit der Mutter – verständlicherweise nicht darauf ein. Und da stellten sich – als ich mir das alles beim Gehen dann noch einmal ansah, diese Mutter, die schon wieder mobilfunkmäßig unterwegs war, vermutlich um die eben erfolgte ungeheure Begegnung der dritten Art unverzüglich zu evaluieren und in den sozialen Netzwerken zu dokumentieren, diese Werbe-T-Shirts, die widerspenstige Wasserflasche, die nicht zerbrechen wollte, die Frisuren, freilich auch die Knotschi –, und da stellte sich am Ende doch noch eine Art von echter Betroffenheit bei mir ein, die nun aber mit Erleichterung oder gar Fröhlichkeit nichts, aber auch gar nichts mehr gemein haben wollte.

Wie ich einmal zu einer guten Antwort fand.
Vom Angestarrt-Werden.

So. Ich saß da und hörte ein wenig Jaak Joala beim Singen zu. Vielleicht muss ich jetzt erklären, dass Jaak Joala der Sänger war, der die estnische Version des großen Bee-Gees-Hits „Massachusetts" aus den Sechzigerjahren vortrug und es möglicherweise auch dadurch zu einiger Bekanntheit im Baltikum brachte; vergleichbar dem Schlagersänger Jürgen Marcus, der unter dem Titel „Warum kann ich Deine Liebe nicht vergessen?" die deutsche Version von „Massachusetts" vortrug und es möglicherweise auch deshalb im deutschen Sprachraum zu einiger Bekanntheit brachte. Beide sind heute nicht mehr unter uns, nur die Originalversion von „Massachusetts" hat alles überlebt, obwohl von den Bee Gees zwischenzeitlich auch schon einige nicht mehr unter uns sind. Ich schreibe diese wichtigen Dinge aber nicht, weil es sicher nicht ganz falsch wäre, Jaak Joala als den estnischen Jürgen Marcus zu bezeichnen, sondern weil im Hintergrund meines Hörerlebnisses eine Geschichte lauert, die zu erzählen ich mir unbedingt vorgenommen habe, und diese Geschichte lässt sich folgendermaßen an.

Ich habe ja gelegentlich angemerkt, dass meine Physiognomie ab und an mir begegnenden Zeitgenossen unvornehmen Anlass gibt, mich anzustarren und nach Ähnlichkeiten mit ihnen bekannten Personen zu suchen; diese Ähnlichkeiten scheinen mir dann in aller Regel allerdings sehr weit hergeholt. Als ich einmal aus purer Unvorsicht in einen Rosenmontagsumzug geriet, wurde ich zunächst für den Sänger Udo Lindenberg gehalten, im Anschluss daran für den Schauspieler Uwe Ochsenknecht, obgleich ich mich in keiner Weise verkleidet oder kostümiert hatte; die zweite Begegnung mit den fröhlichen Fastnachtern, die, was zu ihrer Entschuldigung angemerkt werden muss, allesamt einen etwas alkoholisierten Eindruck machten, verlief ein wenig unerfreulich. Jedenfalls wurde mir bei der

Verabschiedung als Uwe Ochsenknecht eine Flasche Bier nachgeworfen. Freundlicher hingegen die Begegnung auf Malta, da mich ein italienisches Ehepaar für einen zweitklassigen Shakespeare-Schauspieler hielt (den ich leider nicht kannte) oder in Frankfurt, wo ich für den bekannten Rockmusiker Mark Knopfler gehalten wurde, was ich zum Anlass nahm, den freundlichen Fans ein paar Autogramme zu schreiben, da er dies in diesem Moment ja nicht persönlich erledigen konnte. Am beglückendsten aber – vielleicht auch am verstörendsten – war bislang dieses Berliner Erlebnis, das sich während einer kleinen Schiffstour auf der Havel zutrug und das ich sogleich ins gusseiserne Schatzkästlein meiner Erinnerungen einsortierte.

Bei allerschönstem Berliner Wetter also auf dieser Havel unterwegs, ein Glas Bier vor und die gute Gefährtin neben mir, platziert in der ersten Reihe an Deck eines Ausflugsschiffs, war es uns vergönnt, liebliche Orte wie Kladow, Schwanenwerder, Potsdam oder die nutzlos gewordene Zonengrenze, wie ich immer noch gerne sage, aus gebührendem Abstand zu betrachten, also ohne uns auch tatsächlich direkt dorthin bewegen zu müssen. Apropos Bier. Zuvor hatten wir in einem so genannten Biergarten lokaltypische Spezialitäten zu uns genommen; ein Biergarten, der noch nicht im Sinne eines Vapiano für Alkoholika zu einer reinen Abspeisestätte heruntergekommen war, wenngleich auch hier dem ausgeschenkten Bier aus Gründen des deutschen Reinheitsgebotes jede Individualität ausgetrieben worden war und die Berliner Besucherklientel offensiv demonstrierte, wie schwer es doch ist, auch in der Hauptstadt kleidungsmäßig der etwas wärmeren Jahreszeit mit einem Mindestmaß an Würde zu begegnen.

Irgendwann, die Rundreise hatte bereits ihren Zenit überschritten, begab sich eine Gruppe jüngerer bis mittelalter Frauen an Bord; sie sahen im Gegensatz zur Biergartenklientel allesamt ausgesprochen erfreulich aus, sprachen ein uns unbekanntes Idiom und ließen sich auf den freien Plätzen zu unserer Rechten in der ersten Reihe nieder. Da sie nach kurzer Weile die gute Gefährtin und mich erblickten, schauten sie immer wieder zu uns herüber, steckten die Köpfe zusammen, tuschelten und lachten leise miteinander. Mich amüsierte das, weil ich angelegentlich anderer Situationen gerne der guten Gefährtin scherzhaft gegenüber bemerke, dass man mich bestimmt wieder „aus dem Radio" zu kennen vermeinte, eine Redewendung, die zwischen der guten Gefährtin und mir schon zu so etwas wie einem running gag geworden ist. Diesmal aber blieb es nicht beim Schauen, Köpfezusammenstecken und Tuscheln, sondern die Jüngste der Gruppe fasste sich ein Herz, wandte sich uns zu und erklärte höflich auf Englisch, dass sie eine Reisegruppe aus Estland seien und dass ich offensichtlich einem bekannten Musiker ihres Heimatlandes wie aus dem Gesicht geschnitten sei oder wenigstens zum Verwechseln ähnlich sehen würde. Meine Mütze und die Sonnenbrille täten ein Übriges, diesen Eindruck noch zu unterstreichen. Ich fand das alles sehr interessant und ließ es, für mein freundliches Wesen bekannt, natürlich zu, dass die Damen eine nicht geringe Anzahl an so genannten Selfies mit mir machten. Ich erkundigte mich noch, bevor die gute Gefährtin und ich das Schiff verlassen mussten, denn zwischenzeitlich hatten wir unseren kleinen Einstiegshafen wieder erreicht, noch nach dem Namen ihres Helden; danach schieden wir alle in Freundschaft.

Ich fand dies alles gar nicht unangenehm, und für einen Moment erschien mir sogar die Vorstellung der Großstadt als geistiger Lebensform, die ich normalerweise rundweg ablehne, weil Großstadt für mich ansonsten nur gleichbedeutend mit Einkaufspassage ist und ich persönlich der Idee nachhänge, dass es kein richtiges Leben in der falschen Einkaufspassage geben kann, weshalb ich auch das Wohnen in kleineren Städten dem Leben in der Großstadt vorziehe, erschien mir also die Vorstellung der Großstadt als geistiger Lebensform ganz passabel; zumindest musste ich in der Kleinstadt auf solch lustige

Erlebnisse verzichten, da es hier zum einen keine Ausflugs-schiffe gibt, mit denen ich Rundreisen auf der Havel unterneh-men könnte und zum anderen keine estnischen Reisegruppen mit gut erzogenen, höflichen, attraktiven Frauen, weil sie es sich in ihrem anzunehmenden eng getakteten Reiseplan wohl zweimal überlegen würden, die Kleinstadt zu besuchen. So ließ ich es zum nicht geringen eigenen kleinen Vergnügen zu, dass diese Fotos gemacht wurden, mit denen sich später, glücklich in die baltische Heimat zurückgekehrt, sicher treff-lich Eindruck machen ließe; ich tat da ein gutes Werk, ohne großen Aufwand betreiben zu müssen, aber ich verleihe ja be-kanntlich ohnehin gerade diesen kleinen Alltagshandlungen ein wenig an moralischer Färbung.

Später schaute ich, neugierig geworden, natürlich nach, wie es um die Ähnlichkeit zwischen Jaak Joala, denn genau um ihn handelte es sich in diesem Falle, und mir bestellt war; sie ließ sich, muss ich zugeben, diesmal nicht ganz von der Hand wei-sen, jedenfalls ist der Ähnlichkeitsfaktor entschieden höher als in den Fällen der Herren Ochsenknecht oder gar Lindenberg. Von Jürgen Marcus mag ich in diesem Zusammenhang gar nicht sprechen, aber hier ist bislang auch keine Verwechslung vorgekommen. Allerdings musste ich bei denselben Recher-chen gleichzeitig auch feststellen, dass dieser verdiente Sänger schon geraume Zeit tot ist, ich habe das weiter oben ja schon einmal vorsichtig angedeutet. Und so fragte ich mich, wie die wahrscheinlich hochbegabten estnischen Damen – Estland ist im jüngsten PISA-Test auf Platz neun gelandet und belegt, ganz im Gegensatz zu Berlin, gemeinsam mit den Finnen einen der Spitzenplätze in Europa – diesen Umstanden beim Vorzei-gen ihrer Selfies in Tallinn, Tartu oder Valga wohl erklären würden. Aber das sollte ja nun echt nicht meine Sache sein.

Was ich aber aus all dem Vorhergehenden gelernt habe ist, dass ich, wenn mich das nächste Mal jemand impertinent an-starrt und sich fragt, ob ich Jürgen Marcus, Bata Ilic oder Cindy und Bert bin, frech antworten werde: „Nein, überlegen Sie nicht länger! Ich bin Jaak Joala und ich habe seinerzeit die estnische Version von ‚Massachusetts' im Baltikum bekannt gemacht. Leider bin ich schon ein paar Jahre tot." Das wär's doch.

Wie ich mir einmal ein Theaterstück ausdachte.
Vom Klingeln der Eiswürfel im Glas.

Für den Urlaub hatte ich mir vorgenommen, zu schreiben.

Eigentlich erwarte ich Urlaub generell von mir, schreiben zu können, ja gar nicht anders zu können, als zu schreiben. Die gute Gefährtin neckt mich gerne mit der Vorstellung, dass, wenn wir immer so leben wollten wie im Urlaub, im schönen Ambiente, sie, die gute Gefährtin, auf der Liege liegen, ein Glas Weißweins in Reichweite, in dem bei jedem Schlückchen die Eiswürfel munter klingelten, sie also in der Sonne liegen und das Leben genießen würde, während ich, im Schatten sitzend, schriebe, auf dass wir uns dieses komfortable Leben überhaupt dauerhaft gestatten können würden. Was unterschwellig natürlich bedeutete, ich sollte doch endlich auch einmal etwas Gescheites, wenigstens Vernünftiges schreiben, aus dessen Erlös wir uns dann endlich auch einmal ein so schickes Ferienhäuschen, wie wir es uns im Urlaub immer nur mieteten, leisten könnten. Ich versprach, mein Bestes zu geben.

Und so sitze ich also da, die Luft schwer vom Duft würziger Küchenkräuter, die hier einfach so im Garten herumstehen, die Hitze kauert neben mir auf der Terrasse, der Blick schweift über das herrliche Gewässer und die Berge, die sich am Horizont abzeichnen, ich habe die Brille auf der Nase und den Hut auf dem Kopf, der Füllfederhalter neben mir, das weiße Papier des Notizbüchleins strahlt mich erwartungsfroh an, und die gute Gefährtin rumort im Haus, weil sie tags zuvor die Klimaanlage im Schlafzimmer zerstört hat; nun versucht sie, nach einer fürchterlichen Nacht, zu retten, was zu retten ist, das heißt, sie probiert alle Knöpfe auf der Fernbedienung der Klimaanlage aus und versucht die unterschiedlichsten Kombinationen, die die Fernbedienung der Klimaanlage hinsichtlich des Drückens und Kombinierens ihre Knöpfe nur zulässt. Auf der Liege liegt sie noch nicht, aber es wäre auch noch ein wenig zu früh, die Eiswürfel im Weißweinglas klingeln zu lassen, selbst im Urlaub. Während sie also rumort, versuche ich, zu schreiben. Es gelingt aber nur leidlich; leichter ist es nämlich, mich an Momente zu erinnern, in denen es nie zu früh sein konnte, dass die Eiswürfel im Weißweinglas klingelten, und diese Momente stellten sich während der Cluburlaube ein, die die wir mit den Freunden in der Vergangenheit gemeinsam unternommen hatten. Unser Freund, der Weinkenner, hatte sich, wenn wir uns zum gemeinsamen Mittagessen in der kleinen Bodega auf dem Clubgelände trafen, um uns am kleinen Büffet gütlich zu tun – immerhin war ja alles, was wir hier verzehrten, wie wir es erwarten durften, da wir diese spezielle Form des Urlaubs gewählt hatten, all inclusive, wie es gerne heißt –, hatte sich also bereits eine Handvoll Eiswürfel in den Weißwein geworfen, was ich ihm, der ich immer gerne etwas Neues dazulerne, sogleich freudig nachtat.

Neulich hatten die Freunde uns zu sich nach Hause eingeladen, auf dass wir in intimem Rahmen an einer Weißprobe teilnähmen; und so saßen wir in wahrlich entspannter Atmosphäre zusammen, der Arzt, die zwei Apothekerinnen, der Physiotherapeut, der, wenn ich ihm begegne, ein jedes Mal einen irgendwie körperlich eingeschränkten Eindruck macht, die gute Gefährtin und ich. Und es war ein sehr angenehmer Abend, an dem wir Weine verkosteten, die die gute Gefährtin und ich uns – auch, wenn das mit dem Schreiben von mehr Erfolg gekrönt und letztlich auch finanziell zufriedenstellender verliefe – niemals leisten könnte. Niemals zuvor hatte ich in

meinem bisherigen Leben so edle, so kostspielige Weine ver-
kostet, der Freund aber ist großzügig und es bereitet ihm
Freude, seine Schätze in angenehmer Gesellschaft, während eines vorzüglichen Essens und bei ordentlichem Wetter im gepflegten Außenbereich seines Heims zu – kredenzen, hier wäre
tatsächlich doch einmal der rechte Platz für dieses alberne
Wort, das normalerweise immer nur in Werbeanzeigen mit
dem Tenor „Kredenzen Sie Ihren Gästen doch einmal einen le-
ckeren Nescafé, den Sie mit Zimt bestäubt haben. Raffiniert!"
auftritt.

Das anregende Gespräch mäanderte mal hier-, mal dorthin,
und verließ auch da, wo wir etwa in politischer Hinsicht nicht
auf dem gleichen Breitenkreis zu Hause schienen, niemals die
schickliche Bahn. Und das, obgleich wir – neben dem Umstand,
dass die Weinaromen ein jedes Mal ein nie gekanntes Ge-
schmackserlebnis verursachten, wenn sie, zwischen Birnen-
und Holznoten changierend, im Mund ihr Geschmacksfeuer-
werk abbrannten – natürlich auch sukzessive unseren Blutal-
koholgehalt in die Höhe schnellen ließen und wir uns damit
immer wohliger in der sich eingestellt habenden guten Laune
einzurichten begannen.

Das Gespräch mäanderte, bemerkte ich soeben, wechselte die
Richtung, trieb dabei gewiss immer ein wenig nach vorn, doch
nicht, ohne sich zugleich auch immer ein wenig zurück in die
Richtung zu bewegen, aus der es gekommen war, wie ein un-
begradigtes Flüsschen, dass, seiner Natur gemäß, seinen Lauf
ja auch bisweilen gegen die Flussrichtung ändert. Irgendwann
aber hatten wir den Punkt erreicht, da wir auf die Nachbarn zu
sprechen kamen, die sich im Urlaub befanden; im angrenzen-
den Haus, auf das wir nun unsere Blicke lenkten, waren die
Kunststoffjalousien heruntergelassen. Sofort tat sich, da der
Freund lachend bemerkte, die Nachbarn hielten sich in Wimbledon auf, um dort Tennisspiele aus der Nähe zu betrachten,
vor meinem inneren Auge eine Szene auf, die sich alsbald in

meiner Vorstellung zu einem prächtigen Theaterstück entwickelte.

Ausgehend von der Überlegung nämlich, dass eine Immobilie, die von möglicherweise sie bewirtschaftenden verheirateten Partnern behaust wird, wie sie da hermetisch abgeriegelt auf dem Nachbargrundstück herumstand, bekanntlich von einer Lebensweise kündet und unterschwellig darauf drängt, dass diese Lebensweise Fortbestand haben sollte, ist sie doch steingeworden-materieller Ausdruck der Beziehung, die sich in ihrem Inneren verbirgt, ausgehend von dieser Überlegung also stellte ich mir die Frage, wie es wohl aussähe, gewännen wir einen Blick ins Innere dieser Behausung und könnten wir erleben, was da wohl vor sich gehen mochte. Und also entwickelte sich vor meinem inneren Auge das folgende Szenario, das sich mir sogleich als zeitgenössisches Bühnenstück ausgestaltete – und das Ganze nur, weil ich zuvor scherzhaft bemerkt hatte, ich hätte da hinter den heruntergelassenen Kunststoffjalousien einen Lichtreflex bemerkt.

Die Bühne, halbdunkel, ein bürgerliches Wohnzimmer, Teppiche in einheitlicher Farbgebung, herabgelassene Kunststoffjalousien hinter den Stores, an der Wand ein großer Flachbildschirm, auf dem ein Tennismatch zu sehen ist. Ein Mann betritt, eine Kerze in der einen, eine Fernbedienung in der anderen Hand, den Raum… In diesem Stück - Arbeitstitel Wimbledon – geht es um eine Familie, die ihren Nachbarn gegenüber großspurig angekündigt hat, das bekannte Turnier in London zu besuchen, im letzten Moment aber aus finanziellen Erwägungen darauf verzichten musste. Nun soll die Familie drei Wochen lang in ihrer Wohnung verbringen und der Umwelt vorspielen, sie säße am Center Court. Die Komplikationen, die sich daraus ergeben – allein die Ergänzung der Aperol-Vorräte wird zur echten Herausforderung für den familiären Zusammenhalt –, sollten in einer dreiaktigen Dramenstruktur im minimalistischen Ambiente (ein Wechsel des Bühnenbildes ist nicht vorgesehen – wohl zu fassen sein. Geschickt inszeniert sollte Wimbledon auf deutschen Gegenwartsbühnen wohl seine Freunde und Freundinnen finden und bald reüssieren. Und dem Autor wohl ein erkleckliches Sümmchen an Tantiemen einbringen, mit dem er dann…

Das Klingeln von Eiswürfeln in einem Weißweinglas brachte mich in die Gegenwart zurück. Die gute Gefährtin hat damit aufgehört, zu rumoren, sich von der desaströsen Klimaanlage ab- und ihrem Weißweinglas zugewendet. Ich sitze wieder vor dem weißen Papier meines Notizbüchleins, das mich unverdrossen anstrahlt, und höre den Zikaden beim Geräuschevonsichgeben zu. „Die meisten meiner Gedanken entwickele ich im Gespräch", das habe ich eben noch gelesen, und welch ein schöner, wahrer Satz das doch ist, denke ich da, denn ich kann ihn aufgrund meiner Erfahrungen des soeben Gedachten nur bestätigen. Immerhin habe ich jetzt vage Vorstellungen davon, was ich schreiben könnte; eine heitere Urlaubsgeschichte etwa, oder etwas Anspruchsvolleres, vielleicht über den Wert von Immobilien für die Konstruktion von Sinnzusammenhängen im familiären Rahmen, vielleicht ein kleines Theaterstückchen über Schreibblockaden oder einen Text über das dankbare Gefühl, das sich einstellen mag, wenn man an zurückliegende freundliche Einladungen und die sich daraus ergeben habenden freundlichen, abschweifenden Gespräche zurückdenkt. Jede Menge Themen, denke ich, unmöglich, sie irgendwie in einem einzigen Text unterzubringen, das denke ich auch.

Vielleicht, und damit beschließe ich meine Überlegungen, sollte ich mir – irgendwie ist inzwischen wohl doch die Zeit dafür gekommen – zuerst aber einmal ein Gläschen Weißwein einschenken; natürlich nicht, ohne zwei, drei Würfelchen Eis hineinzuwerfen.

Wie ich einmal mit Inga telefonierte.
Von der Sentimentalität.

Die ältliche Fahrtausweiskontrolleurin bedankte sich bei mir; wäre ich doch der erste gewesen, sagte sie, der ihr heute einen guten Morgen gewünscht und sie nicht böse angefunkelt hätte, da sie das Abteil betreten und Anstalten getroffen hatte, ihrem Broterwerb nachzugehen. Seit einer Stunde schon im Dienst, wäre dies das erste Guten Morgen! gewesen, das sie zu hören bekommen hätte, es würde immer schlimmer, ich glaubte es kaum, aber über dieses Guten Morgen!, von mir gesprochen, freute sie sich nun wirklich; es gab ihr, so interpretierte ich sie wenigstens, ein Stück weit den Glauben an die Menschheit, vielleicht sogar Zivilisation, zurück, denn früher, in den guten, alten Zeiten, hier wieder ihr Originalton, wäre ja alles besser gewesen. Im Gegenzug gab sie mir wertvolle Insiderinformationen, den Kauf von Jahreszeitkarten betreffend, die mir freilich nichts nützten. Ochjo dachte ich da, wenn es mehr nicht bedarf, dem Mitmenschen eine Freude zu bereiten. Ansonsten bereiten sich die Mitmenschen ja wenig Freude, vor allem im Nahverkehr, und vor allem diejenigen Mitmenschen, die sich den Zuschlag für die bourgeoise Erste Klasse leisten, sind – als vollwertige Mitglieder der Neidgesellschaft – bekanntlich weit davon entfernt, sich gegenseitig eine Freude bereiten zu wollen, sie grüßen wenigstens einander nur im Notfall, bevor sie sich mit bösen Gesichtern hinter den Bildschirmen ihrer Mobiltelefone verschanzen. Es ist nicht nur die junge Generation, die ständig mit ihren Mobiltelefonen beschäftigt ist, wie es die Älteren gerne behaupten, nein, sage ich euch, das ist sie wirklich nicht. Die aber natürlich auch.

Wie Recht sie doch hat, dachte ich, nachdem die ältliche Fahrtausweiskontrolleurin nach getaner Arbeit das Abteil wieder verlassen hatte, irgendwie gibt es in diesen Zeiten diese Form von stillschweigender Solidarität kaum mehr, und eine innere

Stimme ergänzte: die Solidarität der Guten, die sich da einstellt oder zumindest aufblitzt, wo der Mitmensch den Mitmenschen grüßt. Ob früher alles besser gewesen war, das kann ich aus Gründen meines Erinnerungsvermögens nicht beurteilen, ich meine mich aber zu entsinnen, dass zumindest die Musik besser war, und schon spülte der nimmermüde Strom meines Bewusstseins mir ein paar seltene, verschüttete Edelsteine aus den Tiefen meines Unbewussten ans Ufer der Erinnerung, von denen ich nun sagen will.

Alles war aufs Schönste vorbereitet, den anstehenden Sabbat zu heiligen, ich hatte es mir mit einem guten Buch und einem ebenso guten Hieb Rotweins im Außenbereich des schönen Domizils auf der Terrasse bequem gemacht und voller Vorfreude dem Besuch des Igels, dem Gluckern des Teiches und dem Schmatzen des Goldfisches entgegengesehen rsp. -gehört, als aus dem Radio, dessen leise eingestellten Klänge dezent diese liebliche Stimmung untermalen sollten, ein Musikstück mein Ohr erreichte, das ich lange nicht mehr gehört hatte und das mich immer wieder, ich gebe das gerne zu, in eine leicht sentimentale Stimmung versetzt. Es ging auf den Abend zu, die Dämmerung begann damit, ihre Rosenfinger auszustrecken, und ich hörte Inga und Wolf dabei zu, wie sie mit ihrem „Gute Nacht, Freunde" an die Solidarität der Guten, die es früher bekanntlich einmal gegeben hatte, erinnerten. Ich wurde sogleich sentimental. Und von hier aus kehrten meine Gedanken noch weiter zurück, an meinen Schreibtisch, an dem ich vor Jahren gesessen hatte, um eine Rezension über verschiedene neu erschienene Tonträger zu verfassen, die hernach in der großen Frankfurter Tageszeitung meines damaligen Vertrauens in einer eigens dafür in der Wochenendausgabe freigehaltenen Kolumne erscheinen würde.

Zehn unterschiedlichste CDs waren dafür zu begutachten und für die Leserschaft mit einem roten Faden zu verknüpfen, um diese doch vom musikalischen Inhalt her sehr ungleichen

Tonträger in einem Text unterzubringen, in dem sie sich gegenseitig beleuchten und kommentieren sollten und dem darüber hinaus noch problemlos gefolgt werden konnte. Keine ganz anspruchslose Aufgabe, und also arbeitete ich intensiv daran. Unter den zu besprechenden CDs befand sich eine, die mich besonders interessierte: Peter Rohland, ein so wenig bekannter wie früh verstorbener Liedermacher der Sechzigerjahre und durch seine Auftritte auf dem legendären Folkfestival auf Burg Waldeck im Hunsrück allenfalls von Musikfreundinnen und -freunden geschätzt, denen die deutsche Volksmusik abseits des Schlagers und der Stadlkultur am Herzen lag. Von diesem Peter Rohland nun war posthum eine CD veröffentlicht worden – mit Liedern auf Texte des französischen Dichters François Villon und diversen so genannten Landstreicherballaden. Interesssanter als dieser Umstand aber erschien mir noch, dass Rohland bei dieser Aufnahme ein gewisser Schobert Schulz Gesellschaft leistete, der die Concertina spielte und Rohlands Gesang, die zweite Stimme beisteuernd, begleitete. Das nun ließ mich aufmerken; ich fragte mich, ob es sich bei diesem Schobert Schulz vielleicht um jenen Wolfgang Schulz handeln mochte, der mir im Duo mit Lothar Lechleitner meine Jugendzeit mit Limericks und ostpreußischem Nonsensetexten bereichert hatte? Sollte es sich wirklich um die eine Hälfte meines bärtigen Lieblingsduos „Schobert und Black" handeln? Ich rief bei der Plattenfirma an, wo mir allerdings niemand helfen konnte; entweder waren die Mitarbeiter zu jung, um sich zu erinnern, oder sie hatten seinerzeit nur Ilja Richter geguckt; immerhin nannte man mir zwei Telefonnummern mit der berühmten 030-Vorwahl Berlins, wo ich mein Glück versuchen sollte, aber damals wurde um den Datenschutz ja auch noch nicht so viel Trara gemacht.

Ich wählte die erste; eine Frauenstimme meldete sich freundlich. „Ja?"

Ich gab höflich Auskunft darüber, was mein Begehr wäre, dass ich für die Frankfurter Rundschau eine Musikkolumne zu verfassen hätte, nähere Informationen bräuchte und ob Herr Schulz...

„Ne. Isser nich."

Der Hörer wurde aufgelegt. Die zweite Nummer, von mir angewählt, verband mich mit einem freundlichen älteren Herrn. Herr Lechleitner klärte mich darüber auf, dass sein Kollege bereits vor Jahren in Berlin verstorben wäre; offensichtlich war ein Zuviel des segensreichen Alkohols als solide Grundlage eines Herzversagens verantwortlich dafür, Näheres wollte ich gar nicht in Erfahrung bringen. Immerhin bestätigte er mir, dass Schulz derjenige war, der mit Peter Rohland Landstreicherballaden und Villongesänge aufgenommen hätte, dass er selbst, Lechleitner, genau dieser Black sei, für den ich ihn hielte, und dass er sich immer freute, wenn sich einer wie ich noch für sie beide interessierte, schon um der guten alten Zeiten willen, und dass er gerade mit Ingo Insterburg, einem anderen musikalischen Helden meiner ausgehenden Adoleszenz, den ich dann doch gewiss auch noch kennen müsste, ein gemeinsames Programm plante. Wir schieden voneinander in Freundschaft.

Meine Kolumne vergessend, wühlte ich mich nun immer tiefer in diese guten alten Zeiten hinein; Schulz, der Schulkamerad von Reinhard Mey, war bereits 1992 verstorben; Mey hatte unter dem Pseudonym Alfons Yondraschek 1972 ein Lied geschrieben, das er „Gute Nacht, Freunde" nannte, die Hymne der Solidarität der Guten gewissermaßen, und das in der Interpretation durch Ingrid und Wolfgang Preuß, ein junges, freundliches Ehepärchen, im Wettbewerb „Ein Lied für Edinburgh", der deutschen Vorentscheidung zum zwischenzeitlich doch sehr heruntergekommenen Eurovision Song Contest, in diesem Jahr einen beachtlichen vierten Platz erreichte. Dadurch wurden Inga und Wolf, wie sie sich nannten, bundesweit bekannt. 1973 landeten die beiden mit ihrem Lied *Schreib ein Lied* sogar auf dem dritten Platz. Musik und Text schrieb diesmal, Sie ahnen es bereits, Wolfgang Schulz. Aber jetzt kommt es so richtig: Nach einigen kleineren Erfolgen kam das Aus, das Paar ließ sich scheiden. Und sie heiratete später – Wolfgang „Schobert" Schulz. Und damit hatte ich doch tatsächlich mit seiner Witwe Inga telefoniert. Was mir aufs Schönste erklärte, warum Schobert nicht zu sprechen war und unser freundliches Gespräch auf gewisse notwendige Äußerungen ihrerseits begrenzt gewesen sein mochte.

Und auch am Ende meiner Recherchen war ich in sentimentaler Stimmung. Ich kehrte aus meinen Gedanken zurück in die zweite Wirklichkeit; es ging ja auf den Abend zu, die Dämmerung begann damit, ihre Rosenfinger auszustrecken, ich wartete auf den Igel und hörte Inga und Wolf dabei zu, wie sie mit ihrem „Gute Nacht, Freunde" an die Solidarität der Guten, die es früher bekanntlich einmal gegeben hatte, erinnerten. Da wusste ich, warum ich auch auf dieser Ebene meiner Erinnerung sentimental geworden war. Ingo Insterburg war vor kurzem gestorben, Peter Rohland war schon lange tot, auch Franz-Josef Degenhardt, der auf Burg Waldeck, wo Rohland und Black auftraten, gesungen hatte: „Tot sind unsre Lieder, unsre alten Lieder. Lehrer haben sie zerbissen, Kurzbehoste sie verklampft, braune Horden totgeschrien, Stiefel in den Dreck gestampft." Alle sind sie tot, allein die Roland Kaisers und Jürgen Drews' und Helene Fischers dieser Welt dürfen noch munter herum singen.

Versonnen blickte ich der ältlichen Fahrtausweiskontrolleurin noch lange nach, wie sie durch den Gang wackelte. Ich hatte sie aufgemuntert, gewiss, mich dafür abgemuntert, was leicht an meiner erneut sich eingestellt habenden sentimentalen Stimmung abzulesen war. Früher war sicher nicht alles besser, ich konnte ihr, endlich wieder auf der ersten Wirklichkeitsebene angekommen, hierin nicht Recht geben – aber die Musik war es, um auch einmal das beliebte Jugend- und Fußballerinterviewwort zu zitieren, auf jeden Fall. Und damit auf Inga und Wolf, Reinhard Mey und Franz Josef Degenhardt, auf Peter Rohland, Schobert und Black und natürlich auch auf Ulrich Roski und Insterburg & Co. Irgendwie seid ihr die Freunde aus den guten, alten Zeiten, bei denen das Licht aus den Fenstern ein wenig wärmer zu scheinen schien, wenn man bei euch vorbeischaute. Wärmer wenigstens, das hatte ich bei der ältlichen Fahrtausweiskontrolleurin gelernt, als aus den Fenstern der bourgeoisen Erste-Klasse-Abteile zwischen Frankfurt und Wiesbaden.

Auf euch alle: ein letztes Glas im Steh'n.

Inhalt.

***